Lyrik des Naturalismus

Herausgegeben von
Jürgen Schutte

Philipp Reclam jun. Stuttgart

Universal-Bibliothek Nr. 7807 [3]

Gesamtherstellung: Reclam, Ditzingen. Printed in Germany 1982
ISBN 3-15-007807-5

Einleitung

1

Am Anfang der naturalistischen Lyrik steht die im Frühsommer 1885 von dem Berliner Schriftsteller Wilhelm Arent im Selbstverlag herausgegebene Anthologie *Moderne Dichter-Charaktere*, die als Auftakt zu einem lyrischen Jahrbuch konzipiert war – »bestimmt, direkt in die Entwickelung der modernen deutschen Lyrik einzugreifen«.[1] Das Unternehmen erlebte die geplante Fortsetzung nicht. Von der etablierten Kritik weitgehend mit Nichtachtung gestraft oder dem Gelächter preisgegeben, wurde das Buch »im seichten Strom der Modepoesie untergeschwemmt«:[2] es versank in den Fluten der Gründerzeitlyrik à la Albert Träger, Julius Wolff und anderer, »die formvollendete Banalitäten in kostbar aufgeputzten Goldschnittbändchen präsentierte, die sich bibliophil, esoterisch und epigonal-konventionell gab, die eine Welt höherer Weihe besang und darüber den Alltag eines immer stärker die sozialen Gegensätze verschlimmernden Industrialismus vergessen machen wollte«.[3]
Für die an der Entwicklung einer ›modernen‹ Literatur interessierte akademische Jugend besonders in der Reichshauptstadt wurde das Buch zum Signal. Noch 45 Jahre später erinnerte sich Gerhart Hauptmann, selbst nicht direkt Beteiligter, an die begeisternde Wirkung: »Aber nun merkte ich plötzlich, ich sei nicht allein. Jahre hindurch wußte ich

1 Wilhelm Arent (Hrsg.), *Moderne Dichter-Charaktere*, mit Einl. von Hermann Conradi und Karl Henckell, Berlin: Selbstverlag des Herausgebers (Kamlah), 1885, S. V.
2 Karl Bleibtreu, *Revolution der Literatur*, mit erl. Anm. und einem Nachw. neu hrsg. von Johannes J. Braakenburg, Tübingen: Niemeyer, 1973 (Deutsche Texte, 23), S. 53.
3 Günther Mahal, »Wirklich eine Revolution der Lyrik? Überlegungen zur literaturgeschichtlichen Einordnung der Anthologie ›Moderne Dichter-Charaktere‹«, in: Helmut Scheuer (Hrsg.), *Naturalismus. Bürgerliche Dichtung und soziales Engagement*, Stuttgart/Berlin/Köln/Mainz: Kohlhammer, 1974 (Sprache und Literatur, 91), S. 11–47, hier S. 15.

nichts anderes, als daß mein vereinzeltes, absonderliches Streben mich hoffnungslos vereinsame. Der Gedanke, es könne andere geben, die ein ähnliches Schicksal zu tragen hätten, kam mir nicht. Mit einem Male aber tauchten solche Naturen an allen Ecken und Enden in Deutschland auf. Sie begrüßten einander durch Zurufe, Leuten ähnlich, die auf Verabredung einen Marsch zu einem bestimmten Treffpunkt unternommen haben und nun angekommen sind. Eine Anthologie ›Moderne Dichter-Charaktere‹, herausgegeben von Wilhelm Arent, war einer unter anderen Beweisen dieses Zustandes. Lange Zeit ging ich wie unter dem Eindruck eines Mirakels herum.«[4]

Der Name der »Kampf- und Streitanthologie«[5] war Programm; ebenso der von Karl Henckell einleitend verkündete Anspruch, man wolle mit der »Herrschaft der blasierten Schwätzer, der Witzbolde, Macher und literarischen Spekulanten, die der materialistische Sudelkessel der siebziger Jahre als Schaumblasen in die Höhe getrieben hat«,[6] ein für allemal aufräumen und eine Dichtung schaffen, die, »durchtränkt von dem Lebensstrome der Zeit und der Nation, ein charakteristisch verkörpertes Abbild alles Leidens, Sehnens, Strebens und Kämpfens unserer Epoche darstellt«. Und: »auf den Dichtern des Kreises, den dieses Buch vereint« (noch nennen sie sich nicht ›Naturalisten‹, sondern ›Jung-‹ oder ›Jüngstdeutsche‹, ›Stürmer und Dränger‹, ›Realisten‹), »beruht die Literatur, die Poesie der Zukunft, und wir meinen, eine bedeutsame Literatur, eine große Poesie.«

Die Anregung zu dieser ersten Gruppenmanifestation der entstehenden naturalistischen Literaturbewegung hatten die Brüder Heinrich und Julius Hart gegeben, deren polemische

4 Gerhart Hauptmann, »Das Abenteuer meiner Jugend«, in: G. H., *Sämtliche Werke*, Centenar-Ausgabe zum hundertsten Geburtstag des Dichters 15. November 1962, hrsg. von Hans-Egon Hass, Bd. 7: *Autobiographisches*, Berlin [West]: Propyläen, 1962, S. 451–1088, hier S. 1047.

5 Arno Holz, *Briefe. Eine Auswahl*, hrsg. von Anita Holz und Max Wagner, München: Piper, 1948, S. 62.

6 Arent, *Moderne Dichter-Charaktere* (Anm. 1), S. VI; die beiden folgenden Zitate ebd., S. VII.

Abrechnung mit den A-la-mode-Lyrikern der Gründerzeit in den *Kritischen Waffengängen* (1882–84) den Durchbruch der lyrischen ›Revolution‹ programmatisch vorbereitet hatte.

Der heutige Leser dieser ersten und wichtigsten Sammlung des Naturalismus, von deren ungefähr 220 Gedichten 21 in die vorliegende Anthologie aufgenommen sind, sieht sich zunächst einem doppelten Widerspruch konfrontiert. Einerseits irritieren die Proklamationen und Gedichte der *Modernen Dichter-Charaktere* das landläufige, an den sozialen Romanen und Dramen geschulte Verständnis dieser Literaturepoche: von Sozialthematik und Zeitbezogenheit im später ›naturalistisch‹ genannten Sinne ist wenig zu spüren. Andererseits zeigt sich eine deutliche Diskrepanz zwischen dem ›literaturrevolutionären‹ Erneuerungsanspruch und dem künstlerischen Vermögen der Autoren. Die meisten Gedichte der Anthologie sind weder »groß« noch – für sich genommen – allzu »bedeutsam«; das wird man auch dann konstatieren müssen, wenn man sie *nicht* am heutigen Verständnis des Naturlismus mißt.

Daß die jüngstdeutschen Lyriker für ihren Angriff auf die literarischen Bastionen der Gründerzeit nur unzureichend gerüstet waren, mußte auch die wohlwollende zeitgenössische Kritik schon feststellen. So wägt etwa Otto von Leixner im Feuilleton der einflußreichen *Deutschen Roman-Zeitung* die Vorzüge und Schattenseiten der Anthologie ausführlich gegeneinander ab.[7] Zwar seien starkes Gefühl, größere Bestimmtheit des idealistischen Strebens und die Hinwendung zu »größeren, würdigeren Stoffen« bei den »Jüngsten« zu loben; aber ihre Selbstherrlichkeit bis hin zur »Genialitätsäfferei« sei eher peinlich, und es liege nahe, sie zum Gegenstand einer Satire zu machen. Unreife, Überstürzung, mangelnde Selbstbeherrschung und ebenso mangelnde Beherrschung der lyrischen Form werden kritisch notiert; es

7 Otto von Leixner, »Unsere Jüngsten«, in: *Deutsche Roman-Zeitung* 22 (1885) S. 140–144, 207–215, 281–286; hier die nicht anders gekennzeichneten Zitate dieses Absatzes.

sei den Autoren keineswegs gelungen, »mit den alten, überlieferten Motiven« zu brechen oder »die abgenutzten Schablonen« von sich zu werfen:[8] »Man zeige mir in der ganzen Sammlung *ein* Gedicht der Jüngsten, welches wirklich ›Ungehörtes‹ ausspricht! Nicht eins ist, welchem ich nicht Ähnliches, ja dasselbe aus der Dichtung allein unseres Jahrhunderts entgegenstellen kann. Das einzig Neue besteht darin, daß die Jüngsten neu empfinden, was die Alten längst empfunden haben, aber nur weiß die Mehrzahl das Letztere nicht und kündigt mit einem schallenden ›Ich hab's gefunden!‹ an – was schon da ist.«
Zu ähnlichen Urteilen kommt die gegenwärtige Literaturwissenschaft, wenn sie etwa eine deutliche »Dominanz offenbar konventionellen Dichtens«[9] in den *Modernen Dichter-Charakteren* feststellt. Zwar sei die Bemühung um einen neuen lyrischen Ton, um persönlichen Ausdruck – besonders in freirhythmischen Strophen – unübersehbar; aber an »alten überlieferten Motiven findet sich die Menge, meist sogar ein Kanon von Themen, wie ihn gerade die verketzerte Gründerzeit bevorzugt hatte«.[10] Dieser Eindruck wird auch nicht wesentlich korrigiert, wenn man die in die Anthologie aufgenommenen Texte älterer Autoren (Oskar Linke, Ernst von Wildenbruch, Wolfgang Kirchbach) unberücksichtigt läßt oder die österreichischen, dem Naturalismus ferner stehenden Lyriker (Fritz Lemmermayer, Oskar Hansen, Josef Winter u. a.) ausklammert. Die von Karl Henckell proklamierte Absicht, ein »Abbild alles Leidens, Sehnens, Strebens und Kämpfens unserer Epoche« zu geben, ist nur in wenigen Gedichten entschieden verfolgt; und selbst diese müssen zum großen Teil zwar als »Zeugnisse guten Willens, zugleich aber wieder Dokumente der Ratlosigkeit« bezeichnet werden.[11]

8 Arent, *Moderne Dichter-Charaktere* (Anm. 1), S. II.
9 Mahal, »Wirklich eine Revolution der Lyrik?« (Anm. 3), S. 12.
10 Ebd., S. 25.
11 Günther Mahal, *Naturalismus*, München: Fink 1975 (Uni-Taschenbücher, 363), S. 194.

Eine Lektüre und Analyse naturalistischer Gedichte heute hat sich den hier aufgezeigten Widersprüchen zu stellen. Sie braucht weder das eigene ästhetisch-weltanschauliche Urteil zu suspendieren noch die Solidarität mit dem naturalistischen Erneuerungsanspruch aufzukündigen. Vorgeschlagen wird, die Differenz der *Modernen Dichter-Charaktere* zum literarischen Erwartungshorizont sowohl *ihrer* wie *unserer* Zeit zum *Ausgangspunkt* der Bechäftigung mit den Texten zu nehmen und nicht schon als deren Ergebnis. Unter dieser Prämisse erscheint es als sinnvoll und notwendig, jeweils nach den gesellschaftlichen Bedingungen zu fragen, welche die Einlösung des zeitkritischen Anspruchs der Jüngstdeutschen so sehr erschwerten und auch im weiteren Verlauf der naturalistischen ›Literaturrevolution‹ über das Gelingen und Mißraten lyrischer Versuche ganz wesentlich entschieden. Es kommt also darauf an, die weltanschauliche Verworrenheit und ästhetische Insuffizienz der frühen naturalistischen Lyrik nicht nur zu konstatieren, sondern im Blick auf den geschichtlichen und literarischen Hintergrund ihrer Entstehung historisch aufzuklären. Als Ausdruck eines veränderten Wirklichkeitsverhältnisses und Kunstwillens ernst genommen, sind die hier versammelten Gedichte zugleich Dokumente einer gesellschafts- und literaturpolitischen Auseinandersetzung, in der die ›jüngstdeutschen‹ Autoren die Partei des gesellschaftlichen Fortschritts nahmen. Die vorliegende Auswahl beweist, daß dabei im weiteren Verlauf eine ganze Reihe von Gedichten entstand, deren weltanschauliche Entschiedenheit und künstlerische Wirksamkeit auch heute noch zu beeindrucken vermögen. Die konservative Kritik und Literaturgeschichtsschreibung hat sich lange genug zur Regel gemacht, im Hinblick auf die parteinehmende Qualität der naturalistischen Lyrik den Mangel an »dichterischem Talent« zu beklagen oder gar den Autoren hämisch vorzurechnen. Solche abschätzigen Urteile stützten sich, wo sie nicht offen politisch begründet waren, meist auf die fragwürdige These, die zeitkritischen Intentionen der Naturalisten ständen in einem unaufhebbaren Gegensatz zu

den Forderungen der lyrischen Gattung; und nicht selten mußte der ›Mißerfolg‹ der *Modernen Dichter-Charaktere* zum Beleg dieser These herhalten.
Eine in der Gegenwart veranstaltete Ausgabe naturalistischer Gedichte kann sicherlich mit gewandelten ästhetischen Maßstäben rechnen und mit einem Leser, dessen Blick für die Probleme einer wirklichkeitsbezogenen Lyrik, nicht zuletzt durch bestimmte literarische Entwicklungen der jüngsten Vergangenheit, wesentlich geschärft ist. Gerade im Blick auf die hier angedeuteten, lange Zeit ziemlich verschütteten Kontinuitäten der deutschen Literaturgeschichte soll jedoch betont werden, daß die vorliegende Sammlung nicht der Absicht entspringt, eine bloße Umkehrung ästhetischer Wertungen vorzuschlagen oder einen neuen Kanon lyrischer Texte zu etablieren. Entsprechend der Bemerkung Walter Benjamins, daß die Literaturgeschichte nicht »Stoffgebiet der Historie« sei, sondern »Organon der Geschichte«,[12] könnte die Beschäftigung mit den naturalistischen Gedichten zu einer historischen Reflexion der Gegenwart im Medium literarischer Erfahrung beitragen. Es ginge dabei um die Erkundung und Erörterung der Aussichten und Schwierigkeiten, die sich einer sozial und kritisch orientierten Lyrik um 1890 und um 1980 stellen – im Zusammenhang kontinuierlicher und diskontinuierlicher Erfahrungen und Fragestellungen. Eine solche Betrachtung setzt eine – wie auch immer – vorläufige Bestimmung des Naturalismus und seines historischen Ortes voraus, in welche die lyrische Frühphase mit ihren Unklarheiten und Widersprüchen einbezogen ist. Der vorgeschlagene Aspekt nimmt die Texte nicht als ›Kulturgüter‹, sondern als geschichtliche Zeugnisse eines künstlerischen und gesellschaftlichen Anspruchs, der nicht schon deswegen als verstiegen oder überholt abgetan werden darf, weil er damals wie heute nicht vollständig einlösbar war.

12 Walter Benjamin, »Literaturgeschichte und Literaturwissenschaft«, in: W. B., *Gesammelte Schriften*, Frankfurt a. M.: Suhrkamp, 1972, Bd. 3, S. 283 bis 290, hier S. 290.

2

Man kann den Naturalismus als eine spezifische, in sich widersprüchliche Form des modernen bürgerlichen Realismus bestimmen.[13] Die Forderung nach »einer neuen Einheit von Leben und Kunst, [...] von Geist und Welt«[14] ist der zentrale Ansatzpunkt naturalistischer Polemik und Programmatik; sie zielt nicht allein auf einen Stilwandel, sondern formuliert einen Angriff auf die »bürgerliche Institution Kunst«,[15] ohne daß sich die Autoren dieser prinzipiellen Bedeutung ihrer Absichten voll bewußt gewesen sind.

Es ist bei aller Unklarheit, Widersprüchlichkeit und Instabilität dieses Programms und der ihm entsprechenden literarischen Praxis von entscheidender Bedeutung, daß sich die naturalistischen Autoren, z. T. im Nachvollzug internationaler Entwicklungen, um die Bewahrung eines humanistischen Menschenbildes, einer individuellen und gesellschaftlichen Perspektive wie um die Erarbeitung einer wissenschaftlich begründeten, volksverbundenen Schreibweise bemühten. Allerdings wurden diese Bemühungen vielfach irritiert durch die soziale und historische Orientierungslosigkeit der Naturalisten, vorab durch einen geistesaristokratischen, sich zunächst geniekultisch auslegenden Individualismus, von dem aus bald auch Anschlüsse an den Irrationalismus Nietzsches erfolgten. Aber in diesem in sich problematischen Individualismus ist doch auch *eine* der Voraussetzungen für die Verteidigung einer gesellschaftlich produktiven Funktion der Kunst zu sehen; eine *andere* Vorausetzung ist bereits in der Frühphase des Naturalismus

13 Ich übernehme den folgenden Abschnitt, gekürzt und leicht verändert, aus: Jürgen Schutte, *Lyrik des deutschen Naturalismus (1885–1893)*, Stuttgart: Metzler, 1976 (Sammlung Metzler, 144), S. 3 f., 10–12.

14 Eduard Engel, *Geschichte der deutschen Literatur von den Anfängen bis in die Gegenwart*, Bd. 2: Von Goethe bis in die Gegenwart, Leipzig: G. Freytag / Wien: F. Tempsky, 1907, S. 1019.

15 Vgl. zu dieser Kategorie: Peter Bürger, *Theorie der Avantgarde*, Frankfurt a. M.: Suhrkamp, 1974 (edition suhrkamp, 727), passim, sowie die Beiträge Bürgers in: *Naturalismus / Ästhetizismus*, hrsg. von Christa Bürger, Peter Bürger und Jochen Schulte-Sasse, Frankfurt a. M.: Suhrkamp, 1979 (edition suhrkamp, 992).

die Verpflichtung der Literatur auf ihren »untrennbaren Zusammenhang mit dem sozialen Leben und der Wissenschaft«.[16] Geniekult, naturwissenschaftlich-positivistische Orientierung und sozialpolitischer Wirkungsanspruch sind, mit unterschiedlicher und sich wandelnder Schwerpunktsetzung, nur verschiedene Seiten ein und derselben literaturpolitischen Intention. Diese zielt, in seltsamer Verkennung der realen Möglichkeiten der Kunst, auf nicht weniger als auf die Lösung der die Zeit bestimmenden Gesellschaftsprobleme, vorab der »sozialen Frage«, mit Hilfe der Literatur: »Ich habe ein Ziel vor Augen, ein großes, uneigennütziges Ziel: ich möchte beitragen zur Veredelung der Menschheit, möchte die gähnende Kluft zwischen Arm und Reich verringern helfen«, schreibt Max Kretzer im Vorwort seines 1883 erschienenen Romans *Die Verkommenen*. Die Verwirklichung dieses »ideologischen Projekts«[17] der Naturalisten sollte in erster Linie der Literatur ihre gesellschaftliche Anerkennung und Würde zurückgeben. Sie bleibt jedoch bestimmt von dem letztlich unaufgelösten Gegeneinander der genannten Tendenzen, z. B. dem Widerspruch zwischen einer eher fatalistisch-pessimistischen Auffassung von der gesellschaftlichen Entwicklung und dem Anspruch, zumindest auf kulturellem Gebiet ›revolutionär‹ zu wirken. Gegenüber einer teilweise anarchistisch gefärbten Mystifizierung des Sozialismus, Projektion kleinbürgerlicher Deklassierungsängste auf die Arbeiterklasse, bilden sich – im zunehmend genaueren und offensiveren Herangehen an die wesentlichen Zeitfragen – Elemente einer soziologisch nüchternen Positionsbestimmung und einer kritisch-realistischen Gestaltungsmethode. Die Betonung dieser vorwärtsweisenden, den Epochenbegriff bestimmenden Momente darf dabei nicht vergessen lassen, daß die naturalistische Literaturbewegung

16 Julius Hillebrand, »Naturalismus schlechtweg!« in: *Die Gesellschaft* 2,1 (1886) S. 232–237, hier S. 233.
17 Vgl. zu diesem Begriff Klaus-Michael Bogdal, *»Schaurige Bilder«: Der Arbeiter im Blick des Bürgers am Beispiel des Naturalismus*, Frankfurt a. M.: Syndikat, 1978, bes. S. 41–46.

in ihrem gesamten Verlauf eine charakteristische Ambivalenz von Opposition (*gegen* die Gesellschaft) und Sezession (*aus* der Gesellschaft) aufweist – eine Zweideutigkeit, deren jeweils verschieden akzentuierte Auflösung die Literaturgeschichte unter dem Begriff ›Überwindung des Naturalismus‹ beschrieben hat.

Der Entstehungshintergrund und die Entwicklungsbedingungen der naturalistischen Literaturbewegung ergeben sich aus dem grundlegend veränderten Verhältnis zwischen bürgerlicher Literatur und kapitalistischer Gesellschaft in den achtziger und neunziger Jahren des 19. Jahrhunderts. Die in der Forschungsliteratur verschiedentlich ausgebreiteten sozialgeschichtlichen Voraussetzungen des Naturalismus[18] müssen auf die Frage bezogen werden, wie weit sich das Problem der gesellschaftlichen Isolation des bürgerlichen Schriftstellers für die naturalistische Generation in einer *spezifischen*, historisch unwiederholbaren Form gestellt hat. Als konstitutiv dafür erscheinen: erstens die verspätete und außerordentlich beschleunigte Durchsetzung der kapitalistischen Produktionsverhältnisse in Deutschland mit dem bald einsetzenden Übergang vom Kapitalismus der freien Konkurrenz zum Monopolkapitalismus; zweitens der rasche politische und organisatorische Aufschwung der deutschen Arbeiterbewegung und ihr zäher, letztlich erfolgreicher Kampf gegen die massive staatliche Unterdrückung durch das Sozialistengesetz von 1878; und drittens die Festigung des junkerlich-bourgeoisen Klassenkompromisses und die damit verbundene Assimilation der Reste des liberalen Bürgertums an die preußische Militärmonarchie.

Veränderten sich einerseits durch die endgültige Einbeziehung der Kunst- und Literaturproduktion in das entfaltete System des kapitalistischen Warentausches die Bedingungen

18 Vgl. hierzu u. a.: Helmut Scheuer, *Arno Holz im literarischen Leben des ausgehenden 19. Jahrhunderts (1883–1896). Eine biographische Studie*, München: Winkler, 1971, S. 232–243. – Mahal, *Naturalismus* (Anm. 11), S. 29–33. – Hans-Ulrich Wehler, *Das Deutsche Kaiserreich 1871–1918*, Göttingen: Vandenhoeck & Ruprecht, 1977 (Kleine Vandenhoeck-Reihe, 1380).

der schriftstellerischen Arbeit, so verursachten die sozialen Umschichtungsprozesse nach 1870 andererseits einen tiefgreifenden Strukturwandel der bürgerlichen Öffentlichkeit und damit auch der Literaturverhältnisse. Indem die naturalistische Literaturbewegung mit zunächst steigender Bewußtheit den Kampf gegen die immer krasser zutage tretenden Entfremdungserscheinungen im kulturellen Bereich aufnimmt, führt sie – ungewollt – den Beweis der Unvereinbarkeit von ›nationaler Größe‹ im Sinne des Bismarck-Staates und den humanistisch-aufklärerischen Idealen des Bürgertums: denn der Versuch, die scheinbar ausgebliebene kulturelle Blüte zur höheren Ehre des preußisch-deutschen Reiches nachzuvollziehen, trieb die Naturalisten notwendigerweise in die Opposition nicht nur zu den Gründerzeit-Literaten, sondern auch zu den gesellschaftlichen und kulturellen Verhältnissen, denen diese ihre Erfolge verdankten. In dieser – wie auch immer unklaren und unentschiedenen – Kampfstellung gegen die herrschende Kultur, genauer: gegen die Zerstörung der bürgerlichen Kultur durch die Herrschenden, stellte sich für sie das Problem der Kontaktaufnahme und praktischen Assoziierung mit der Arbeiterbewegung, die sie in ähnlicher Weise durch die bestehenden Verhältnisse unterdrückt glaubten. Im Versuch und im grundsätzlichen Mißlingen dieser Assoziierung drückt sich der grundlegende, unumkehrbare *Funktionswandel* der bürgerlichen Literatur seit der gescheiterten Revolution von 1848 aus: sie läßt sich nicht mehr unumwunden als kritische Instanz etablieren, denn ihre Beziehung zum traditionellen Lesepublikum ist problematisch geworden. Das liberale Bürgertum, das ein genuines Interesse an der Artikulation seiner Ideologie und seiner Interessen im Medium der Literatur hatte, differenziert sich nach 1848, beschleunigt nach 1870. Der aktivere, ökonomisch und politisch bestimmende Teil verbündet sich mit der feudalen Restklasse der Junker im bonapartistischen System Bismarcks und verliert damit das Interesse an der Literatur als einer gesellschaftsbildenden Kraft im demokratischen Sinne;

andererseits werden, wie etwa Hans Speier ausgeführt hat, die bürgerlichen Schriftsteller und ihr durch den sozialen Differenzierungsprozess relativ sich verkleinerndes Publikum gesellschaftlich isoliert und in vielen Fälle hinsichtlich der Möglichkeit einer humanistisch orientierten Literaturpraxis vollkommen desillusioniert. Die Ideale bürgerlicher Individualkultur, die von einem Teil der literarischen Intelligenz bewahrt werden, und die sich vollziehenden gesellschaftlich-ideologischen Formierungsprozesse gehen in dieser Phase der geschichtlichen Entwicklung nicht zusammen. Diese Ungleichzeitigkeit wird zum Ferment der unzähligen literarischen und künstlerischen Erneuerungsbewegungen, die einander seit 1880 in rascher Folge ablösen. Speist sich deren ›kulturrevolutionärer‹ Impetus durchgehend aus einer mehr oder weniger bewußten Frontstellung gegen die Folgen der kapitalistischen Entwicklung im Bereich der Kultur, so unterscheidet sich der Naturalismus von allen ihm folgenden Bewegungen bis hin zum Expressionismus durch sein *Hineingehen* in die gesellschaftliche Wirklichkeit und den Versuch, *in dieser selbst* eine Lösung für die Krise der bürgerlichen Kultur zu finden. Die Diskrepanz zwischen diesem Anspruch und der von der herrschenden Klasse unangefochten vorangetriebenen Konsolidierung einer neuen Form ökonomischer und ideologischer Herrschaft gibt den historischen Rahmen an, von dem aus die Frage nach der Bedeutung und Funktion der naturalistischen Texte und ihrer Aneignung heute gestellt werden muß.

3

Es ist von besonderer Bedeutung, daß die naturalistische ›Literaturrevolution‹ in Deutschland ihren ersten Vorstoß auf dem Gebiet der Lyrik unternimmt. Das hohe Ansehen, welches diese Gattung bei den jüngstdeutschen Literaten zunächst genoß, entspringt zweifellos der traditionellen Hochschätzung der Poesie vor anderen Gattungen; es erhellt

jedoch auch die ursprüngliche Motivation und Stoßrichtung der naturalistischen Bewegung und läßt auf ihren weiteren Verlauf ein besonderes Licht fallen. Sofern sich bei vielen naturalistischen Autoren der Prozeß künstlerischer Selbstfindung zunächst im Medium der Lyrik vollzieht, sind in den Erzählungen, Romanen und Dramen des ›eigentlichen‹ Naturalismus – etwa seit 1887 – nicht nur Themen und Motive, sondern auch die Erfahrungen der lyrischen »Gärungsperiode«[19] in spezifischer Weise aufgehoben. Gerade unter dem Gesichtspunkt historischer Einsicht in die Entstehungs- und Entwicklungsbedingungen bürgerlicher Avantgardebewegungen verdienen die frühen lyrischen Versuche des Naturalismus eine eigene Aufmerksamkeit, so verworren und exaltiert viele der Texte auch anmuten mögen. An ihnen kann deutlich werden, daß und wie der Naturalismus, jedenfalls in seiner Berliner Strömung, als eine individualistische Revolte aus der Erfahrung einer spezifischen Krise der bürgerlichen Kultur entsteht.
Das Gefühl einer Entfremdung von der Kultur der eigenen Zeit muß unter den jungen bürgerlichen Intellektuellen der frühen achtziger Jahre des 19. Jahrhunderts stark und verbreitet gewesen sein. Als ein Zeugnis dafür kann – neben zahlreichen anderen – die zitierte Erinnerung Gerhart Hauptmanns an die befreiende Wirkung der *Modernen Dichter-Charaktere* gelten. Die naturalistische Ausgangssituation ist anschaulich ins Bild gerückt: »Leuten ähnlich, die auf Verabredung einen Marsch zu einem bestimmten Treffpunkt unternommen haben«, schließen sich im Sommer 1884 in der Reichshauptstadt einige aus der Provinz angekommene jugendliche Literaten zu einer ›lyrischen Phalanx‹ zusammen. Was sie zunächst eint, ist das Bewußtsein einer für jeden einzelnen bedrohlichen Verunsicherung: Daseinsekel, Empfindungen der Verlorenheit und Verworfenheit, Erfahrungen der Unverständlichkeit und Sinnlosigkeit des Lebens, Gefühle der Handlungsunfähigkeit und psychi-

19 Karl Henckell, *Lyrik und Kultur. Neue Vorträge zu Leben und Dichtung*, München/Leipzig: Hans Sachs, 1914, S. 99.

schen Vereinsamung suchen nach literarischem Ausdruck. Der »Zwiespalt zwischen den nackten Lebenstatsachen und den unbezwinglichen Instinkten [des] inneren Berufs«,[20] nämlich der Vorstellung des ›Dichten-Müssens‹, bestimmt die literarische Form, in der sich das Krisen- und Entfremdungsbewußtsein der jungen Literaten artikuliert. Die gesellschaftlichen und individuellen Erfahrungen, die geistigen und psychischen Gegebenheiten, die den dichterischen Aufbrüchen zugrunde liegen, sind – zumindest bei den bekannteren Autoren – in einiger Konkretheit aus der Biographie zu ermitteln. Wo sich diese Erfahrungen und Anlässe in den Gedichten selbst mitteilen lassen, tragen sie zu deren weltanschaulicher und sozialer Konkretheit bei. Es handelt sich zunächst in hohem Maße um Erfahrungen, welche sich mit dem Wechsel aus der Provinz in die rasch wachsende Großstadt Berlin und der Anschauung des großstädtischen Lebens – und Elends – verbinden. Die Hoffnung, in der Metropole Anschluß an die literarische ›Moderne‹ zu finden, motivierte den Zuzug vieler künstlerisch ambitionierter Intellektueller, die sich z. T. bereits in ihrer Heimat zu literarisch-weltanschaulichen Diskutierzirkeln zusammengenfunden hatten, etwa im »Bund der Lebendigen«, den Johannes Schlaf, Hermann Conradi u. a. 1883 in Magdeburg gründeten und »in dem es sehr revolutionär, modern und radikal zuging«.[21] Auf sich selbst gestellt und durchweg ohne Vermögen, das sie unabhängig gemacht hätte, bemühten sich die jugendlichen Autoren um die Anerkennung der Kritik sowie den Zugang zu Veröffentlichungsmöglichkeiten. Dies geschah meist nur mit kümmerlichem Erfolg und ging nicht ohne Enttäuschungen und Demütigungen ab. Es wundert daher kaum, daß die Autoren ihre äußere und innere Not auf die täglich angeschauten, krassen sozialen Gegensätze der Großstadt proji-

20 So Karl Henckell rückblickend 1906; zit. bei Magda Janssen, *Karl Henckell. Ein Dichterbild*, München: Die Lese, 1911, S. 32.
21 Johannes Schlaf, »Im Spiegel. Autobiographische Skizzen XI«, in: *Literarisches Echo* 4 (1902/03) S. 1388–91, hier S. 1390.

zierten und infolgedessen, sich selbst als ›Nicht-Zugelassene‹ empfindend, besonders die ›Nachtseiten‹ des Lebens thematisierten: soziale Randgruppen, materielles und psychisches Elend oder etwa die täglich zunehmenden Selbstmorde.[22] Es lassen sich in den entsprechenden Texten die verschiedenen Standpunkte und unterschiedlichen Erlebnisperspektiven – etwa vom »Brückenrande« (Henckell) aus – beobachten; vielfach verbinden sich diese Darstellungen mit der Reflexion auf die eigene Schriftstellerexistenz und ihre materiellen Bedingungen – gefächert von krasser Verworrenheit bis zu kaltschnäuzigem Zynismus.

Wie weit solche Erfahrungen und Reflexionen authentisch sind, wie weit sie in der Auffassung des jeweiligen Autors und in der literarischen Gestaltung zur stilisierten, vom literarischen Material mitbedingten ›Pose‹ werden – all dies kann nur die Analyse der einzelnen Gedichte in ihrem je besonderen gegenständlichen und biographischen Bezug zeigen. Dabei ist eben zu bedenken, daß sich im literarischen Produktionsvorgang Momente einer weltanschaulich oder ästhetisch begründeten Konstruktion bereits der Erfahrung und noch mehr ihres literarischen Ausdrucks durchsetzen; diese Momente erlauben es erst, die Jüngstdeutschen – ihrem Selbstverständnis nach lauter ›Einzige‹ – als literarische Gruppierung zu behandeln.[23]

Die Verallgemeinerung der je individuellen Erfahrung und »Seelenverfassung«[24] der Autoren zentriert sich zunächst auf die bestimmende Intention des frühen Naturalismus: die Erneuerung der subjektiven Authentizität in der Literatur. Zielpunkt ist die »unverwechselbare Individualität des Autors und seines Ausdrucks«;[25] aus dieser Zielsetzung resultiert die Bevorzugung der Lyrik und das Festhalten an

22 Vgl. Walter Requardt / Martin Machatzke, *Gerhart Hauptmann und Erkner. Studien zum Berliner Frühwerk*, Berlin [West]: Erich Schmidt, 1980, S. 37.

23 »Die Einzigkeit meines Wesens war es, auf der ich bestand und die ich gegen alles mit verzweifeltem Mut verteidigte« (Hauptmann, »Das Abenteuer meiner Jugend« [Anm. 4], S. 1047).

24 Ebd., S. 1029.

25 Mahal, »Wirklich eine Revolution der Lyrik?« (Anm. 3), S. 18.

ihrem traditionellen Begriff: »*Schmerz* und *Leidenschaft* – diese einzigen und ersten Bedingungen wahrer unmittelbarer Poesie sollen wieder souverän in ihre Rechte treten.«[26] Wie konventionell der diesen Vorstellungen zugrunde liegende Dichtungsbegriff auch sein mag, er formuliert ein – angestrebtes – neues Verhältnis zur Wirklichkeit, vorab in der Entschlossenheit, die eigene, unklar definierte, aber scharf empfundene Identitätskrise rückhaltlos und wahr auszusprechen und zum Ausgangspunkt des lyrischen Schaffens zu machen.

Mit diesen produktionsästhetischen Gesichtspunkten verbindet sich nun ein wirkungsästhetisches Moment: nämlich eine deutlich *aktivistische* Komponente. Neben »Eigenart« und »Ursprünglichkeit« wird von der kommenden Poesie auch »Kraft und Wucht« gefordert und erwartet. Beide Orientierungen finden Ausdruck und Rückhalt in der Beziehung der jüngstdeutschen Lyrik auf den literarischen Sturm und Drang. Man mag im Blick auf die Dichtungskonzeption der *Modernen Dichter-Charaktere* zu der naheliegenden Feststellung kommen: »Pathos ersetzt das geordnete Programm«;[27] nimmt man jedoch die Proklamationen und Gedichte in ihrer besonderen Erscheinungsform ernst, so läßt sich genausogut umgekehrt sagen: das Programm der »modernen Lyriker-Revolution«[28] heißt Pathos. Die bewußte Anknüpfung der meisten jüngstdeutschen Autoren an die »gigantische, intime, lebenssprühende Sturm- und Drangperiode«[29] liefert die Begründung für die zahlreichen Topoi der heroischen Dichterstilisierung, die ›titanischen‹ Gesten der Empörung gegen »Tyrannen« und »Despoten«, die Benutzung freier, gewollt harter Rhythmen und ungewöhnlicher Wortbildungen, die Karl Bleibtreu sarkastisch

26 Karl Bleibtreu, »Andere Zeiten, andere Lieder!«, in: *Die Gesellschaft* 1 (1885) S. 891–893, hier S. 892.
27 Scheuer, *Arno Holz* (Anm. 18), S. 50.
28 Paul Fritsche, *Die moderne Lyriker-Revolution*, Frankfurt a. d. O.: Waldow, 1885/86; eine Gruppenapologie der »Jüngstdeutschen«.
29 Ebd., S. 11.

als »Bardengebrüll« abgetan hat.[30] Obwohl die hier angedeuteten Traditionsbezüge der *Modernen Dichter-Charaktere* noch genauer untersucht werden müßten, wird man doch feststellen können, daß die anfängliche Orientierung der Jüngstdeutschen am literarischen Selbsthelfertum des Sturm und Drang insgesamt eher *des*orientierend gewirkt hat; das gilt besonders für die sehr problematischen nationalistischen Töne, welche sich bei nicht wenigen Autoren finden, aber auch für die durchgehende Unklarheit der Adressatenbestimmung. Andererseits erweist sich das aktivistische und individualistische Pathos teilweise als notwendig für den »Ablösungs-ruck«[31] von einem machtgestützten konventionellen literarischen Erwartungshorizont, wie ihn die gründerzeitliche Repräsentationsliteratur erzeugt hatte und voraussetzte. Daß sich die *früh*naturalistischen Gedichte nur in geringem Maße auf die *später* ›naturalistisch‹ genannten Themen und Gegenstände beziehen, wird vielleicht als weniger überraschend empfunden, wenn man sich die Breite dessen vergegenwärtigt, was um 1885 als aktuelle Zeitthematik galt. In der folgenden Darlegung Otto von Leixners – aus dem Zusammenhang seiner Kritik der *Modernen Dichter-Charaktere* – wird zugleich die Rangfolge dieser ›Zeitfragen‹ deutlich sowie die Perspektive, unter der sie, im großen und ganzen, auch von den Jüngstdeutschen anfänglich aufgenommen wurden: »Zwei der gewaltigsten Tatsachen des Jahrhunderts sind die Neuaufrichtung des Deutschen Reiches und der Versuch, die soziale Frage vom Throne her, wenn nicht ganz zu lösen, so doch durch staatliche Einrichtungen in das geschichtliche Werden des Staates aufzunehmen. Als dritte Tatsache, welche nicht so offenbar auftritt, kommt hinzu die tiefe religiöse Erregung der Gemüter, welche von Jahr zu Jahr stärker wurde und sich durch nichts mehr eindämmen läßt. [...] Diese Tatsachen haben die Jugend bereits ergriffen und eine tiefere Erregung der Gemüter erzeugt, als auf den ersten Blick

30 Bleibtreu, *Revolution der Literatur* (Anm. 2), S. 58.
31 Mahal, »Wirklich eine Revolution der Lyrik?« (Anm. 3), S. 35.

erscheinen mag.«[32] – Die ›nationale‹, die ›soziale‹ und die ›religiöse Frage‹: mindestens diese drei Problemfelder sind es, die Hermann Conradi im Auge hat, wenn er in seiner Einleitung zu den *Modernen Dichter-Charakteren* das inhaltliche Interesse der kommenden Poesie als das »philosophisch Problematische« und das »hartkantig Soziale« annonciert.[33] Nicht nur im Hinblick auf das großstädtische Elend sehen sich die Jüngstdeutschen unüberhörbaren und z. T. bedrückenden Herausforderungen konfrontiert; ihre ersten Gedichte realisieren vielmehr die ganze Breite der sozialen, politischen und weltanschaulichen Integrationsprobleme, denen sich die bürgerliche Klasse nach der Reichsgründung gegenübergestellt sah.

Unter Berücksichtigung der Tatsache, daß die religiöse Frage für die naturalistische Lyrik in der Folge ziemlich an Bedeutung verliert, lassen sich die folgenden vier theoretischen und poetologischen ›Eckpunkte‹ der »Lyriker-Revolution« formulieren: erstens das Verhältnis zum Staat bzw. die gewünschte Teilhabe am nationalen Aufschwung, die man allerdings nicht mit den späteren, chauvinistischen Positionen einiger der Autoren identifizieren darf; zweitens die neue Ästhetik, welche sich um die Begriffe ›Wahrheit‹ (im Sinne subjektiver Authentizität) und ›Moderne‹ (im Sinne eines neuen Wirklichkeits- und Wirkungsbezugs der Literatur) dreht; drittens der in diesem Anspruch sich (zunächst) konturierende Geniekult, in dem sich die desorientierende Traditionswahl niederschlägt; und viertens das Großstadterlebnis, welches die zentrale Irritation, aber auch thematische Neuansätze bezeichnet. Alle diese Bezüge artikulieren sich zunächst weniger in einer klaren und definitiven Programmatik als in der forcierten Kritik an der Literatur der Gründerzeit. Was diese zu bieten hatte – »Stimmungen und Empfindungen, die von der eigenen Zeit nicht angekränkelt waren« –,[34] mußte den Jüngstdeutschen eher

32 v. Leixner, »Unsere Jüngsten« (Anm. 7), S. 140 f.
33 Arent, *Moderne Dichter-Charaktere* (Anm. 1), S. II.
34 Mahal, »Wirklich eine Revolution der Lyrik?« (Anm. 3), S. 13.

als eine Provokation denn als Hilfe erscheinen. In der Polemik gegen den gründerzeitlichen »Dilettantismus«[35] profiliert sich der Anspruch der beginnenden naturalistischen Literaturbewegung, Anschluß zu bekommen an die Kultur der eigenen Zeit. Man wird dabei nicht übersehen, daß sich mit aller pathetischen Stilisierung und Rhetorik ein Moment der Selbstreklame verbindet, Ausdruck der Entschlossenheit, nicht nur Bastionen der Kultur zu erobern, sondern auch Positionen auf dem literarischen Markt. Der subjektive, in der ästhetischen Frontstellung formulierte Aufbruchsgestus der »Lyriker-Revolution« vermittelt sich in der Themenwahl und der künstlerischen Methode mit dem literarischen und gesellschaftlichen Erwartungshorizont der Zeit; und hier ist das Maß und Motiv literarischer Produktion *auch* die Konkurrenz um Marktanteile. Sofern die »Lyriker-Revolution« auf ein verändertes Verhältnis zwischen Literatur und Gesellschaft zielte, wurde sie notwendigerweise vor das Problem einer neuen, soziologisch genaueren Adressatenbestimmung gestellt: nicht nur die Literatur, sondern auch die Literatur*verhältnisse* standen ihrer wirklichkeitsbezogenen Intention entgegen. Die Absicht einer Erneuerung der Poesie aus dem Geist »wiedererwachter Nationalität«[36] und der Anspruch, damit für den »Fürsten im geschmeidefunkelnden Thronsaal« so gut zu sprechen »wie für den Bettler, der am Wegstein hockt und mit blöden, erloschenen Augen in das verdämmernde Abendrot starrt«,[37] offenbaren zugleich die ›jüngstdeutschen‹ Illusionen über die Literaturverhältnisse, welche durch derlei Proklamationen nur wenig zu beeinflussen waren. Die Jüngstdeutschen erkannten zunächst nicht, daß der geschmähte »Dilettantismus« der Gründerzeitliteratur gerade im Zusammenhang »wiedererwachter Nationalität« seine bestimmte und unentbehrliche Funktion hatte. Die Ungleichzeitigkeit und Widersprüchlichkeit ihres ›literatur-

35 Vgl. ebd., S. 13–17.
36 Arent, *Moderne Dichter-Charaktere* (Anm. 1), S. III.
37 Ebd., S. II.

revolutionären‹ Aufbruchs spiegelt sich in der zuweilen wunderlichen Mischung von Verzweifeln und Hoffen, Ohnmachtsgefühlen und Allmachtsphantasien, die jedem Leser der *Modernen Dichter-Charaktere* sogleich auffällt. Diese Paradoxien hat Karl Bleibtreu in seiner vielbeachteten Programmschrift *Revolution der Literatur* (1886) sarkastisch, aber treffend gekennzeichnet: »Es ist dies das sogenannte ›Junge Deutschland‹, welches in der preußischen Eisenzeit der Maschine und Kanone noch das unnütze heilige Feuer des Ideals mit störriger Verstocktheit im Innern wahrt. Eine Anzahl solcher Geisteskranker hat sich ein geistiges Asyl für Obdachlose gegründet unter dem Titel ›Moderne Dichter-Charaktere‹.«[38]

4

Karl Bleibtreu, der im Jahre 1886 auf so bildhafte Weise die kümmerlichen Erfolgsaussichten der »modernen Lyriker-Revolution« kommentierte, war selbst ein entschiedener Vertreter der literarischen Erneuerung. So sieht er trotz aller Kritik an der »Großmannssucht mit all ihren widerlichen Auswüchsen des Neides und der Anfeindung«[39] die Zukunft der deutschen Literatur doch eher durch die »Stürmer und Drängler« repräsentiert – vorausgesetzt, sie legten ihren »lyrischen Eifer« ab: »Sobald sie *Prosa schreiben*, also *etwas zu sagen haben*, werden wir uns wieder sprechen.«[40] Der wohlmeinende Ratschlag wirft ein Licht auf den zeitgenössischen Erwartungshorizont. Der Realismus, so argumentiert Bleibtreu im Sinne jüngstdeutscher Programmatik, sei das Gebot der Stunde; nur lasse er sich kaum im Gedicht verwirklichen, weil »der wahre Volldichter stets nach der Gestaltung des Realen ringt und schon die Enge der lyrischen Form sie untauglich macht, den ungeheuren Zeitfra-

38 Bleibtreu, *Revolution der Literatur* (Anm. 2), S. 53.
39 Ebd., S. 66.
40 Ebd., S. 72.

gen zu dienen«.[41] Noch in seinem Aufsatz »Andere Zeiten, andere Lieder!« im Jahr zuvor hatte Bleibtreu für eine zeitgemäße, realistische *Lyrik* plädiert, welche sich vor allem durch eine Aufwertung der gedanklichen und geschichtlichen Dimension wie die Hereinnahme konkreter Wirklichkeitselemente – etwa die elektrischen Laternen der Leipziger Straße oder den Müggelsee – auszeichnen müsse; vor allem sei die durch Goethes Diktum autorisierte Diskriminierung des »politisch Lied« zu überwinden.[42] Daß er in der *Revolution der Literatur* nun einem Rückzug von der Lyrik das Wort redet, hängt mit seiner Fixierung an einen konventionellen Begriff der »eigentlichen lyrischen Poesie« zusammen, die er als den »naiven und zugleich abgeklärten Ausdruck unmittelbarer Empfindungen in möglichst knapper Form« definiert und durch die Namen Goethe, Novalis, Lenau, Uhland und den jungen Heine literarhistorisch eingrenzt.[43]

Eine alternative Orientierung im zeitgenössischen Erwartungshorizont, vor dem die Vorstöße und Rückzüge der naturalistischen Lyrik sinnvollerweise beurteilt werden, vertritt Otto von Leixner, der die *Modernen Dichter-Charaktere* in den Rahmen einer zeitlos-klassischen Stimmungs- und Erlebnislyrik einzubinden versucht. Sein Lyrikbegriff ist von dem Karl Bleibtreus nicht allzuweit entfernt. Er kritisiert an dessen Gedichten die Nüchternheit und die »kühle Tätigkeit des Verstandes«; der Autor des »Lyrischen Tagebuches« sei »kein Lyriker und auch kein Vollblutdichter«, »er empfindet nicht unmittelbar, sondern denkt über Empfindungen«.[44] Aber während Bleibtreu, der Mitstreiter der »Lyriker-Revolution«, einen Rückzug von der Lyrik zugunsten der realistischen Zielsetzungen empfiehlt, sieht Leixner sich veranlaßt, die »Jüngsten« – nicht zufällig mit Blick auf Arno Holz – vor der »Klippe der Tendenz« zu

41 Ebd., S. 67.
42 Bleibtreu, »Andere Zeiten, andere Lieder!« (Anm. 26), S. 892.
43 Ebd.
44 v. Leixner, »Unsere Jüngsten« (Anm. 7), S. 212.

warnen.[45] Er möchte den Erneuerungsanspruch auf die Möglichkeiten der lyrischen Tradition verpflichten; allein in der »Selbstzucht« liege »die Gewähr der Vollendung. Das Talent sei nicht ein Sturm, welcher zwecklos mit riesigen Wolken spielt, sondern die Kraft, welche aus edlem Stoff bleibende Gestalten schafft.«[46]

Dieser Auffassung hätten sich die meisten der jugendlichen »Dichter-Charaktere« vermutlich angeschlossen; der Lyrikbegriff, welcher Leixners Kritik und Bleibtreus Ratschlag zugrunde liegt, war zunächst auch der ihre. In solchen konzeptionellen Übereinstimmungen manifestiert sich die noch unangefochtene Macht eines traditionellen Erwartungshorizonts, zu dem der literaturpolitische Erneuerungsanspruch der Jüngstdeutschen allerdings in einem objektiven Widerspruch steht. Den von allen Seiten erschallenden Vorwurf der Unreife hatten die Autoren ja bereits prophylaktisch zu entkräften versucht, indem sie die Schwächen ihrer lyrischen Versuche einräumten, auf die Zukunftsbedeutung ihrer ›eingreifenden‹ *Intentionen* jedoch um so nachdrücklicher hinwiesen.[47] Es ging ihnen ja in der Tat nicht nur um die Entdeckung neuer, zeitgemäßer Themen und die Entwicklung einer ›charakteristischen‹ Schreibweise, sondern vor allem um ein verbindlicheres Verhältnis der Literatur zur Wirklichkeit, d. h. eine neue Literatur*funktion*. Erst diese neue Qualität berechtigt uns, die *Modernen Dichter-Charaktere* wirklich als die »Vorhut des naturalistischen Generalangriffs auf kanonisch verhärtete Stellungen einer überlebten Ästhetik« einzustufen.[48] Und so prinzipiell sind die Anthologie und ihr individualistisch-aufbegehrender Gestus von den Zeitgenossen auch – begeistert oder entrüstet – wahrgenommen worden. An den Reaktionen der etablierten Kritik konnte den Jüngstdeutschen bald klar werden, daß die herrschenden Kreise auf ihren so gutwillig

45 Ebd., S. 209.
46 Ebd., S. 212.
47 Arent, *Moderne Dichter-Charaktere* (Anm. 1), S. I.
48 Mahal, »Wirklich eine Revolution der Lyrik?« (Anm. 3), S. 35.

eingebrachten Beitrag zur Kultur des »erneuten, geeinten und großen Vaterlandes«[49] nicht gerade gewartet hatten. Um so eher gelang es ihnen nun, sich schärfer als literaturpolitische *Opposition* zu identifizieren. Die konzeptionell bedeutsame Umbenennung der *Modernen Dichter-Charaktere*, welche 1886 in unveränderter Form, jedoch unter dem Titel *Jung-Deutschland* erneut auf den Markt gebracht wurden, mochte zunächst wie eine Trotzgebärde wirken.[50] Sie war jedoch durch die Brüder Hart programmatisch vorbereitet[51] und entspricht auch dem Selbstverständnis etwa von Arno Holz, der sich in seinem ebenfalls 1886 erscheinenden *Buch der Zeit* provokativ als »Tendenzpoet«[52] und Nachfolger Heinrich Heines vorstellte. Auch Karl Henckell ließ, nach eigener Erinnerung, um diese Zeit die »Hurrastimmung und Reichsbegeisterung« seiner Jugendjahre endgültig hinter sich und begann, sich an der demokratischen Lyrik des Vormärz zu orientieren.[53] Die in dieser Weise neu akzentuierte *Traditionsbeziehung* der naturalistischen ›Literaturrevolution‹ hatte, neben gesellschaftspolitischen Implikationen, auch weltanschaulich und ästhetisch klärende Folgen: »Wenn sich die ›Jüngstdeutschen‹ nun mit dem neuen Gruppennamen und auch mit der Umbenennung der ›Modernen Dichter-Charaktere‹ zur Tradition der in Deutschland ungeliebten politischen Dichtung bekannten, so bedeutete dies neben dem sicher bewußten Affront wider ein Dichtungsverständnis, das der Literatur als Funktion eher Affirmation und Quietisierung denn Reflexionsanstöße und Irritierung zuwies, gleichzeitig einen veränderten Anspruch an das

49 Arent, *Moderne Dichter-Charaktere* (Anm. 1), S. VII.

50 »Die ›Dichter-Charaktere‹ sowohl wie alles, was irgendwie mit ihnen zusammenhing, waren von der Presse geächtet, wurden verfolgt und nach Möglichkeit unter Gelächter begraben. Wir waren darüber nicht ungehalten, sondern sahen selbst in dieser Art von Beachtung unserer literarischen Revolution eine Förderung« (Hauptmann, »Das Abenteuer meiner Jugend« [Anm. 4], S. 1055).

51 Mahal, »Wirklich eine Revolution der Lyrik?« (Anm. 3), S. 32.

52 Vgl. Holz, »Selbstporträt«, S. 78 in dieser Ausgabe.

53 Karl Henckell, Einleitung zu: K. H., *Gesammelte Werke*, Bd. 1, München: Johann Michael Müller, 1921, S. IX.

eigene Schreiben, der seine Konsequenzen bald in der Themenwahl und Adressatenbestimmung haben mußte.«[54]
Die wesentlichen Vorstöße der naturalistischen Lyrik nach den *Modernen Dichter-Charakteren* sind damit bereits angedeutet. In dem verhältnismäßig kurzen Zeitraum von 1885 bis zu ihrer vorerst letzten Zusammenfassung im *Buch der Freiheit* von 1893 bildet sich die naturalistische Lyrik zu einer schmalen, aber bedeutsamen Strömung aus, deren historisch wesentliches Kennzeichen eine zunehmende Konturierung des zeit- und gesellschaftsbezogenen Charakters der Texte ist. Diesen Prozeß versucht die vorliegende Auswahl mit Rücksicht auf seine verschiedenen Stufen und Aspekte zu dokumentieren; es ist dabei zu bedenken, daß im Gebiet der naturalistischen Lyrik noch zahlreiche Forschungsprobleme ungelöst sind.
Die Entwicklung der naturalistischen Lyrik in dem genannten Zeitraum vollzog sich nicht kontinuierlich. Von den für den Naturalismus wesentlichen Autoren der *Modernen Dichter-Charaktere* hat nur Karl Henckell in der Folgezeit regelmäßig Gedichte geschrieben. Hermann Conradi veröffentlichte nur noch seine *Lieder eines Sünders* (1887), unter denen sich nach Paul Szymanks Vermutung kaum ein Gedicht befindet, das nach dem Frühjahr 1884 verfaßt ist. Arno Holz hat zwischen dem *Buch der Zeit* (1886) und der *Phantasus*-Fassung von 1898/99 keine Gedichte publiziert; von Gerhart Hauptmann, dessen Sammlung *Das bunte Buch* (1888) hauptsächlich Gedichte der Jahre 1883–85 enthält, sind erst im Jahre 1939 wieder Gedichte an die Öffentlichkeit gekommen. Alle diese Autoren hatten sich, dem Ratschlag Karl Bleibtreus entsprechend, der Prosa zugewandt, in der sie ihre künstlerischen Absichten eher verfolgen zu können glaubten. Diese Verschiebung im Schwergewicht der Gattungen war so auffällig, daß bereits 1887 der Kritiker Eugen Wolff feststellen konnte: »Zuerst war die neue Strömung bahnbrechende Kritik, dann wurde sie zur Lyrik,

54 Mahal, »Wirklich eine Revolution der Lyrik?« (Anm. 3), S. 32.

jetzt befinden wir uns im Stadium der Novellistik und schon äußern sich Ansätze zur Roman- und Dramendichtung. Auch die eigentlichen Typen des lyrischen Jungdeutschland werden teilweise in diese Bahnen fortgerissen.«[55]

Wenn man also eine Entwicklungslinie der naturalistischen Lyrik sich vorstellen möchte, so ist diese vor allem bestimmt durch die Namen Karl Henckell, dessen Gedichtbände *Amselrufe* (1888) und *Diorama* (1890) aufgrund des Sozialistengesetzes als ›Umsturzdichtung‹ verboten wurden, John Henry Mackay (*Sturm*, 1888; *Das starke Jahr*, 1890 u. a.), Maurice Reinhold von Stern (*Stimmen im Sturm*, 1888, die erweiterte Auflage der *Proletarierlieder* von 1885; *Excelsior!*, 1889 u. a.) sowie Bruno Wille (*Einsiedler und Genosse*, 1891) und evtl. Richard Dehmel mit seinem ersten Gedichtband *Erlösungen* (1891). Um diese Autoren herum gruppieren sich einige weniger bedeutende, teilweise auch der naturalistischen Literaturbewegung fernstehende Autoren, welche sich – z. T. in ausgesprochen marktbewußter Anpassung – der Produktion ›sozialer‹ Lyrik zuwandten.

Der hauptsächlich durch diese Namen repräsentierte Entwicklungsprozeß der naturalistischen Lyrik kann, wie angedeutet, sinnvollerweise als eine *Annäherung an die Wirklichkeit* beschrieben werden. Abgesehen von Schwierigkeiten, Widersprüchlichkeiten und Rückzügen, welche diesen Prozeß mitbestimmten, hat diese Annäherung an die Wirklichkeit zwei Seiten: unter dem Aspekt des gegenständlich-thematischen Bezugs betrifft sie die Versuche der ausdrücklichen Hereinnahme natürlicher und gesellschaftlicher Realität in das Gedicht; unter funktionalem Aspekt betrifft sie die Veränderung der Wirkungsintentionen und der konkret-praktischen Wirkungsmöglichkeiten naturalistischer Lyrik in ihrer Zeit und Gesellschaft. Auffällig sind hier zunächst die Verschiebungen und Konkretisierungen im thematischen Bereich: der grundsätzlich gewandelte Stand-

55 Eugen Wolff, *Zwölf Jahre im literarischen Kampf. Studien und Kritiken zur Literatur der Gegenwart*, Leipzig/Oldenburg: Schulzesche Hofbuchhandlung, 1901, S. 107.

punkt in der ›nationalen Frage‹, das Zurücktreten philosophisch-weltanschaulicher Probleme gegenüber der Reflexion der gesellschaftlichen Entwicklung und der in ihr zentralen ›sozialen Frage‹. Die Aufnahme naturwissenschaftlich-technischer Entwicklungen – Eisenbahn, Telegraf, Elektrizität, Fabrik – ist, aufs ganze gesehen, weniger durchgreifend, als es die emphatische Behauptung von Arno Holz »Auch dies ist Poesie!«[56] glauben machen und durchsetzen wollte. Entscheidend sind die thematischen Vorstöße eher im Bereich der sozialen Auseinandersetzungen: an die Stelle moralisierender Empörung über den Arm-Reich-Gegensatz tritt eine satirisch-präzise Abfertigung der »Junker und Schlotbarone«, der Polizeimethoden und des Militarismus im Staate Bismarcks; konkreter werden auch die Einsichten und Darstellungen des Zusammenhangs zwischen materieller und geistiger Kultur und schließlich die Auffassung der – und die Parteinahme für die – unterdrückten Volksschichten. Hier tritt an die Stelle der mitleidvollen Elendsmalerei bei einzelnen Autoren die sachlich-engagierte Beschreibung des Proletariats, seiner Arbeit und seines Kampfes gegen Not und Ausbeutung.
Insgesamt gewinnt die Lyrik an Entschiedenheit und Klarheit der weltanschaulichen Orientierung. Die Parteinahme für den gesellschaftlichen Fortschritt – »Geistesfreiheit« und »Sozialreform« wären die übergeordneten Stichworte – wird gezielter, die Stellung zur Arbeiterbewegung nüchterner bedacht. Ausgehend von der Betonung und Forderung subjektiver Authentizität, welche traditionellerweise allein in Stimmung, Gefühl und Empfindung gesehen wird, erobern sich einige Autoren eine analytisch-operative Dimension des lyrischen Schaffens. Der Wandel der lyrischen (Bild-)Sprache verdankt sich in diesen Fällen der spürbaren Bemühung, durch die künstlerische Verdichtung des eigenen, subjektiven Wirklichkeitserlebnisses den Leser zu einer entsprechenden Parteinahme zu bewegen. Es findet sich zwar eine

56 Vgl. Holz, »Frühling«, Str. 8, S. 59 in dieser Ausgabe.

ganze Reihe von Gedichten, in denen das lyrische Ich und die subjektiven Momente der Redesituation weitgehend ausgeblendet sind, konstitutiv auch für die ›sozialen‹ Gedichte des Naturalismus bleibt jedoch der Zugang zur Wirklichkeit über die Gestaltung von Stimmung und Gefühl. Zudem muß natürlich berücksichtigt werden, daß alle Autoren neben der ›sozialen Lyrik‹ – teilweise quantitativ überwiegend und in ausdrücklicher Abgrenzung von ihr –[57] traditionelle Natur- und Liebesgedichte schreiben. Auch diese Seite der lyrischen Produktion des Naturalismus ist – in anderer Weise – durch eine Veränderung der künstlerischen Methode im Sinne des konkreteren Wirklichkeitsbezugs charakterisiert; allerdings sind die Entwicklungen auf dem Gebiet der reinen Erlebnislyrik weitaus schwieriger in allgemeinen Feststellungen zu fassen und bedürfen zudem noch genauer, vergleichender Interpretationen und Untersuchungen. Es ist dies ein literaturgeschichtlicher Aspekt des Naturalismus, unter dem etwa die überragende Bedeutung des Lyrikers Detlef von Liliencron für den literarischen Prozeß der Epoche entsprechend berücksichtigt werden müßte: obwohl dieser Autor sicherlich nicht der naturalistischen Literaturbewegung zugerechnet werden kann,[58] hat er doch einen bedeutenden Einfluß gerade auf die naturalistische Lyrik nach 1885 gehabt.

Den für die gesamte naturalistische Literatur wesentlichen,

57 Die Trennung »lyrischer« und »tendenziöser« Gedichte in Maurice Reinhold von Sterns *Stimmen im Sturm* (1888); Bruno Wille betont die Unterschiedlichkeit der zwei im Titel annoncierten Gedichtarten seines Lyrikbandes *Einsiedler und Genosse* (1891). Einen ähnlichen Unterschied zwischen »tendenziösen« und »eigentlichen« Gedichten macht John Henry Mackay, ebenfalls ohne ausdrückliche Abwertung der »Tendenz«; vgl. John Henry Mackay, *Abrechnung. Randbemerkungen zu Arbeit und Leben*, Freiburg: Verlag der Mackay-Gesellschaft, ^{3}1978, S. 69.

58 Nicht nur im Hinblick auf Liliencron, sondern auch in der Einbeziehung/Nichteinbeziehung subjektivistischer Lyrik (etwa Ludwig Scharf) oder der viel später entstandenen *Lieder aus dem Rinnstein* in dem Zusammenhang der naturalistischen Literatur unterstreiche ich die Differenzen zu Walter Schmähling (Hrsg.), *Naturalismus*, Stuttgart: Reclam, 1977 [u. ö.] (Die deutsche Literatur. Ein Abriß in Text und Darstellung, Bd. 12, Reclams Universal-Bibliothek, 9645 [4]).

widerspruchsvollen Zusammenhang von »Individualismus« und »Sozialismus« hat zuletzt Klaus Bohnen in seinem Literaturbericht einleuchtend dargelegt.[59] Der ›individualistische‹ Akzent des Naturalismus richtet sich auf die Subjektanalyse, deren weltanschaulicher Hintergrund die monistisch aufgefaßte ›Natur‹ ist; diese Orientierung äußert sich in der Lyrik als Konzentration auf den – unverstellten – Ausdruck der Subjektivität. Mit dem ›sozialistischen‹ Akzent des Naturalismus ist demgegenüber der »sachliche Bedingungskontext für das Subjekt angesprochen. [...] Die ›sozialistische‹ Kritik wird zu einem Postulat der ›Natur‹ und steht somit im Dienste des Subjekts.«[60] Auch für die Lyrik des Naturalismus gilt, daß kein alternatives Gesellschaftsmodell anvisiert wird, sondern eher ein idealer ›Modus vivendi‹, den man als die Verwirklichung der humanistischen Ideale auf dem Boden der kapitalistischen Gesellschaft beschreiben kann. Hierin drückt sich die Einbettung der naturalistischen Gesellschaftskritik in den Horizont der *bürgerlichen* Ideologie aus; und es ist vielleicht nur auf den ersten Blick überraschend, daß Bohnen in diesem Kontext von der Tradition *anarchistischen* Gedankenguts spricht. Wie sehr dieses auch im Hinblick auf die Lyrik gerechtfertigt ist, wird an der Einbeziehung John Henry Mackays in den Bereich naturalistischer Lyrik deutlich.

Die idealistische Hypostasierung der ›Werte‹ Humanität und ›Naturgemäßheit‹ – d. h. das Festhalten am idealistischen Menschenbild und Gesellschaftsbegriff – führt zu der oft bemerkten Abstraktheit der Perspektive auch in sprachlich nüchternen und konkret auf die Wirklichkeit bezogenen Gedichten. In dieser Abstraktheit manifestiert sich ein generelles Dilemma der naturalistischen ›Literaturrevolution‹ – als einer *bürgerlichen* Avantgardebewegung –, sofern sie eben auf *utopische* Vermittlungen zwischen dem als ›Natur‹

59 Klaus Bohnen, »Der literarische Naturalismus. Günther Mahals ›Arbeitsbuch‹ und die Tendenzen der neueren Naturalismus-Forschung«, in: Text & Kontext 5,1 (1977) S. 125–138.
60 Ebd., S. 127.

gefaßten Gesellschaftsprozeß und dem Ideal ›erfüllter‹ Subjektivität verwiesen bleibt: »Die Verweigerung gesellschaftlicher Lösungen bedeutet nicht den Verzicht auf soziale Problematisierungen, aber ebenso wie diese Tatbestände vom Zusammenhang der Subjektanalyse her einzuschätzen sind, so sollen sie eher eine erkenntnistheoretische als eine soziale Rezeption stimulieren. Wenngleich diese Literatur also eine objektive Funktion im Prozeß sozialer Entwicklungen gewinnen kann, so bezieht sie sich ihren eigenen Intentionen nach auf die (mitfühlende) Einsicht in (bedrükkende) Naturprozesse.«[61]

Lassen sich solche generellen Feststellungen grundsätzlich auch auf die im geschilderten Sinne kritisch-realistischen Texte naturalistischer Lyriker beziehen, so gilt doch auch, daß – umgekehrt – die tatsächliche Funktion der Gedichte im Kontext der sozialen Kämpfe zum Abbau kontemplativer Mitleidshaltungen und zur Ausbildung einer operativen Methode beitragen kann. Die Bemerkung Franz Mehrings, die realistischen Vorstöße der naturalistischen Literatur verdanke man dem »Widerschein der immer mächtiger auflodernden Arbeiterbewegung«,[62] gilt nicht nur für das naturalistische ›soziale‹ Drama und den Roman, sondern ebenso für die Lyrik. Die entscheidenden Fortschritte in Richtung auf eine kritisch-realistische Methode gelingen den Autoren im Zusammenhang ihrer Annäherung an die Arbeiterbewegung, genauer: der Verwendung ihrer Gedichte im Zusammenhang der ›zweiten Kultur‹. Hier gewinnt die naturalistische Lyrik im eigentlichen Sinne einen neuen Adressaten – die »deutschen Lohnarbeiter im Allgemeinen«, wie es bei Maurice R. von Stern heißt – und eine distinkte gesellschaftliche Zielstellung: beizutragen »zur Emanzipationsbewegung der arbeitenden Klassen«.[63] Zwei Jahre vor der Grün-

61 Ebd., S. 128.
62 Franz Mehring, »Die Lessing-Legende«, in: F. M., *Gesammelte Schriften*, hrsg. von Thomas Höhle, Hans Koch, Josef Schleifstein, Bd. 9, Berlin [Ost]: Dietz, 1975, S. 360.
63 Stern, Vorrede zu den *Proletarierliedern*, S. III.

dung der »Freien Volksbühne« in Berlin kommt es im Schweizer Exil zu einer ersten praktischen Assoziation von bürgerlicher Literatur und proletarischer Partei. Eine wesentliche Voraussetzung für diese Entwicklung sind natürlich bestimmte gesellschaftliche Erfahrungen der Autoren: etwa Sterns Arbeits- und Wanderjahre in Nordamerika oder Henckells Kontakt zu emigrierten Sozialdemokraten in Zürich und sein Studium der marxistischen Ökonomie. Es entstehen politische ›Gelegenheitsgedichte‹, bezogen auf aktuelle, teils tagespolitische Anlässe: die Schutzzoll-Gesetzgebung, das Sozialistengesetz, den Bergarbeiterstreik im Ruhrgebiet 1889, den Justizmord an zwei ›Anarchisten‹ in Chikago 1887.[64] Die Texte bekommen einen praktischen Bezug als Prologe und ›Festgrüße‹ zu sozialdemokratischen Veranstaltungen, Parteitagen, Maifeiern und Friedenskongressen. In solchen Texten tritt die agitatorische, mobilisierende Funktion eindeutig in den Vordergrund; es sind auch diese Texte, welche sich am weitesten von der traditionellen Vorstellung von Lyrik entfernen, sofern sie den Bezug auf die unmittelbaren Gefühle und Stimmungen des isolierten Individuums auflösen und sich als Ausdruck eines kollektiven Appells verstehen. – Ebensowenig wie auf dem Gebiet des Theaters konnte auf dem der Lyrik diese praktische Assoziation dauerhaft ausgestaltet werden; die wenig später artikulierten Absagen und Rückzüge auch naturalistischer Lyriker vom Partei-Engagement – etwa Henckells »Volksführer? Nein! die Toga paßt mir nicht« –[65] machen die geschilderten Vorstöße der naturalistischen Lyrik allerdings

64 Vgl. die Texte von Henckell, S. 135 und S. 147f., und Mackay, S. 195ff. in dieser Ausgabe. Am 11. November 1887 wurden in Chikago die vier unschuldig verurteilten Anarchisten Georg Engel, Adolph Fischer, A. R. Parson und August Spies hingerichtet, ein weiterer Verurteilter, Louis Lingg, hat sich am Tag vorher das Leben genommen. Zu diesem als »Haymarket-Affäre« bekanntgewordenen Fall politischer Unrecht-Sprechung vgl. *1886, Haymarket. Die deutschen Anarchisten von Chikago. Lebensläufe und Reden*, hrsg. von Horst Karasek, Berlin [West]: Wagenbach, 1975 (Wagenbachs Taschenbücherei, 11).
65 Vgl. *Mein Ça ira*, S. 164f. in dieser Ausgabe.

auch nicht ungeschehen, so gerne die Literaturgeschichtsschreibung sie bisher ›vergessen‹ hat.
An dem von Karl Henckell im Auftrag der Sozialdemokratischen Partei 1893 zusammengestellten *Buch der Freiheit* läßt sich das für die naturalistische Lyrik erreichbare Maß der Ablösung vom traditionellen Erwartungshorizont beispielhaft veranschaulichen. In der Anthologie stehen die naturalistischen Gedichte von Hartleben, Holz, Henckell, Dehmel, Wille u. a. im Zusammenhang der bürgerlichen Lyrik seit Goethe und Shakespeare sowie der proletarischen Lyrik von Ernst Klar, Jakob Audorf, Konrad Nies, Leopold Jakoby und anderen Autoren der Sozialdemokratie. Der Vergleich der von Karl Henckell verfaßten »Widmung« zum *Buch der Freiheit* mit den Vorreden der *Modernen Dichter-Charaktere* verdeutlicht die Möglichkeiten und Grenzen einer zeit- und gesellschaftsbezogenen bürgerlichen Lyrik am Ende des 19. Jahrhunderts. Die in der »Widmung« ausgedrückte klare Parteinahme des Herausgebers verbindet sich mit einer Auffassung des historischen Prozesses, die der weltanschaulichen Höhe der zeitgenössischen sozialistischen Kulturtheorie nur wenig nachsteht. Die »leitende Grundidee« seiner Arbeit beschreibt Henckell als den »modernen, ökonomisch-politischen Freiheitsbegriff«, »so wie ihn heute in erster Linie das organisierte Proletariat erfaßt und verkündet hat, einmal als Erbe unerfüllter bürgerlicher Ideale und sodann als Erzeuger und Träger neuer Bewußtseinsforderungen der Menschheit.«[66]
Der in diesem Zusammenhang von Henckell eher heruntergespielte, dennoch unaufgelöste Widerspruch zwischen der Forderung nach künstlerischer Vollendung und der nach operativer Wirksamkeit markiert eine für die naturalistische Literatur unüberschreitbare Grenze: nämlich zwischen der Parteinahme – der ›Tendenz‹ – und der Parteilichkeit als einer *ästhetischen* Qualität und Kategorie. Franz Mehrings lakonische Diagnose zum »Fall Holz« aus dem Jahre 1896

66 Karl Henckell (Hrsg), *Buch der Freiheit*, Berlin: Buchhandlung des »Vorwärts«, 1893, S. V.

gilt auch für Karl Henckell: »Auf dem Boden der bürgerlichen Gesellschaft ist sein Fall unheilbar.«[67]
Der Kompromiß zwischen traditioneller Kunstauffassung und gesellschaftspolitischer Zielsetzung, den Henckell in seiner »Widmung« formuliert, *setzt* utopisch, was am Ende des 19. Jahrhunderts objektiv nicht anders zu leisten war; er besteht in der Überzeugung, »daß die künstlerisch gelungenste, die dichterisch vornehmste Ausprägung des gesellschaftlichen Befreiungsgedankens schließlich immer noch die im edlen Sinne agitatorisch wirksamste ist«.[68]
Dietger Pforte hat im Zusammenhang seiner Untersuchung über das Verhältnis zwischen Sozialdemokratie und naturalistischer Literatur auf die Bedeutung hingewiesen, welche die künstlerischen Vorstöße der Naturalisten auch für die Herausbildung des sozialistischen Realismus und seiner Theorie bekommen haben. Das gilt auch für die naturalistische Lyrik und ihre zeitweilige Annäherung an die Kultur der Arbeiterbewegung. Auch in zahlreichen naturalistischen Gedichten wird »der Wunsch nach einer Kunst geweckt, die die Veränderbarkeit des Dargestellten in sich aufhebt und als Möglichkeit aufweist«.[69] Die vorliegende Sammlung naturalistischer Gedichte möchte dazu beitragen, diesem Wunsch, der zugleich eine historische Notwendigkeit ausdrückt, eine geschichtlich vertiefte Anschauung und Begründung zu geben.

67 Franz Mehring, »Der Fall Holz«, In: F. M., *Gesammelte Schriften*, Bd.2, 1961, S. 237.
68 Henckell, *Buch der Freiheit* (Anm. 66), S. VI.
69 Dietger Pforte, »Die deutsche Sozialdemokratie und die Naturalisten. Aufriß eines fruchtbaren Mißverständnisses«, in: Scheuer, *Naturalismus* (Anm. 3), S. 175–205, hier S. 200.

Zeittafel zur naturalistischen Lyrik

1885 Arent, Wilhelm (Hrsg.): Moderne Dichter-Charaktere. Mit Einleit. von Hermann Conradi und Karl Henckell. Berlin.
Bleibtreu, Karl: Lyrisches Tagebuch. Berlin.
Düsterhoff, Eugen [d. i. Wilhelm Arent] (Hrsg.): Berliner bunte Mappe. Berlin.
Henckell, Karl: Poetisches Skizzenbuch. Mit einem Vorw. von Heinrich Hart. Minden.
[Kamp, Otto:] Armeleutslieder. Frankfurt a. M.
Stern, Maurice Reinhold von: Proletarierlieder. Jersey City.

1886 Arent, Wilhelm (Hrsg.): Jungdeutschland. Berlin/Leipzig [2. Aufl. von: Moderne Dichter-Charaktere.]
Bleibtreu, Karl: Welt und Wille. Dessau.
Henckell, Karl (Hrsg.): Quartett. Dichtungen. Unter Mitw. von Arthur Gutheil, Erich Hartleben, Alfred Hugenberg. Hamburg.
Holz, Arno: Buch der Zeit. Lieder eines Modernen. Zürich.

1887 Conradi, Hermann: Lieder eines Sünders. Leipzig.
Hanstein, Adalbert von: Menschenlieder. Berlin.
Henckell, Karl: Strophen. Zürich.
Mackay, John Henry: Dichtungen. Zürich.

1888 Hauptmann, Gerhart: Das bunte Buch. Gedichte, Sagen und Märchen. Stuttgart. [Kam nicht zur Auslieferung.]
Henckell, Karl: Amselrufe. Zürich.
Kamp, Otto: Armeleutslieder. 2. Aufl. Frankfurt a. M.
Mackay, John Henry: Fortgang. Der Dichtungen erste Folge. Großenhain.
Mackay, John Henry: Sturm. Gedichte. Zürich 1888.
Stern, Maurice R. von: Stimmen im Sturm. Gesammelte Dichtungen, dem arbeitenden Volk gewidmet. Zürich. [2. Aufl. von: Proletarierlieder.]

1889 Henckell, Karl: Amselrufe. 2. Aufl. Zürich.
Stern, Maurice R. von: Excelsior! Neue Lieder. Zürich.

1890 Bleibtreu, Karl: Kosmische Lieder. Berlin.
Hart, Julius: Homo sum! Ein neues Gedichtbuch. Nebst einer Einl.: Die Lyrik der Zukunft. Leipzig/Großenhain.
Henckell, Karl: Diorama. Zürich.
Mackay, John Henry: Das starke Jahr. Der Dichtungen zweite Folge. Zürich.

1890 Stern, Maurice R. von: Höhenrauch. Neue Gedichte. Zürich.
Stern, Maurice R. von: Sonnenstaub. Gedichte. Zürich.
1891 Dehmel, Richard: Erlösungen. Eine Seelenwandlung in Gedichten und Sprüchen. Stuttgart.
Henckell, Karl: Trutznachtigall. Zürich/Leipzig.
Stern, Maurice Reinhold von: Ausgewählte Gedichte. Dresden.
Wille, Bruno: Einsiedler und Genosse. Soziale Gedichte nebst einem Vorspiel. Vorw. von Julius Hart. Berlin.
1892 Holz, Arno: Buch der Zeit. 2. Aufl. Berlin.
Sommerfeld, Aaron von: Wetterleuchten. Moderne Gedichte. Zürich.
Stern, Maurice R. von: Nebensonnen. Neue Gedichte. Dresden.
1893 Henckell, Karl (Hrsg): Buch der Freiheit. Berlin.
Stern, Maurice R. von: Mattgold. Neue Dichtungen. Zürich.
1894 Held, Franz [d. i. Franz Herzfeld]: Trotz Alledem! Einiges aus meinem Schatzhaus. Berlin.
Henckell, Karl: Zwischenspiel. Zürich.

Zu dieser Ausgabe

Die Textfolge der vorliegenden Sammlung sucht das historische Bild zu veranschaulichen, das die Einleitung von der Lyrik des Naturalismus skizziert. Repräsentiert sind zunächst die Autoren der *Modernen Dichter-Charaktere* mit ihren Texten aus dieser ersten und wichtigsten Anthologie des Naturalismus, und zwar in der gleichen Reihenfolge, dann mit Gedichten aus späteren Bänden. Es folgen – ab Gerhart Hauptmann – die übrigen Autoren, angeordnet nach ihrer vom Herausgeber eingeschätzten Bedeutung für die Lyrik des Naturalismus. Die Anordnung innerhalb der einzelnen Autoren-Kapitel ist chronologisch und bewahrt die Reihenfolge der Texte in den jeweiligen Lyrikbänden der Verfasser. Einzelne, in die Zeit *vor* 1885 zu datierende Gedichte besonders der Brüder Hart werden hier in der Fassung der *Modernen Dichter-Charaktere* abgedruckt. Im übrigen folgt die Textgestaltung grundsätzlich dem jeweiligen Erstdruck.

Die Orthographie ist unter Wahrung des Lautstandes behutsam modernisiert. Die Interpunktion blieb unverändert. Offensichtliche Druckfehler wurden stillschweigend verbessert.

WILHELM ARENT

Des Jahrhunderts verlorene Kinder

Ein freudlos erlösungheischend Geschlecht,
Des Jahrhunderts verlorene Kinder,
So taumeln wir hin! wes Schmerzen sind echt?
Wes Lust ist kein Rausch? wer kein Sünder? . . .

Selbstsucht treibt alle, wilde Gier nach Gold,
Unersättlich Sinnengelüste,
Keinem einzigen ist Mutter Erde hold –
Rings graut nur unendliche Wüste!

Chaotische Brandung wirr uns umtost;
Verzehrt von dämonischen Gluten,
Von keinem Strahl ewigen Lichts umkost,
Müssen wir elend verbluten . . .

Fragment

Ich lehne träumend am Brückenrand,
Das Aug' zu des Stromes Tiefen gewandt.
Wie Schatten huscht es an mir vorbei,
Nur halb noch hör ich verworrnes Geschrei.
Der Abend dämmert mählich herein . . .
Plötzlich ergießt sich trübfahler Schein:
Jäh trifft mein Blick die Menschen all,
Die vorüberfluten in wirrem Schwall.
Ich sehe Karossen stolz und reich,
Daneben die Armut kummerbleich.
Zumeist grub tiefe Linien die Not,
Das Laster, die Sorge um Leben und Brot.

Verrohung spiegelt gar mancher Zug,
Unselige Selbstsucht, Lug und Trug.
Keinem Auge entsprüht des Daseins Lust –
Weltscheue Schwermut füllt meine Brust.
Unendliches Weh und unendlicher Groll:
Was all das tolle Treiben soll!
Die meisten kommen zur Erde und gehn
Und haben nie sich selber gesehn.
Sie lebten dumpf in tierischem Triebe,
Sie fühlten nie das Glück der Liebe.
Sie sahen nie der Gottheit Spur,
Sie kannten dich nicht, Allmutter Natur.

Kind aus dem Volke

Kind aus dem Volke so schlicht und rein,
Hüte dich, hüte dich Blümelein!
Bist so lieblich und zart von Gestalt,
Übst so süße Zaubergewalt ...
Bald ist der Liebe Knospe erwacht,
Liebe kommt träumend und über Nacht.
Heißer zum Herzen strömt dir das Blut,
Deine Wang' erglüht in Rosenglut.
Dein Mund dem Kusse entgegenschwillt,
Nur des Mannes Arm deine Sehnsucht stillt.
Wild preßt du ihn an die wogende Brust,
Du gibst dich hin im Taumel der Lust.
Für ewig scheidet von dir das Glück,
Nie kehrt deine Munterkeit zurück.
In Tränen stirbt deiner Seele Mai,
In düstrer Verzweiflung dein Todesschrei.

JULIUS HART

Gewitter

Den ganzen Abend hat es schon gegrollt
Und bang geflüstert in dem dunklen Laube,
Am Landweg kam in Wind der Staub gerollt,
Die Wolke flog gehüllt in dunkle Haube,
Scheu hat der Vogel sich ins Nest geduckt,
Der Hase barg sich in dem Laub voll Schrecken,
Als fern im Ost der erste Blitz gezuckt,
Der erste Regen rauschte durch die Hecken.

Nun ist's herauf, hinsaust die tolle Jagd
Des Sturmes durch den Schloßhof, in dem Weiher
Wühlt dumpf die Flut, wie dunkle Winternacht
Hängt über Turm und Dach der Wolkenschleier,
Die Wipfel sausen und das Schilfrohr pfeift –
Ein toller Junker, geht's durch Teich und Binsen,
Hei, wie der Nebeldunst vorüber schleift,
Ein Höllenzug mit Winseln und mit Grinsen.

Hahi und Hussa, wie das jagt und tollt.
Der Blitz fällt zuckend hin, auf erznem Wagen
Kommt krachend hinterher der Donner angerollt,
Vom Wolkenmantel dicht den Leib umschlagen.
Ein Feuerstrahl fährt prasselnd aus dem Wald,
Und jach zum Himmel blitzen Flammenfluten,
Drein jagt der Sturm, daß Hang und Heide hallt,
Und peitscht die Lüfte mit rotglüh'nden Ruten.

O, könnt' ich doch auf dieser Wolken Nacht
In Feuerlettern meine Dichtung schreiben,
Die Dichtung, höll- und himmelheiß entfacht,
Und mit dem Sturm durch alle Lande treiben.

Dann sollte, wie bei wirbelndem Trommelklang,
Die Menschheit aus dem trägen Träumen schrecken,
Schlafmordend sollte mein Gesang
Zu heil'gem Kampf die Müden wecken.

Auf der Fahrt nach Berlin

Von Westen kam ich, – schwerer Heideduft
Umfloß mich noch, vor meinen Augen hoben
Sich weiße Birken in die klare Luft,
Von lauten Schwärmen Krähenvolks umstoben,
Weit, weit die Heide, Hügel gelben Sands,
Und binsenüberwachsne Wasserkolke,
Fern zieht ein Schäfer in des Sonnenbrands
Braunglühendem Reich verträumt mit seinem Volke.

Von Westen kam ich und mein Geist umspann
Weichmütig rasch entschwundne Jugendtage,
War's eine Träne, die vom Aug' mir rann,
Klang's von dem Mund wie sehnsuchtsbange
Klage? ...
Von Westen kam ich und mein Geist entflog
Voran und weit in dunkle Zukunftstunden ...
Wohl hob er mächtig sich, sein Flug war hoch,
Und Schlachten sah er, Drang und blut'ge Wunden.

Vorbei die Spiele, durch den Nebelschwall
Des grauenden Septembermorgens jagen
Des Zuges Räder, und vom dumpfen Schall
Stöhnt, dröhnt und saust's im engen Eisenwagen ...
Zerzauste Wolken, winddurchwühlter Wald
Und braune Felsen schießen wirr vorüber,
Dort graut die Havel, und das Wasser schwallt,
Die Brücke, hei! dumpf braust der Zug hinüber.

Die Fenster auf! Dort drüben liegt Berlin!
Dampf wallt empor und Qualm, in schwarzen Schleiern
Hängt tief und steif die Wolke drüber hin,
Die bleiche Luft drückt schwer und liegt wie bleiern ...
Ein Flammenherd darunter – ein Vulkan,
Von Millionen Feuerbränden lodernd, ...
Ein Paradies, ein süßes Kanaan, –
Ein Höllenreich und Schatten bleich vermodernd.

Hindonnernd rollt der Zug! Es saust die Luft,
Ein anderer rast dumpfrasselnd risch vorüber,
Fabriken rauchgeschwärzt, im Wasserduft
Glänzt Flamm' um Flamme, düster, trüb und trüber,
Engbrüst'ge Häuser, Fenster schmal und klein,
Bald braust es dumpf durch dunkle Brückenbogen,
Bald blitzt es unter uns wie grauer Wasserschein,
Und unter Kähnen wandeln müd die Wogen.

Vorbei, vorüber! und ein geller Pfiff!
Weiß fliegt der Dampf, ... ein Knirschen an den Schienen!
Die Bremse stöhnt laut unter starkem Griff ...
Langsamer nun! Es glänzt in aller Mienen!
Glashallen über uns, rings Menschenwirr'n, ...
Halt! Und »Berlin!« Hinaus aus engem Wagen!
»Berlin!« »Berlin!« Nun hoch die junge Stirn,
Ins wilde Leben laß dich mächtig tragen!

Berlin! Berlin! Die Menge drängt und wallt,
Wirst du versinken hier in dunklen Massen ...
Und über dich hinschreitend stumm und kalt,
Wird niemand deine schwache Hand erfassen?
Du suchst – du suchst die Welt in dieser Flut,
Suchst glühende Rosen, grüne Lorbeerkronen, ...

Schau dort hinaus! ... Die Luft durchquillt's wie Blut,
Es brennt die Schlacht und niemand wird dich
schonen.

Schau dort hinaus! Es flammt die Luft und glüht,
Horch Geigenton zu Tanz und üpp'gem Reigen!
Schau dort hinaus, der fahle Nebel sprüht,
Aus dem Gerippe nackt herniedersteigen ...
Zusammen liegt hier Tod und Lebenslust,
Und Licht und Nebel in den langen Gassen – – –
Nun zeuch hinab, so stolz und selbstbewußt,
Welch Spur willst du in diesen Fluten lassen?

Berlin

Endlos ausbreitest du, dem grauen Ozean gleich
Den Riesenleib; in dunkler Ferne stoßen
Die Zinnen deiner Mauern ins Gewölk, und bleich
Und schattenhaft verschwimmen in der großen
Und letzten Weite deine steinigen Massen.
Weltstadt, zu Füßen mir, dich grüßt mein Geist
Zehntausend Mal; und wie ein Sperber kreist
Mein Lied wirr über dich hin, berauscht vom Rauch
Und Atem deines Mundes: Sei gegrüßt du, sei gegrüßt.

's ist Sommermittagszeit, und leuchtende Sonnenflut
Strömt aus den Himmeln über dich; rings blitzen
Und flammen deine Mauern, und in weißer Glut
Erglühen die Dächer und der Türme Spitzen,
Und helle Wolken Staubs, die aus den Tiefen steigen.
Gleich einem glühenden Riesenkessel liegst du, –
Brand
Dein Atem, Feuer dein weitfließendes Gewand,
Starr, unbewegt, gleich wie ein Felsenmeer,
Das nackt mit weißen Rippen aus der Wüste steigt.

Erstorben scheinst du, doch du bist es nicht,
Erzittert nicht die Luft vom dumpfen Toben
Des Meeres, das in deinen Schlünden bricht
Und wühlt und brandet, wie vom Sturm durchstoben,
Und donnernd tausend Schiffe zusammenschleudert.
Wild gellt der Schrei der Schiffer Tag und Nacht
Durch Licht und Nebeldunst, und ewig tost die
Schlacht
In deinen Tiefen: trümmerübersät
Von bleichen Knochen starrt ringsum dein dunkler
Grund.

Schäum auf, du wilde Flut und tose an!
Die du zerreißend hinfegst und mit gier'gem Maule
Zehntausende verschlingst; *ein* Schrei und dann
In dunklen Wirbeln schwemmst du alles Faule
Und Schwache tief hinab in deinen Abgrund ...
Dich rührt kein Weinen und kein heiß Gebet,
Der Klagenden Geschrei lautlos und stumm verweht
In deiner Brandung Donnern, aber sanft
Und weich umschmeichelst zärtlich du des Starken
Fuß.

Du ström in meinen Busen deinen Geist,
Gieß deine rauhe Kraft in meine Glieder, ...
Gewaltig faßt's in meine Seele, reißt
In deiner Schlachten wirr Gedräng' mich nieder,
Wo Schwert und Lanze auf die Brust mir fahren.
Erstick die Träne und den Klagelaut,
Der feig von meinen Lippen sonst getaut,
Den Becher trüben Weins, der nur zu lang
Die Zeit berauscht, werf ich in deine Flut.

Grämliche Weisheit, die in unsre Brust
Den Giftpfeil stößt und uns als Schuldgeborne
Ewig Verdammte zeichnet, unsere Lust
Und Schaffen mordet, und gleichwie Verlorne
Verachtet macht, hier will ich ihrer lachen.

Aus deinen düstren Mauern, Weltstadt, reckt
Ein Geist sich mächtig auf und streckt
Die Hand gewaltig aus und deiner Flut
Gesang stürmt mir ins Ohr ein besser Lied.

Dich fühl ich, Menschengeist, dein Schatten steht
Gewaltig über der Stadt lichtglühenden Mauern,
Ich fühl es, wie dein Odem mich umweht
Und mich durchrinnt gleich heiligen
Liebesschauern ...
Gewitter rollen auf, die Sinne dunkeln:
Schlachtruf durchgellt die Luft, der Himmel bricht,
Durch schwarze Wolken fährt ein feurig Licht,
Und bleiche Schatten fliehn, ein Antlitz blutbeströmt
Und dort ein anderes versinkt in Nacht.

Dich, Kraft, besing ich, die Natur du zwingst
In deinen Dienst, und dumpfen Sinnesträumen,
Des Fleisches totem Kerker uns entringst, –
Du Kraft, laß alle meine Adern schäumen
Von deinem warmen Blut ... Euch alle sing ich,
Arbeiter, Krieger, die der Menschheit Baum
Mit ihrem Schweiß und mit dem heil'gen Schaum
Des Blutes düngen ... Singen will ich den Kampf
Mit dir Natur, Fleisch, Staub und Tod.

FRIEDRICH ADLER

Mein Nachbar

An jedem Abend, wenn die späte Stunde
Die müden Glieder in den Schlummer lockt,
Und ich im Vorgefühl der süßen Ruhe
Das Buch gesättigt aus den Händen lege,
Fängt über mir ein störendes Konzert an.
Es gleiten Finger über das Piano
Und sonder Zweifel ungeschickte Finger.
Bald hör ich eine Skala, wie ein Schüler
Beim Unterrichte sie nicht schlechter spielt,
Bald eine Melodie aus irgend einer
Uralten Oper oder Operette –
Das alles unterbrochen oft durch Pausen,
Die nicht im Notenblatte stehen mögen,
Durch falsche Griffe, die in wilder Hast
Sofort noch einmal falsch gegriffen werden:
Kurz, ich bin selbst nicht sonderlich empfindlich
In Rücksicht auf das Musikalische,
Doch denkt die Zeit, die Ruhebedürftigkeit
Und nehmt dazu den seltsamen Genuß,
Und dann vergebt mir nicht, wenn ich am Ende
Voll Ärger nach dem Konzertierer forsche,
Die unbequemen Klänge abzutun.

Und was vernahm ich? Ein bejahrter Mann,
Ein dürftiger, ist mein Pianospieler,
Den ganzen Tag geht er dem Handwerk nach,
Und abends, wenn die Kinder eingeschlafen,
Für die er all die schweren Sorgen trägt,
Übt er Piano.
                    Lacht mich aus darum.
Mir traten ein paar Tränen in die Augen;
Mitfühlend las ich in des Mannes Herz.

Er kann nicht spielen und er wird's nicht können,
Zu steif ist seine Hand, sein Ohr zu stumpf,
Ihr kennt das Sprüchlein wohl von Hans und
Hänschen,
Und dennoch läßt er's nicht. Ihm ist dies Spiel
Die einzige Sprosse, die aus Not und Kummer
Des öden Lebens ihn nach oben leitet,
Die einzige. Und die barmherzige Kunst,
Sie aller Segenspender edelste,
Stößt ihn auch ohne Trost nicht aus dem Tempel,
Der gläubig drin der Seele Heilung sucht.
Aus falschen Griffen, aus verfehlten Takten
Gießt sie dem Lechzenden Befriedigung
In die geängstigte, gequälte Brust ...

Spiel immer zu, du armer, alter Mann!
Du störst nicht, nein. Melodisch klingt um mich
Die edle Weihe eines Menschenherzens.

Nach dem Strike

Wir schweigen schon. Ihr habt gewonnen,
Ihr Männer vom Gesetz und Recht,
Und sicher seid ihr eingesponnen
In eurer Ordnung eng Geflecht.
Wir schweigen schon. Stolz durft ihr zeigen,
Wie ihr gebeugt, was euch bedroht:
Wir schweigen schon und werden schweigen,
Allein wir hungern, schafft uns Brot!

Ihr sagt, uns eine keckes Wagen,
Zu stürzen eures Staates Bau –
O glaubt, in uns das grimme Nagen
Umgrenzt das Denken sehr genau;

Wir achten still, was fest und eigen,
Und unsre Fahne ist nicht rot:
Wir schweigen schon und werden schweigen,
Allein wir hungern, schafft uns Brot!

Im tiefen Schacht, von Luft und Lichte,
Von jedem frohen Blick entfernt,
Gefahr, wohin der Fuß sich richte –
Wir haben tragen es gelernt.
Wir wissen uns dem Los zu neigen,
Wir gehn fürs Leben in den Tod:
Wir schweigen schon und werden schweigen,
Allein wir hungern, schafft uns Brot!

Vernehmt uns! Euer Ohr verwehre
Nicht mehr den Eingang unsrem Flehn!
Und helft, daß von des Mangels Schwere
Nicht Weib und Kinder uns vergehn!
Und laßt es nicht zum Höchsten steigen,
Bedenket, Eisen bricht die Not –
Wir schweigen schon und werden schweigen,
Allein wir hungern, schafft uns Brot!

HERMANN CONRADI

»Licht den Lebendigen!«

Stets habe ich mich denen zugesellt,
Die, ausgestoßen, nur des Tempels Stufen
Und nie das Allerheiligste betreten ...
Umsonst erklingt ihr banges Hülferufen,
Umsonst springt von den Lippen brünstig Beten,
Umsonst ersteht aus ihnen – ach! – ein *Held*,
Der sie aus ihrer Knechtschaft an das Licht
Der goldnen Freiheit führen will – ein *Sieger*:
Er fällt im Kampf wie ein gemeiner Krieger –
Doch die Galeerenketten bricht er nicht! ...
Er bricht den Fluch nicht, der auf ihnen liegt
Von Anbeginn der Welt als ein Verhängnis –
Das Leben ist für sie nur ein Gefängnis –
Sie sterben in der Tiefe – keiner siegt!

Stets habe ich mich ihnen zugesellt:
Frommt dem Poeten denn – ich frag es dreist –
Ein ander Los? Wo sich in bangen Qualen
Um nie gelöste Rätsel müht ein Geist;
Wo auf die Wangen, die verfallnen, fahlen,
Der Hunger seine Fingerspur geprägt;
Wo sich in wildem Ingrimm eine Hand
Zur Faust zusammenballt; wo, stets verkannt,
Ein Mann im Innersten Empörung hegt –
Empörung gegen sie, die Kettenschmieder:
Da tret ich hin und singe meine Lieder –
Ja! Lieder, die ich nicht erkünstelt und erdacht,
Die ich aus tiefstem Seelenschacht,
Aus meiner *Herzens* Tiefe trug ans Licht –
Und was ich nicht gefühlt, das sing ich nicht!

Wohl soll des Sängers Lied auf Wunden leise
Den Balsam legen! Von den Stirnen banne

Die Furchen es und Tränen aus den Augen ...
Doch gibt's auch Lieder, die *dazu* nicht taugen:
Sie ragen trotzig wie die Wettertanne,
Sie zucken wie der Blitz mit loh'nden Zungen,
Sie hallen wie der Donner krachend hallt –
Sie singen von der Schergen Allgewalt,
Von Buben, die der Knechtschaft sich verdungen!
Sie singen eine einz'ge Weise nur:
Die Weise der Empörung gen Despoten!
Sie flammen wild zusammen zu dem Schwur:
Licht den Lebendigen – die Nacht den Toten! ...

Hast du des Daseins ...

Hast du des Daseins tiefste Qual empfunden?
Kam über dich einmal der milde Schmerz,
Der zu dir schreit aus deiner Seele Wunden?

Es krampft sich in Titanenweh das Herz,
Vom Daseinsekel angepackt, zusammen,
Und von der Lippe stiehlt sich Hohn und Scherz,

Verweht von deines Schmerzes Riesenflammen.
Du sinnst und sinnst ... In tollen Takten fliegt
Dein Puls – – – als müßtest du den Fluch verdammen,

Der felsenschwer auf deiner Seele liegt –
Den *Fluch* verfluchen – ja als müßtest du
Die *Welt* verfluchen, die dich eingewiegt

In deiner Jugend süße Märchenruh' –
Um dich zu hartem Qualendienst zu wecken:
So ist es dir! – Das Auge schließt sich zu –

Der Schmerzen Wogen glätten sich und strecken
Gebändigt sich, wie fromme – Tigerkatzen,
Zu deinen Füßen hin – bis sie sich recken –

Empor sich recken und mit Riesentatzen
Dich niederschlagen, daß du wie ein Sklav'
Um Gnade betteln mußt bei – *Götter*fratzen! . . .

– –
– –

Komm über mich, o traumlos ew'ger Schlaf! . . . . . .

Entlarvung

Ihr habt geschwelgt in Sünden,
In Sünden sonder Zahl!
Aus euren Augen grinst der Tod
Und euer Wort ist schal!
Und euer Schwert zerfrißt der Rost –
Dieweil mit Dirnen ihr gekost,
Da rangen wir, vom Sturm umtost,
Im nächt'gen Todestal!

Ihr habt geschwelgt in Sünden,
In Sünden sonder Zahl!
Zerbrochen liegt des Lichts Panier,
Zerbrochen der heilige Gral!
Ihr habt verkauft der Seele Glut,
Verkauft des Herzens Heldenmut,
Wie ein gemein verächtlich Gut
Ja! – um ein Sklavenmal!

Ihr habt geschwelgt in Sünden,
In Sünden sonder Zahl!

Mit Rosen kränztet ihr die Stirn
Zu üpp'gem Freudenmahl!
Bacchantisch habt ihr Nacht und Tag
Gerast bei süßem Lautenschlag –
Da kam die Stunde, die zerbrach
Euch Thyrsus und Pokal!

Ihr habt geschwelgt in Sünden,
In Sünden sonder Zahl!
Da kam die Stunde, die euch riß
Vom Antlitz, todesfahl,
Die Masken – und wir sahen euch
In eurer Schande nackt und bleich,
Aussätz'gen Galgenschächern gleich,
Bei eurem Judasmahl!

Ihr habt geschwelgt in Sünden –
In Sünden sonder Zahl!
Aus euren Augen grinst der Tod
Und euer Wort ist schal!
Zerbrochen liegt nun all der Tand,
Aufloderte des Flitters Brand –
Nun schmeckt die Zunge dürren Sand,
Ihr – »Priester der Moral«!

Im Vorüberfluge

Mit metallhartem Rotgelb
Hat sich des Himmels
Westliche Wölbung beflammt.

Mein Auge starrt staunend
In die leuchtende Blende,
Die wachsend fortglüht,

Als sei nimmer ihr Ende
Die lichtlose Nacht ...

Da streift die brennende
Lichtwand ein Fittig –
Der nachtschwarze Fittig
Eines Dämmerungsvogels ...

Eine kleine Spanne –
Und die Weite verschlang ihn.

Also trägt auch der Mensch
Mit schwankem Fittig
Sein zwielichtbefangenes Sein
Vorüber an der stetig leuchtenden
Kristallwand der Ewigkeit ...

Er huscht dahin
Ein Traum – ein Wahn –
Auf schmaler Bahn –
So bald – so bald
Raubt seiner Gestalt
Schattengefüge
Des Nichtseins
Farblose Wahrheitslüge.

Aber im Fluge –
Im Vorüberfluge –
Ahnt er das Rätsel
Der stetig und still,
In sattem Glanze
Fortdauernden Ewigkeit ...

Herbst

Der frischgedüngte Acker stinkt herüber;
Braunrotes Laub nickt über die Stackete,
Die letzten Astern kümmern auf dem Beete –
Und täglich wird der Himmel trüb und trüber.

Aus der Spelunke jagte mich das Fieber
Und warf auf meine Backen grelle Röte.
– – – – – – – – – – – – – – – – –
Wie sie heut wieder brünstig küßte, flehte:
Ich möchte wiederkommen! Viel, viel lieber

Sei ihr die Nacht! ... Denn wär' der Tag zu Rüste,
Dann sprängen heißer all die süßen Lüste
Und süßer sei das Indenarmenliegen! ...
– – – – – – – – – – – – – – – – –

Der frischgedüngte Acker stinkt empörend, –
Doch ist sein Stunk nicht gerade unbelehrend:
Nur wer das Leben überstinkt, wird siegen!

Kaum dunkelt's

Kaum dunkelt's – und die nackte Schande würmt
Goldhungrig wieder durch die Gassen ...
In mir war's still, als hätt' es ausgestürmt –
Als hätt' ich allen Zwiestreit eingetürmt –
Nun wähn ich wieder mich so gottverlassen ...

Ins Abendrot, das kaum die Nacht verschlang,
Hatt' ich ein Märchen kühn von Gott geträumt ...
Und der Begeistrung Flammenüberschwang,
Des heil'gen Geistes heißer Gipfeldrang,
Hatt' himmelöffnend mir die Welt verschäumt ...

Auf stillen Pfaden, wo vom lauten Markt
Nur selten ein verirrtes Klingen tönt,
War ich in Gott gewachsen und erstarkt,
Hatt' alle Unrast tapfer eingesargt,
Und in mir war der Geist, der da *versöhnt!* ..

Nun schweig ich wieder durch das Stadtgewühl ..
Kaum dunkelt's, und der Frühlingshimmel hat
Noch keine Sterne ... Und mein Kraftgefühl
Zerschellt an dieser Toren seichtem Spiel –
Die Schwingen meiner Seele sinken matt ...

Das alte Lied! .. Auf allen Lippen liegt
Nach Gold, nach rotem Gold der wilde Ruf ..
Die Sünde hat jedwedes Herz besiegt,
Und wie ein Schrei durch alle Lüfte fliegt:
Wir sind die Frucht, die Kains Same schuf! ...

Mit frechem Blick lädt sich die Schande ein,
Im Winkel hockt das Elend, ein Fragment ..
Und drüber nun ein heller Sternenschein – –
Ich treibe brütend durch der Menschen Reih'n ...
– –
Wann siegt die Stunde, da der Kampf entbrennt?

ARNO HOLZ

Frühling

I

Wohl haben sie dich alle schon besungen
Und singen dich noch immer an, o Lenz,
Doch da dein Zauber nun auch mich bezwungen,
Meld ich mich auch zur großen Konkurrenz.
Doch fürcht ich fast, ich bin dir zu prosaisch,
Aus meinen Versen sprüht kein Fünkchen Geist;
Und denk ich gar an deinen Dichter Kleist,
Klingt meine Sprache mir fast wie Havaisch.

Kein Veilchenduft versetzt mich in Ekstase,
Denn ach, ich bin ein Epigone nur;
Nie trank ich Wein aus einem Wasserglase
Und nüchtern bin ich bis zur Unnatur.
Der Tonfall meiner lyrischen Kollegen
Ist mir ein unverstandner Dialekt,
Denn meinen Reim hat die Kultur beleckt
Und meine Muse wallt auf andern Wegen.

Ins Waldversteck verirrt sie sich nur selten,
Die blaue Blume ist ihr längst verblüht;
Doch zieht die Ahnung neugeborner Welten
Ihr süßer als ein Märchen durchs Gemüt.
Zur Armut tritt sie hin und zählt die Groschen,
Ihr rotes Banner pflanzt sie in den Streit,
An ihr Herz schlägt das große Herz der Zeit
Und aller Weltschmerz scheint ihr abgedroschen.

Doch heute singt sie, was ihr längst verboten,
Mir scheint, dein Lächeln hat sie mir behext,
Und unter deine altbekannten Noten
Schreibt sie begeistert einen neuen Text.

Die Flur ergrünt und bläulich blüht der Flieder,
Ich aber leire meine Lenzmusik,
Und lachend schon vernehm ich die Kritik:
Das denkt und singt ja wie ein Seifensieder!

II

Schon blökt ins Feld die erste Hammelherde,
Der Hof hielt seine letzte Soiree,
Und grasgrün überdeckt die alte Erde
Kokett ihr weißes Winterneglige.
Der Wald rauscht wieder seine Lenzgeschichten
Und mir im Schädel rasselt kreuz und quer
Ein ganzer Rattenkönig von Gedichten,
Ein Reim- und Rhythmenungetüm umher.

Wie Gold in meine ärmliche Mansarde
Durchs offne Fenster fällt der Sonnenschein,
Und graubefrackt lärmt eine Spatzengarde:
Ich schnitt' es gern in alle Rinden ein!
Die Luft weht lau und eine Linde spreitet
Grün übers Dach ihr junges Laubpanier
Und vor mir auf dem Tisch liegt ausgebreitet
Fein säuberlich ein Bogen Schreibpapier.

O lang ist's her, daß mir's im Hirne blitzte!
Im Winterschnee erfror die Phantasie;
Erst heute war's, daß ich den Bleistift spitzte,
Erst heut in dieser Frühlingsszenerie.
Weh, mein Talent versickert schon im Sande,
Des eitlen Nichtstuns bin ich endlich satt,
Drum, da ich ihn noch nie sah auf dem Lande,
Besing ich nun den Frühling in der Stadt.

Denn nicht am Waldrand bin ich aufgewachsen
Und kein Naturkind gab mir das Geleit,
Ich seh die Welt sich drehn um ihre Achsen
Als Kind der Großstadt und der neuen Zeit.

Tagaus, tagein umrollt vom Qualm der Essen,
War's oft mein Herz, das lautauf schlug und schrie,
Und dennoch, dennoch hab ich nie vergessen
Das goldne Wort: Auch dies ist Poesie!

O wie so anders, als die Herren singen,
Stellt sich der Lenz hier in der Großstadt ein!
Er weiß sich auch noch anders zu verdingen,
Als nur als Vogelsang und Vollmondschein.
Er heult als Südwind um die morschen Dächer
Und wimmert wie ein kranker Komödiant,
Bis licht die Sonne ihren goldnen Fächer
Durch Wolken lächelnd auseinanderspannt.

Und Frühling! Frühling! schallt's aus allen Kehlen,
Der Bettler hört's und weint des Nachts am Quai;
Ein süßer Schauer rinnt durch alle Seelen
Und durch die Straßen der geschmolzne Schnee.
Die Damen tragen wieder lange Schleppen,
Zum Schneider eilt nun, wer sich's leisten kann;
Die Kinder spielen lärmend auf den Treppen
Und auf den Höfen singt der Leiermann.

Schon legt der Bäcker sich auf Osterkringel
Und seine Fenster putzt der Photograph,
Der blaue Milchmann mit der gelben Klingel
Stört uns tagtäglich nun den Morgenschlaf.
Mit Kupfern illustriert die Frauenzeitung
Die neusten Frühjahrsmoden aus Paris,
Ihr Feuilleton bringt zur Geschmacksverbreitung
Den neusten Schundroman von Dumas fils.

Es tritt der Strohhut und der Sonnenknicker
Nun wieder in sein angestammtes Recht
Und kokettierend mit dem Nasenzwicker
Durchstreift den Park der Promenadenhecht.

Das ist so recht die Schmachtzeit für Blondinen
Und ach, so mancher wird das Herzlein schwer;
Ein Duft von Veilchen und von Apfelsinen
Schwingt wie im Traum sich übers Häusermeer.

Am Arm das Körbchen mit den weißen Glöckchen,
Das blonde Haar zerweht vom Frühlingswind,
Lehnt bleich und zitternd im verschoßnen Röckchen
Am Prunkpalast das Proletarierkind.
Geschminkte Dämchen und gezierte Stutzer,
Doch niemand, der ihm schenkt ein freundlich Wort;
Und naht sich abends der Laternenputzer,
Dann schleicht es weinend sich ins Dunkel fort!

Verfolgt vom blut'gen Schwarm der Manichäer,
Um irrt nun Bruder Studio wie gehetzt,
Bis er sich endlich rettet zum Hebräer
Und seinen Winterpaletot versetzt.
Der Hypochonder sinnt auf Frühjahrskuren
Und wettert auf die Stickluft des Salons,
Der Italiano formt sich Gypsfiguren
Und zieht vors Tor mit seinen Luftballons.

Nun geht die Welt kopfüber und kopfunter,
Auf Sommerwohnung zieht schon der Rentier,
Die Anschlagsäulen werden immer bunter
Und nächtlich wimmert oft das Portemonnaie.
Der Schornsteinfeger klettert auf die Leiter
Und grinst uns an als Vogelperspekteur,
Vor Klingeln kommt die Pferdebahn nicht weiter
Und alles brüllt: »He, schneller, Kondukteur!«

Das Militär wirft sich in Drillichhosen
Und übt sich schwitzend im Paradeschritt,
Als ging's kopfüber gegen die Franzosen,
Und krampfhaft schleppt es die Tornister mit.
Und blitzt der Exerzierplatz dann exotisch

Wie ein gemaltes Farbenmosaik,
Dann wird die Schusterjugend patriotisch
Und lautauf spielt die Regimentsmusik.

Schon dampft der Kaffee hie und da im Garten,
Der Schoßhund bellt, es kreischt der Papagei,
Papa studiert die kolorierten Karten
Von Zoppot, Heringsdorf und Norderney.
In den geschlossenen Theatern trauern
Die weichen Polstersitze des Parketts
Und rote Zettel pred'gen an den Mauern
Die goldne Ära der Retourbilletts.

An eine Spritztour denkt manch armer Schlucker,
Doch dreht sie leider sich ums Wörtchen »wenn«,
Am gelben Gurt den schwarzen Opernkucker
Stelzt durchs Museum nun der Inglishman.
Die Provinzialen aber schneiden Fratzen
Dank ihrer anerzognen Prüderie,
Und unbemerkt nur schleichen sie wie Katzen
Um unsre liebe Frau von Medici.

Doch drauß vorm Stadttor rauscht es in den Bäumen,
Dort tummelt sich die fashionable Welt,
Und junge Dichter wandeln dort und träumen
Von ew'gem Ruhm, Unsterblichkeit – und Geld.
Rings um die wiederweißen Marmormäler
Spielt laut ein Kinderschwarm nun Blindekuh,
Und heimlich gibt der Backfisch dem Pennäler
Am Goldfischteich das erste Rendezvous.

Und macht die Nacht dann ihre stille Runde
Und blitzt es licht durchs dunkle Firmament,
Dann ist's dieselbe Lenznacht, die zur Stunde
Sich lagert um den Busen von Sorrent.
Dann ist's derselbe Mond, der rings das Pflaster
Weich überdeckt mit seinem goldnen Vlies,

Den vor Jahrtausenden schon Zoroaster
Als ew'gen Herold aller Lenze pries. –

O Frühling! Frühling, dem die Welt entlodert,
Du führst im Schild ein Röslein ohne Dorn!
Daß uns das Herz nicht ganz vermorscht und modert,
Stößt du noch immer in dein Wunderhorn.
Noch immer läßt du deine Nachtigallen
Ins Frührot schlagen, wie zur Zeit Homers,
Und hebst empor die Engel, die gefallen,
Die kranken Söhne Fausts und Ahasvers.

Ob du vor Zeiten einst als junge Sonne
Glorreich emporstiegst über Salamis,
Indes Diogenes in seiner Tonne
Sich philosophisch in die Nägel biß;
Und ob dir heute noch im fernsten Norden
Ein Opfer bringt der fromme Eskimo,
Wie weiland an des Südmeers blauen Borden
Der alte Mythenkönig Pharao:

Du bist und bleibst der einzig wahre Heiland,
Dein schöner Wahlspruch jauchzt: »Empor! Empor!«
Was soll uns noch ein waldumrauschtes Eiland?
Du wandelst um den Stadtwall auch durchs Tor!
Du bist nicht scheu wie deine Waldgespenster,
Du setzt auch in die Großstadt deinen Fuß
Und wehst tagtäglich durch das offne Fenster
Mir in das Stübchen deinen Morgengruß.

Und jetzt, wo schon der Abend seine Lichter
Rotgolden über alle Dächer strahlt,
Krönst du mich lächelnd nun zu deinem Dichter
Und hast mir rhythmisch das Papier bemalt.
Ich aber gebe dieses Blatt den Winden,
Die Fangball spielen um den Kirchturmknauf.
Und wenn's noch heut die Straßenkehrer finden,
Was kümmert's mich? Flieg auf, mein Lied, flieg auf!

Doch fällst du einem schönen Kind zu Füßen,
Das dich errötend in den Busen steckt,
Dann sprich zu ihm: »Der Frühling läßt Dich grüßen!«
Bis sie mit Küssen das Papier bedeckt.
Doch hascht ein Graukopf dich auf deinen Bahnen,
So ein vergilbter Langohr-Rezensent,
Dann sprich zu ihm: »Respekt vor meinen Ahnen!
Mein Urtext steht im Sanskrit und im Zend!«[1]

Ein Bild

Aus Sandstein ist das gelbliche Portal,
Die roten Säulen aus Granit gehauen,
Und seitwärts in ein weißes Piedestal
Vergräbt ein Löwe seine Marmorklauen.
Doch schwarz verhängt sind alle Fenster heut
Und Lichter brennen nur im Erdgeschosse,
Der Straßendamm ist hoch mit Stroh bestreut
Und lautlos drüberhin rollt die Karosse.

Das Treppenhaus verteidigt der Portier
Und schüttelt grimmig seine graue Mähne,
Und naht gar einer aus der haute volée,
Dann fletscht er zerberusgleich seine Zähne.
Im Prunksaal trauern hinter Flor und Taft
Die bunten Inderstoffe aus Lahore,
Auch schleicht die goldbetreßte Dienerschaft
Nur auf Spitzzehen durch die Korridore.

Der hochgeborne Hausherr, Exzellenz,
Schwankt wie ein Rohr umher auf bleicher Düne,
Die erste Redekraft des Parlaments
Fehlt heute abermals auf der Tribüne.

1 *Zend:* mittelpersischer Kommentar zum altpersischen *Awesta*, der Sammlung religiöser Texte der Anhänger Zarathustras.

Zwar trat man gestern erst in den Etat,
Doch hat sein Fehlen diesmal gute Gründe:
Schon viermal war der greise Hausarzt da
Und meinte, daß es sehr bedenklich stünde.

Nach Eis und Himber wird gar oft geschellt,
Doch mäuschenstill ist es im Krankenzimmer
Und seine düstre Teppichpracht erhellt
Nur einer Ampel rötliches Geflimmer.
Weit offen steht die Tür zum Vestibül
Und wie im Traum nur plätschert die Fontäne,
Die Luft umher ist wie gewitterschwül,
Denn ach, die »gnä'ge Fraa« hat heut – Migräne!

Ein Andres

Fünf wurmzernagte Stiegen geht's hinauf
Ins letzte Stockwerk einer Mietskaserne;
Hier hält der Nordwind sich am liebsten auf,
Und durch das Dachwerk schaun des Himmels Sterne.
Was sie erspähn, o, es ist grad genug,
Um mit dem Elend brüderlich zu weinen:
Ein Stückchen Schwarzbrot und ein Wasserkrug,
Ein Werktisch und ein Schemel mit drei Beinen!

Das Fenster ist vernagelt durch ein Brett,
Und doch durchpfeift der Wind es hin und wieder,
Und dort auf jenem strohgestopften Bett
Liegt fieberkrank ein junges Weib darnieder.
Drei kleine Kinder stehn um sie herum,
Die stieren Blicks an ihren Zügen hangen;
Vor vielem Weinen ward ihr Mündlein stumm
Und keine Träne mehr netzt ihre Wangen.

Ein Stümpfchen Talglicht gibt nur trüben Schein,
Doch horch, es klopft, was mag das nur bedeuten?

Es klopft und durch die Tür tritt nun herein
Ein junger Herr, geführt von Nachbarsleuten.
Der Armenhilfsarzt ist's aus dem Revier,
Den sie geholt aus Mitleid mit der Kranken,
Indes ihr Mann bei Branntwein oder Bier
Sich selbst betäubt und seine Wutgedanken.

Der junge Doktor aber nimmt das Licht
Und tritt mit ihm ans Bett des armen Weibes;
Doch gelb wie Wachs und spitz ist ihr Gesicht
Und kalt und starr die Glieder ihres Leibes.
Da schluchzt sein Herz, indes das Licht verkohlt,
Von niegekannter Wehmut überschlichen:
Weint Kinder weint, ich bin zu spät geholt,
Denn eure Mutter ist bereits – verblichen!

Meine Nachbarschaft

Mein Fenster schaut auf einen düstern Hof,
Auf schmutz'ge Dächer und auf ruß'ge Mauern,
Doch wer wie ich ein Stückchen Philosoph,
Läßt darum sich noch lange nicht bedauern.
Ein wenig Luft, ein wenig Sonnenlicht
Dringt schließlich auch durch *seine* trüben Scheiben,
Zu hungern und zu frieren brauch ich nicht,
Und all mein Tun ist nur ein wenig Schreiben.

Ein wenig Schreiben, wenn ich stundenlang
Mich einlas in die Wunderwelt der Alten,
Bis endlich, endlich es auch mir gelang,
Was ich gefühlt, zum Wohllaut zu gestalten.
Dann fließt es um mich wie ein Heil'genschein
Und mir im Herzen bauen sich Altäre,
So könnt' ich glücklich und zufrieden sein,
Wenn ach, nur meine Nachbarschaft nicht wäre!

Kein Schwärmer ist es, der die Flöte liebt
Und auf ihr nur »des Sommers letzte Rose«,
Kein Tanzgenie, das ewig Stunden gibt,
Auch kein klavierverrückter Virtuose:
Ein armer Schuster nur, der nächtens flickt,
Wenn längst aufs Dach herab die Sterne scheinen,
Indes sein Weib daneben sitzt und strickt
Und seine Kinderchen vor Hunger weinen.

O Gott, wie oft nicht schon hat dieser Laut
Mich mitten aus dem tiefsten Schlaf gerüttelt,
Und wenn ich halbwach dann mich umgeschaut,
Hat wild es wie ein Fieber mich geschüttelt.
Des Mädchens Schluchzen und des Knabens Schrei
Und ganz zuletzt des Säuglings leises Wimmern –
Mir war's als hörte ich dann nebenbei
Drei kleine, kleine schwarze Bettlein zimmern.

Mir war's, als rollte dumpf dann vor das Haus
Der nur zu wohlbekannte Armenwagen,
Und jene Bettlein trugen sie hinaus
Und luden sie in seinen düstern Schragen.
Der Kutscher aber nahm noch einen Schluck
Und peitschte fluchend seine magren Schinder
Und übers Pflaster dann ging's Ruck auf Ruck,
Doch ach, noch immer wimmerten die Kinder!

Und immer, immer noch klang's mir im Ohr,
Wenn schon der Morgen durch das Fenster blickte,
Und mir ums Auge hing ein Tränenflor,
Wenn ich dann stumm mein Tagewerk beschickte.
Was half mir nun mein »Stückchen Philosoph«?
In Trümmer fiel, was ich so luftig baute!
Doch tat's das Haus nicht, nicht der düstre Hof,
Nein, nur die abgebrochnen Kindeslaute.

Die Armut bettelt um ein Stückchen Brot,
Doch herzlos läßt der Reichtum sie verhungern;

Millionen tritt die Goldgier in den Kot
Und einen einzigen nur läßt sie lungern.
In seidne Betten wühlt sie ihn hinein,
Wenn er beim Sekt sich ausgeplappert,
Indes beim flackernden Laternenschein
Das bleiche Elend mit den Zähnen klappert.

O Gott, warum dies alles, warum?
Wie Zentnerlast drückt mich die Frage nieder;
In meinen Reimen geht sie heimlich um
Und ächzt und stöhnt durch meine armen Lieder.
Was bleibt mir noch auf diesem Erdenball?
Denn auch die Kunst längst stieg sie vom Kothurne:
Einst schlug mein Herz wie eine Nachtigall!
Doch ach, nun gleicht es einer Tränenurne!

Noch Eins!

Beim Leibe des Brots und beim Blute des Weins!
Merkt auf, ihr Herren im Frack!
Ihr hohen Herrn! denn ich pfeif euch noch eins,
Noch eins auf dem Dudelsack!
Und ob ihr auch flucht und mich niederschreit,
Mir alles einerlei!
Die Porzellan- und Reifrockzeit
Ist Gottseidank vorbei!

Vor dem Drei-Stern, den *unsere* Zeit gebar,
Verschließt St. Peter die Tür:
Garibaldi heißt er und Bolivar
Und Toussaint L'Ouvertüre.
Es wandelt der neue Jesus Christ
Still durch die Völker schon:
O glaubt mir, *unser* Jahrhundert ist
Das Jahrhundert der Revolution!

Schaut hin, schon hat's an den Nagel gehängt
Purpur und Hermelin
Und sitzt am Studiertisch tief versenkt
In die heilige Schrift des Darwin.
Ja die biblische Spottgeburt aus Lehm
Besann sich auf ihre Kraft
Und die Wahrheit entschleiert ihr Weltsystem
Vor der Kön'gin der Wissenschaft!

Ihr aber tut, als wäre die Welt
Noch die Welt, die sie ehmals war;
Ihr bucht eure Titel und zählt euer Geld
Und faselt von Thron und Altar!
Ihr faselt im Wachen, ihr faselt im Traum
Und im Frühling geniert euch der Wind
Und keiner merkt, wie im Freiheitsbaum
Schon die Knospen gesprungen sind!

Ihr spreizt euch und bläht euch und nörgelt und mault
Trotz Hunger und Dynamit
Und seid doch an Körper und Geist verfault,
Verfault bis ins hundertste Glied!
Ihr haßt das Licht wie die Pestilenz,
Und der Schuftigste brüllt: Ich riskier's!
Und schneuzt sich und schwört auf die Intelligenz
Der hinterpommerschen Peers!

Doch ein braver Fluch ist auch ein Gebet
Und die Marseillaise ein Lied,
Drum wenn das noch lange so weitergeht,
Dann weiß ich, was geschieht!
Dann ruft das Volk: Vermaledeit!
He Pulver her und Blei!
Die Porzellan- und Reifrockzeit
Ist Gottseidank vorbei!

Nachtstück

Längst fiel von den Bäumen
Das letzte Blatt,
In Schlaf und Träumen
Liegt nun die Stadt;
Die Fenster verdunkeln
Sich Haus an Haus
Und drüberhin funkeln
Die Sterne sich aus;
Kalt weht es vom Strom her,
Der Eisgang kracht,
Und drüben vom Dom her
Dröhnt's Mitternacht.
Ich aber schleppe mich zitternd nach Haus –
Der Nordwind bläst die Laternen aus!

Was half's, daß ich klagend
Die Gassen durchlief
Und mitleidverzagend
»Hier Rosen!« ausrief?
»Hier Rosen, o Rosen!
Wer kauft einen Strauß?«
Doch die Herren Studiosen
Lachten mich aus!
Und keiner, keiner ...
Daß Gott erbarm!
O unsereiner
Ist gar zu arm!
Mir wanken die Kniee, mein Herzblut gerinnt –
O Gott, mein Kind, mein armes Kind!

In stockdunkler Kammer,
Verhungert, vertiert!
Schon packt mich der Jammer:
»Ach Muttchen, mich friert!

Ach bitte, bitte
Ein Stückchen Brot!«
Mir ist es, als litte
Ich gleich den Tod!
Mir ist es, als müßte
Ich schreien: »Fluch!« –
O daß ich dich küßte
Durchs Leichentuch!
Dann wär' es vorbei und sie scharrten dich ein
Und ich trüg' es allein, o Gott, allein ....!

Tagebuchblätter

16

Ich rauchte nicht und trank kein Bier,
Ein junger Mensch von achtzehn Jahren,
Und dieses Buch der Welt schien mir
Wie eines Engels Memoiren.
Schon sah ich mich im Frührotschein
Vor lauter Glück die Hände falten,
Doch heut gesteh ich's traurig ein:
Mein Herz hat mir nicht Wort gehalten!

Auch schrieb ich manchen Liebesbrief
Und schwärmte à la Heinrich Heine,
Doch das war kindisch und naiv,
Denn statt der Herzen fand ich Steine.
Nun hängt am Galgen mein Humor
Und macht mein warmes Blut erkalten,
Denn traurig klingt es mir im Ohr:
Mein Herz hat mir nicht Wort gehalten!

Zwar meiner Kunst ersehnten Kranz,
Schon streift ihn hie und da mein Scheitel,

Doch denk ich schon wie Meister Hans
Und deklamiere: Alles eitel!
Mir kreist das Hirn, mir wankt das Knie,
Ein andrer mag mein Amt verwalten!
Zu traurig klingt die Melodie:
Mein Herz hat mir nicht Wort gehalten!

20

Der Sonne letzter Schein
Umspielt das schwanke Ried,
Der Türmer bläst sein Lied
Ins Abendrot hinein.

Von fernher weht ein Duft
Berauschend mir ums Haar,
Ein weißes Taubenpaar
Durchflattert noch die Luft.

Nun taucht mein Geist ins Bad
Und stärkt sich im Gebet,
Ein Engel Gottes geht
Stillsegnend durch die Stadt.

Für jeden, der ihn sieht,
Hat er im Herzen Raum:
Dir gab er einen Traum,
Und mir gab er dies Lied!

28

Mein Herz schlägt laut, mein Gewissen schreit:
Ein blutiger Frevel ist diese Zeit!
Am hölzernen Kreuz verröchelt der Gott,
Kindern und Toren ein seichter Spott;
Verlöscht ist am Himmel das letzte Rot,
Über die Welt hin schreitet der Tod,
Und trunken durch die Gewitternacht klingt
Das sündige Lied, das die Nachtigall singt!

Die Menschheit weint um ihr Paradies,
Draus sie ihr eigener Dämon verstieß,
Und heimlich zischt ihr die rote Wut
Ihre Parole zu: Gold und Blut!
Gold und Blut, Blut und Gold!
Hei wie das klappert, hei wie das rollt!
Und wüst dazwischen kräht der Hahn:
Volksohnmacht und Cäsarenwahn!

Und immer dunkler wird die Nacht,
Die Liebe schläft ein und der Haß erwacht
Und immer üppiger dehnt sich die Lust
Und immer angstvoller schwillt die Brust;
Kein Stern, der blau durch die Wolken bricht,
Kein Lied, das süß von Erlösung spricht –
Mein Herz schlägt laut, mein Gewissen schreit:
Ein blutiger Frevel ist diese Zeit!

31

Wie lang ist's her? Erst sieben Jahre!
Und doch klingt's schon: »Es war einmal!«
Der Wiege näher als der Bahre,
Stieg ich tagtäglich ins Pennal.

Ich war ein träumerischer Junge,
Las Cicero und Wilhelm Hauff
Und trug das Herz auf meiner Zunge
Und spießte Schmetterlinge auf.

Auch lief ich, Katzengold zu suchen,
Oft Tage lang im Wald umher
Und schwärmte unter hohen Buchen
Von einst'ger Nimmerwiederkehr.

Betäubend dufteten die Kressen,
Grüngolden floß das Licht herein;

Es war ein seliges Vergessen,
Vergessen und Vergessensein!

Der Lenzwind ließ die Äste knarren,
Vom Dorf herüber klang die Uhr,
Ich lag begraben unter Farren
Und stammelte: »Natur! Natur!

In alten Büchern steht geschrieben,
Du bist ein Weib, ein schönes Weib;
Ich bin ein Mensch und muß dich lieben,
Denn diese Erde ist dein Leib!

Weh, jenem bleichen Nazarener!
Er stieß dich kalt von deinem Thron!
Ich aber bin so gut wie jener
Der Gottheit eingeborner Sohn!

Ich will nicht mönchisch dich zergeißeln –
Her, deinen Freudentränenwein!
Ich will dein Bild in Feuer meißeln
Und Vollmensch wie ein Grieche sein!

Doch du, um die in ew'gem Schwunge
Die Welt sich dreht, o Poesie,
O, lege Gold auf meine Zunge
Und in mein Herz gieß Melodie!

In ew'ge Lieder laß mich weben,
Wie du das Herz mir süß erhellt,
Und wie so köstlich doch das Leben
Und wie so wunderschön die Welt!

Noch gärt's von Blinden und von Tauben
Und mehr als *ein* Herz ward zum Stein,
Ich aber lehre sie wieder glauben,
Ich will der neue Johannes sein!

In deine Wunder will ich wiegen
Die Sehnsucht ihres kranken Seins,
In deine Arme will ich sie schmiegen,
Denn ich, du, sie ... o, wir alle sind eins!«

So lag ich träumend einst im Walde,
Wenn tiefblau rings der Himmel hing,
Bis draußen hinter grüner Halde
Die Sonne blutrot unterging.

Dann schritt ich heimwärts, und mit Singen
Begrüßt' ich meines Vaters Haus
Und schaute, wenn die Sterne gingen,
Noch lange in die Nacht hinaus.

Und jetzt? – Die heimatlichen Täler,
Die seine Jugend grün umrauscht,
Hat längst der lyrische Pennäler
Für eine Weltstadt eingetauscht.

Er sieht mit Schauder, wie das Laster
Sich dort juwelenfunkelnd bläht,
Das Elend aber tritt das Pflaster
Von morgens früh bis abends spät!

Er hört, wie nachts in den Fabriken
Der Proletar nach Freiheit schreit,
Indes ein Volk von Domestiken
Dem nackten Recht ins Antlitz speit!

Er fühlt, wie wilde, wilde Flammen
Ihm heiß und rot das Hirn durchlohn,
Und beißt die Zähne fest zusammen
Und murmelt: Hohn, Hohn, dreimal Hohn!

Er sieht, er hört, er fühlt den Jammer
Und wandelt tags von Haus zu Haus

Und grollt dann nachts in seiner Kammer
Sein Herz in wilde Lieder aus.

Er hat es längst, schon längst vergessen,
Wie *wohl* im Lenz die Sonne tut,
Und wie's im Wald, umblüht von Kressen,
Sich einst so schön, so schön geruht!

Nur manchmal, manchmal noch durchziehen
Sein Herz, das nach Erlösung schreit,
Die grünen Waldhornmelodieen
Der längst verrauschten Kinderzeit.

Dann stöhnt er auf, und seine Hände
Preßt er verzweifelt vors Gesicht
Und rings die weißgetünchten Wände
Erzittern, wenn er schluchzend spricht:

»O Poesie, du Heiligschöne,
Von Tränen ist mein Herz durchnäßt,
Weil du den treusten deiner Söhne
In Nacht und Not verkümmern läßt.

Ich war ein Kind und sprach: ›O, schütte
Dein Füllhorn golden in mein Lied
Und laß mich knien in einer Hütte,
Auf die der Stern der Liebe sieht.

Ja, laß auf einem weißen Zelter
Mich fliegen in den Sonnenschein,
Laß aus des Lebens Freudenkelter
Mein Herzblut sprühn als Liederwein!‹

Du schwebtest segnend durch die Lüfte,
Ich hab dir selig nachgeblickt,
Und Lenzgoldlicht und Blütendüfte
Hast du mir lächelnd zugenickt.

Und doch, und doch! Du hast gelogen!
Dein Lächeln war ein schönes Gift!
Du hast mich um mich selbst betrogen!
Dein Herz ist schwarz wie deine Schrift!

Du gabst mir einen wilden Rappen,
Umschnürtest meine Brust mit Erz
Und unter Tränen in mein Wappen
Hast du gestickt ein blutend Herz!«

Berliner Schnitzel

Programm

Kein rückwärts schauender Prophet,
Geblendet durch unfaßliche Idole,
Modern sei der Poet,
Modern vom Scheitel bis zur Sohle!

Leider!

Die deutsche Dichtkunst schrieb notorisch
Sich selber den Uriasbrief,
Seit das Gefühl ihr obligatorisch
Und der Verstand nur fakultativ.

Stubenpoesie

Die Simpeldichter hör ich ewig flennen,
Sie tuten alle in dasselbe Horn
Und nie packt sie der dreimal heil'ge Zorn,
Weil sie das Elend nur aus Büchern kennen.

Donner und Doria!

Das ist so heute der Herren Manier:
Man setzt sich ans Schreibpult wie an ein Klavier;
Vor sich drei Bogen gelbes Konzept
Und kommt sich vor wie ein alter Adept.

Dann taucht man ins schwarze Gallelement
Sein Selbstberäucherungsinstrument,
Träumt sich nach Memphis, Korinth und Walhall
Und gebiert einen mächtigen Phrasenschwall.

Daneben spuckt man nach Recht und Pflicht
Der neuen Zeit in ihr Prosagesicht;
Und hat man sich dick mit Gefühlen beschwert,
Wird drüber der Tränenkübel geleert.

Dann druckt es der Drucker auf fein Velin,
Der Buchbinder bindet's in Maroquin
Und schließlich schimpft's die Kritik: »Poesie« –
Blasphemie!!!

Traurig aber wahr

Die deutsche Muse – hört's, ihr Patrioten! –
Warf ihre Flinte lachend längst ins Korn;
Mit Heinrich Heine riß sie freche Zoten
Und rülpst nun Verse à la Klapperhorn.

Suum cuique!

Ich weiß, ich bin euch zu polemisch;
Doch die Dichteritis ist heut epidemisch.
Und kann ich ihr nicht das Maul verriegeln,
So will ich ihr doch den Hintern striegeln!

An die Autoritätsklauber

Schon immer hat uns der Magen gebellt,
Auch ohne den modischen Materialismus,
So alt wie diese alte Welt
Ist ergo auch Zolas Zolaismus.

Drum poltert nur, poltert: Bezuckerter Mist!
Er fürchtet nicht eure kritischen Besen,
Ist doch der erste »Naturalist«
Schon der alte Vater Homer gewesen!

Selbstporträt

Nur wenigen bin ich sympathisch,
Denn ach, mein Blut rollt demokratisch
Und meine Flagge wallt und weht:
Ich bin nur ein Tendenzpoet!

Auf Reime bin ich wie versessen
– Drum lob ich plötzlich die Tscherkessen –
Und wüst durch mein Gehirn scherwenzen
Verrückt gewordene Sentenzen.

Mein Blut rollt schwarz, mein Herz schlägt matt,
Mein Hirn hat noch nicht ausgegoren,
Denn meine gute Mutter hat
Mich hundert Jahr zu früh geboren!

Geisterduo

Der Zeitgeist brennt wie tocknes Stroh
Und singt »In dulci jubilo!«
Der Weltgeist brummt dazu im Baß:
»O vanitatum vanitas!«

Pfui Deibel!

Ihr wißt, ich bin kein »von«-Verehrer,
Ich bin des Zeitgeists Straßenkehrer;
Doch protz'gere Kerle sah ich noch nie,
Als die Schlotbarone der Plutokratie!

Nicht wahr?

Die Völker sind wie große Kinder
Und ihre Könige sind's nicht minder,
Lachen und weinen im selben Nu,
Spielen mitunter auch Blindekuh
Und ihre Fibel
Benennt sich Bibel!

Reimspiel

Was ist das beste Futter, sprich,
Für hungernde Nationen?
»Halt's Maul, Halunk, was kümmert's *dich*?«
Der Reim lacht: Blaue Bohnen!

Das Volk an die Fürsten

Einmal schon verhalf ich euch zum Siege,
Denkt, o denkt an die Befreiungskriege!
Und auch heut noch muß ich, wie befohlen,
Die Kastanien aus dem Feuer holen.

Einmal auch schon hab ich, selbst verschuldet,
Euren königlichen Dank erduldet:
Erst mir lächelnd ins Gesicht geheuchelt,
Dann mich hinterrücks ins Knie gemeuchelt!

Glaubt mir, auch die Liebe weiß zu hassen;
Eure Sonnen werden nicht verblassen!
Sink ich heute auch verblutend nieder:
»Bei Philippi sehen wir uns wieder!«

An die »Obern Zehntausend«

Und wieder rollt nun sterbend ein Jahrhundert
Dem Abgrund zu, drin uns die Zeit verschlingt,
Und ihr seid immer noch nicht abgeplundert,
Nicht hinter die *Kulissen* abgehinkt?

Wollt euch nicht länger freventlich vermessen,
Denn euer Lebensnerv ist abgestumpft,
Denn eure Kronen sind von Rost zerfressen
Und eure Stammbaumwälder sind versumpft!

Ein *neu* Geschlecht, schon wetzt es seine Schwerter,
Schon webt die Sonne ihm den Glorienschein,
Und glaubt: Es wird kein veilchenblauer Werther,
Es wird ein blutiger Messias sein!

Phantasus

Have anima candida!

Armer Freund!
Nicht hinter jedem Tempelvorhang verbirgt sich eine nackte Venus: dein Herz war mehr als groß, dein Herz war rein!
O, daß jetzt der Totenwurm um dein leuchtendes Lockenhaupt sein widriges Netz spinnt!
Du starbst!
Doch du starbst im Frühling und über dein frischgeschaufeltes Grab hin klagte die Nachtigall der Rose ihre ewige Sehnsucht . . . . .

Nein, der Frühling ist kein Kind!
Die frommen Maler, die ihm zärtliche Schmetterlingsflügel an die Schultern logen, haben ihn nie auf seinem feuerschnaubenden Sturmroß nachts durch die Lüfte taumeln gesehn! Hat er nicht oft schon droben im Bergwald trotzige Wettertannen entwurzelt? Und schleudert der Tau, der vom Mantel ihm tropft, nicht Felsblöcke zu Tal? Felsblöcke, so groß wie Kirchtürme?
Nein, der Frühling ist kein Kind!
Ein Gigant ist der Frühling und seine Taten sind Legion!
Aber seine größte war's doch, daß er dir das Herz brach! Denn ich weiß, du bist sein Liebling gewesen; sein Liebling, wie Siegfried, den Hagen erschlug!
Doch ich klage nicht!
Was solltest du auch hier auf dieser närrischen Kugel? Das goldne Elend deiner Mitwürmer machte dich melancholisch und wenn ein Hammer auf seinen Amboß sauste, fuhr's dir durchs Herz wie ein Stich, denn die Zeit des dritten Testaments ist noch fern.
Armer Freund!
Wäre deine Seele, deine unsterbliche Seele, nicht von Krystall gewesen, sie wäre nicht zersprungen. Sie wäre nicht zersprungen und du selbst wärst jetzt glücklich. Glücklich, wie wir brutalen Kieselsteinseelen es eben sein können.
Doch ich *will* nicht glücklich sein! Ich *will* nicht wie ein Tier sein und das Schwein zum Schwager haben! Ich pfeife auf ihre spießbürgerliche Verdauungsmoral!
Mein stilles Leben wird fortab ein Kampf sein. Und mein Lied ein Racheschrei. Ein wilder, blutrünstiger Aufschrei um dich und deine toten Hoffnungen, die hingemordeten Kinder deines Herzens!

. . . .

O, wie dunkel es ist!

Lang, lang ist dem Schlaflosen die Nacht und Träume umgaukeln nur Kinder und Toren!

. . . .

Wann, o ihr Brüder, wird uns das Frührot, das ewige Frührot, Erlösung ins Herz blitzen? Liegen wir knirschend und staubbesät nicht schmählich am Boden? Knirschend und staubbesät, wie gefesselte Titanen?
Doch verzagen laßt uns nicht inmitten dieser blöden Bestien und falschen Schlangen! Wenn der Gebetriemen reißt, tut der Fluch seine Pflicht. Löwen weinen nicht, Löwen brüllen! Und der Weg zur Wahrheit führt durch den Kerker!
Drum schart euch zusammen, ihr Söhne des Ormuzd, laßt eure Banner sich mit Herzblut bespritzen und taucht sie golden ins Licht der Zukunft!
Tod der Lüge!
Mich aber laßt euer Winkelried sein, denn der Tod ist mein Freund und ich habe mehr zu rechten und zu richten, als ihr!
Seht ihr sie dort heranschleichen, die Enkel des Ahriman, die Priester des Moloch – vipernzüngig und katzenäugig? Wacht auf, ihr Götter in goldener Hochburg, denn euer Mord ist ihre Parole und ihr Feldgeschrei der Verrat! Ihre Waffen sind nicht assyrische Sichelwagen und indische Elefanten. Ihre Waffen sind vergiftete Pfeile und nur wenige beseelt der Mut des Nahkampfs.
Erst, wenn ihr Speerwald die Brust mir durchbohrt, wird mir wohl sein!
Und so brech ich denn los: Tod der Lüge!
Den Stahl in der Faust und im Herzen – eine Träne!
Armer Freund!

1

Ihr Dach stieß fast bis an die Sterne,
Vom Hof her stampfte die Fabrik,
Es war die richt'ge Mietskaserne
Mit Flur- und Leiermannsmusik!

Im Keller nistete die Ratte,
Parterre gab's Branntwein, Grog und Bier,
Und bis ins fünfte Stockwerk hatte
Das Vorstadtelend sein Quartier.

Dort saß er nachts vor seinem Lichte
– Duck nieder, nieder, wilder Hohn! –
Und fieberte und schrieb Gedichte,
Ein Träumer, ein verlorner Sohn!
Sein Stübchen konnte grade fassen
Ein Tischchen und ein schmales Bett;
Er war so arm und so verlassen,
Wie jener Gott aus Nazareth!

Doch pfiff auch dreist die feile Dirne,
Die Welt, ihn aus: »Er ist verrückt!«
Ihm hatte leuchtend auf die Stirne
Der Genius seinen Kuß gedrückt.
Und wenn vom holden Wahnsinn trunken,
Er zitternd Vers an Vers gereiht,
Dann schien auf ewig ihm versunken
Die Welt und ihre Nüchternheit.

In Fetzen hing ihm seine Bluse,
Sein Nachbar lieh ihm trocknes Brot,
Er aber stammelte: »O Muse!«
Und wußte nichts von seiner Not.
Er saß nur still vor seinem Lichte
Allnächtlich, wenn der Tag entflohn,
Und fieberte und schrieb Gedichte,
Ein Träumer, ein verlorner Sohn!

2

»Durch eine unverdiente Gnade
Die Sinne wunderbar erhellt,
So wandl' ich sinnend diese Pfade:
Mein Reich ist nicht von dieser Welt.

Kein Erdenweib, vor dem ich kniete,
Nein, schöner ist mein Herz entbrannt:
Mich liebt die Göttin Aphrodite,
Die Königin von Griechenland!

Die goldne Traumwelt der Hellenen,
In mir ward sie zur Melodie;
Die ew'ge Schönheit ist mein Sehnen,
Mein Flügelroß die Phantasie.
Kein Sänger drum, vor dem ich kniete,
Mein Lied, es blitzt wie ein Demant:
Mich liebt die Göttin Aphrodite,
Die Königin von Griechenland!

Seit unvordenklichen Äonen
War sie's schon, die das Szepter schwang,
Und dienstbar sind ihr die Nationen
Vom Aufgang bis zum Niedergang.
Kein König drum, vor dem ich kniete,
Denn purpurn wallt auch *mein* Gewand:
Mich liebt die Göttin Aphrodite,
Die Königin von Griechenland!

Der Inder nennt die Gottheit Brahma,
Doch ach, schon anders der Buddhist;
Ich bin mein eigner Dalai Lama,
Ich bin mein eigner Jesus Christ!
Kein Tempel drum, in dem ich kniete,
Die ganze Welt ist mir ein Tand:
Mich liebt die Göttin Aphrodite,
Die Königin von Griechenland!«

3

Die Nacht verrinnt, der Morgen dämmert,
Vom Hof her poltert die Fabrik
Und walkt und stampft und pocht und hämmert,
Ein hirnzermarterndes Gequiek!

Die Nacht verrinnt, der Traumgott ruht nun,
Die Welt geht wieder ihren Lauf,
Zum Himmel spritzt der Tag sein Blut nun,
Die Nacht verrinnt und seufzend tut nun
Das Elend seine Augen auf!

Die Schläfen zittern mir und zucken,
Denk ich, o Volk, an deine Not,
Wie du dich winden mußt und ducken,
Dich ducken um ein Stückchen Brot!
Du wälzt vertiert dich in der Gosse
Und baust dir selbst dein Blutgerüst,
Indes in goldener Karosse
Vor seinem sandsteingelben Schlosse
Der Dandy seine Dirne küßt!

Die Ritter von der engen Taille,
Das sind die schlimmsten aus dem Chor,
Sie schimpfen hündisch dich »Kanaille«!
Und haun dich schamlos übers Ohr.
Was kümmert sie's, wenn Millionen
Verreckt sind hinterm Hungerzaun?
Noch gibt's ja lachende Dublonen,
Kasernen, Kirchen und Kanonen
Und .... köstlich mundet ein Kapaun!

O, sprich, wie lang noch soll es dauern,
Das alte Reich der Barbarei!
Noch stützen tausend dunkle Mauern
Die feste Burg der Tyrannei.
Doch ach, dein Herz ward zur Ruine,
Du lächelst nur und nickst dazu!
Denn auch der Mensch wird zur Maschine,
Wenn er mit hungerbleicher Miene
Das alte Tretrad schwingt wie du!

4

»An seiner Kettenkugel schleppe,
Wen nie sein Sklaventum verdroß,
Doch mich trägt wiehernd durch die Steppe
Arabiens weißgestirntes Roß.
Ein grüner Turban schmückt das Haupt mir,
Von Seide knittert mein Gewand,
Und jeder Muselmensch hier glaubt mir,
Ich wär' der Fürst von Samarkand!

Das Land, das ewig norddurchwehte,
Ich sprach mich grollend von ihm los,
Ein Perser bin ich nun und bete
Allah il Allah, Gott ist groß.
Ein grüner Turban schmückt das Haupt mir,
Von Seide knittert mein Gewand,
Und jeder Muselmensch hier glaubt mir,
Ich wär' der Fürst von Samarkand!

Im Schatten einer Tamariske
Winkt gastlich mir ein weißes Zelt
Und drin die schönste Odaliske,
Die allerschönste von der Welt.
Ein grüner Turban schmückt das Haupt mir,
Von Seide knittert mein Gewand,
Und jeder Muselmensch hier glaubt mir,
Ich wär' der Fürst von Samarkand!

Beim Nektar der verbotnen Rebe
Fällt mir wohl manch ein Skolion ein,
Doch da ich Lieder eben lebe,
Laß ich sie ungesungen sein.
Ein grüner Turban schmückt das Haupt mir,
Von Seide knittert mein Gewand,
Und jeder Muselmensch hier glaubt mir,
Ich wär' der Fürst von Samarkand!«

5

Und wieder hat das Rad der Stunde
Sich zwölfmal um sich selbst gedreht,
Und wieder fühlst du deine Wunde
Und ächzt und stöhnst wie Philoktet!
Denn dir, auch dir rollt's durch die Adern
Und durchs Gehirn wie heißes Blei;
Gigantisch türmst du deine Quadern,
Mit Gott im Himmel willst du hadern
Und deine Seele ringt im Schrei!

Dein Herz steht wie die Welt in Blüte,
Gehüllt in silbergrauen Dunst,
Und mächtig fühlst du's im Gemüte:
Du bist ein Priester deiner Kunst!
Des Lebens goldne Kronen winken,
Die Rosen stehen weiß und rot;
Du fühlst sie duften, siehst sie blinken,
Doch scheu mußt du vorüberhinken,
Denn ach, dir fehlt dein täglich Brot!

Beneidenswert in Forst und Fluren
Das Schwein um seine Eichelmast!
Die ärmste aller Kreaturen
Ist doch ein dichtender Phantast!
Der Bettler dort an seiner Krücke,
Er ist nicht halb so arm wie du ...
Dir brach dein Himmel wüst in Stücke,
Er aber träumt von seinem Glücke –
O Gott, nur zu, nur immer zu!

Du Licht, das mir ins Hirn gelodert,
Wozu die alte Litanei?
Ist doch so viel hier schon vermodert,
O, wärst auch du, auch du vorbei!
Dann wär' der alte, blinde Lärmer
Ein dunkelbraunes Klümpchen Lehm;

Dann wär' die Welt um einen Schwärmer,
Um einen Hirnverrückten ärmer
Und rollte weiter, wie vordem!

6

»Ein Königreich für eine Leier!
Zwar eine Krone trug ich nie,
Doch ihren bunten Majaschleier
Wand mir ums Haupt die Poesie.
Die dunkle Nacht, die mich geboren,
Hat sie als Sternbild süß erhellt;
Sie sprach: Sei du der Tor der Toren,
Denn *dein* Herz ist das Herz der Welt!

Wer träumt so straflos unter Palmen,
Wie wir, mein Liebling, ich und du?
Der Urwald rauscht mir seine Psalmen,
Das Weltmeer seine Hymnen zu.
Ich höre nachts, wenn fern im Fernen
Ein Schakal in das Mondlicht bellt,
Und spiele Fangball mit den Sternen,
Denn *mein* Herz ist das Herz der Welt!

Als Tod mit Stundenglas und Hippe
Schlich ich um manchen morschen Turm,
Der Aar gehört in meine Sippe
Und Bruder nenn ich jeden Wurm!
Selbst jene Sonne, die seit Newton
Sich rhythmisch um sich selber schnellt,
Mit meinem Hirn muß sie verbluten,
Denn *mein* Herz ist das Herz der Welt!

Von Capland, Mexiko bis Medien
– Gefunden ist der Weisheit Stein! –
Von allen Bergen will ich's pred'gen,
In alle Herzen will ich's schrein!
Und ist das All auch nur ein Plunder,
Der lachend einst in nichts zerfällt:

Ich bin das Wunder aller Wunder,
Denn *mein* Herz ist das Herz der Welt!«

7

Die Nacht liegt in den letzten Zügen,
Der Regen tropft, der Nebel spinnt ...
O, daß die Märchen immer lügen,
Die Märchen, die die Jugend sinnt!
Wie lieblich hat sich einst getrunken
Der Hoffnung goldner Feuerwein!
Und jetzt? Erbarmungslos versunken
In dieses Elend der Spelunken –
O Sonnenschein! O Sonnenschein!

Nur einmal, einmal noch im Traume
Laßt mich hinaus, o Gott, hinaus!
Denn süß rauscht's nachts im Lindenbaume
Vor meines Vaters Försterhaus.
Der Mond lugt golden um den Giebel,
Der Vater träumt von Mars la Tour,
Lieb Mütterchen studiert die Bibel,
Ihr Nestling koloriert die Fibel
Und leise, leise tickt die Uhr!

O goldne Lenznacht der Jasminen,
O, wär' ich niemals dir entrückt!
Das ew'ge Rädern der Maschinen
Hat mir das Hirn zerpflückt, zerstückt!
Einst schlich ich aus dem Haus der Väter
Nachts in die Welt mich wie ein Dieb
Und heut – drei kurze Jährchen später! –
Wie ein geschlagner Missetäter,
Schluchz ich: Vergib, o Gott, vergib!

Wozu dein armes Hirn zerwühlen?
Du grübelst und die Weltlust lacht!

Denn von Gedanken, von Gefühlen,
hat noch kein Mensch sich satt gemacht!
Ja, Recht hat, o du süße Mutter,
Dein Spruch, vor dem's mir stets gegraust:
Was soll uns Shakespeare, Kant und Luther?
Dem Elend dünkt ein Stückchen Butter
Erhabner als der ganze Faust!

8

»O, laßt mir meine Himmelsleiter!
Und fragt mich nicht: Woher – wohin?
Nur weiter, weiter, immer weiter ...
Ihr wißt ja doch nicht, wer ich bin!
Ich bin ein Adler und ich fliege,
Die Ewigkeit ist mein Gewand,
Das Herz der Welt ist meine Wiege,
Die Menschheit ist mein Vaterland!

Noch grub kein leuchtender Gedanke
Sich tief in eines Denkers Stirn,
Der nicht schon, stolz auf seine Schranke,
Gelodert hier durch dies Gehirn!
Ich bin ein Adler und ich fliege,
Die Ewigkeit ist mein Gewand,
Das Herz der Welt ist meine Wiege,
Die Menschheit ist mein Vaterland!

Die Länder mein und mein die Meere,
So weit die Sonne sie bescheint,
Und *ich* bin's, dem die Bajadere
Im Tanz noch blut'ge Tränen weint.
Ich bin ein Adler und ich fliege,
Die Ewigkeit ist mein Gewand,
Das Herz der Welt ist meine Wiege,
Die Menschheit ist mein Vaterland!

Wohl fraß die Zeit mit ihren Zähnen
Schon manchen goldnen Heil'genschein,

Ich aber schüttle meine Mähnen
Und war und bin und werde sein.
Ich bin ein Adler und ich fliege,
Die Ewigkeit ist mein Gewand,
Das Herz der Welt ist meine Wiege,
Die Menschheit ist mein Vaterland!«

9

Der Mond blitzt durch die Fensterscherben,
Ums dunkle Dachwerk pfeift der Wind
Und Nachbars Lieschen liegt im Sterben
Und ihre Mutter weint sich blind.
Das Haar gebleicht von tausend Sorgen,
Im dünnen Kleidchen von Kattun,
Erwartet sehnlich sie den Morgen –
Der Apotheker will nicht borgen,
Der Doktor hat »zu viel zu tun«! ...

Der Märznacht goldne Sterne scheinen,
Ihr Himmel deckt uns alle zu:
Hör auf, du Mütterchen, mit Weinen,
Dein Kind ist besser dran, als du!
Es braucht nicht nähend mehr zu sputen
Sich spät bis in die Nacht hinein,
Und wenn die Lüfte sie umfluten
Und rot die Rosen wieder bluten,
Spielt um sein Grab der Sonnenschein!

Die Not im löchrigen Gewande
Zertritt die Perle der Moral;
Das Los der Armut ist die Schande,
Das Los der Schande der Spital!
Ja, jede Großstadt ist ein Zwinger,
Der rot von Blut und Tränen dampft;
Drum hütet euch, ihr armen Dinger,
Denn diese Welt hat schmutz'ge Finger –
Weh, wem sie sie ins Herzfleisch krampft!

Da horch! ein langgezognes Stöhnen
Und jetzt ein wilder, geller Schrei!
Was tut's? Man muß sich dran gewöhnen!
Hier hieß es wieder mal: »Vorbei!«
Schon übermorgen karrt der Racker
Das arme Mädel vor die Stadt
Und niemand kennt den Totenacker,
Darauf beim öden Sterngeflacker
Ein Herz sein Glück gefunden hat!

10

»Ich schwamm auf purpurner Galeere
Durchs dunkelblaue Griechenmeer,
Da auf der Insel der Cythere
Traf ich den Juden Ahasver.
Und weiter fuhren die Gefährten,
Er aber ward mein Weggenoß
Und sprach: ›Nun zeig ich dir die Gärten,
Die Gärten des Okeanos!

Die Welt, ich habe sie durchmessen,
Doch farblos schien mir Luft und Land;
Nur ein Bild hab ich nie vergessen,
Nur *eins* ist wert, daß es entstand:
Das ist die Zuflucht der Verklärten,
Das ist des Meergotts grünes Schloß,
Das sind die wunderbaren Gärten,
Die Gärten des Okeanos!

Ich weiß, du bist ein deutscher Dichter,
Und ewig ruhlos bist du auch,
Wir sind zwei ähnliche Gesichter
Und um uns weht der gleiche Hauch.
Doch komm, der Kummer, den wir nährten,
Wankt wie ein tönerner Koloß,
Wenn wir uns tummeln durch die Gärten,
Die Gärten des Okeanos!‹

Er sprach's, wir taten's und die Jahre
Sie rollten tönend drüber her,
Doch immer ist mir's noch, ich fahre
Durchs dunkelblaue Griechenmeer.
O, daß die Götter mir gewährten,
Dereinst, wenn sich mein Leben schloß,
Ein selig Ende in den Gärten,
Den Gärten des Okeanos!«

11

Nun hat der Morgen seine Tore
Phantastisch wieder aufgetan
Und seine goldne Trikolore
Weht hoch aus jedem Wolkenkahn.
Nur hier in diesen dumpfen Mauern
Zum Fluch wird er dem Proletar –
In allen Ecken seh ich lauern,
In allen Winkeln seh ich kauern
Dämonen, die die Nacht gebar!

Mein letztes Licht ist längst erloschen
Und fahl durchs Fenster lugt die Not,
Denn dies hier ist der letzte Groschen
Und dies das letzte Stückchen Brot
Verlacht, verludert und verloren,
Das alte »Weder Glück noch Stern!«
Fürwahr, ich bin der Tor der Toren!
O Mutter, wär ich nie geboren!
O schöne Zeit, wie liegst du fern!

Auf wilder, meerverschlagner Planke,
Ein Schiffer bin ich, der versinkt;
Mein letzter Stern ist ein Gedanke,
Der leuchtend mir vom Himmel blinkt.
Ein fernes Eiland seh ich ragen,
Doch wirft die Flut mich stets zurück;
O, will's denn immer noch nicht tagen?

Noch gilt's zu wetten und zu wagen,
Denn jenes Eiland wiegt mein Glück!

Schon tut mir, wie wenn Glocken klingen,
Die Zukunft ihre Wunder kund –
Ein Stammeln nur ist jetzt mein Singen,
Ein Stammeln wie aus Kindermund!
Du Schöpfer aller Harmonieen,
O, gib mir Luft, o gib mir Licht!
Im Staube sieh mich vor dir knieen,
Denn eine Welt von Melodieen
Geht unter, wenn dies Herz zerbricht!

12

»Schlag zu, mein Herz, die Flocken treiben
Nicht wie im Winter mehr ums Dach!
Der Frühling pocht an meine Scheiben
Und tausend Wunder werden wach!
Das Licht führt seine goldnen Funken
Tagtäglich wieder nun ins Feld
Und mir im Herzen jubelt's trunken:
O Gott, wie schön ist deine Welt!

Wie lieblich nur durchs offne Fenster
Der Maiwind mir die Schläfen kühlt!
Lebt wohl, ihr grübelnden Gespenster,
Die winterlang mein Hirn durchwühlt!
Als wär' ich gestern erst genesen,
Das Herz ist mir so süß erhellt –
So wohl ist mir noch nie gewesen:
O Gott, wie schön ist deine Welt!

Hervor, hervor aus deiner Hülle,
Du liebes Bildchen meiner Fee!
O, dieser Locken goldne Fülle!
O, dieses Busens weißer Schnee!

Und wölbt sich über deiner Krone
Auch purpurrot ein Throngezelt,
Dein Herz schlägt doch dem Liedersohne –
O Gott, wie schön ist deine Welt!

Doch still, mein Herz, was soll dein Pochen?
O Tod, du kommst zur rechten Zeit!
Das Schwert der Trübsal liegt zerbrochen ...
Sei mir gegrüßt, o Ewigkeit!
Beim Frühling hab ich tausendkehlig
Ein Lerchengrablied mir bestellt:
So sterb ich jubelnd, sterb ich selig –
O Gott, wie schön war deine Welt!«

13

Und als der Morgen um die Dächer
Sein silbergraues Zwielicht spann,
Da war der arme, bleiche Schächer
Ein stummer und ein stiller Mann.
In seines Mantels grauen Falten,
So lag er da, kalt und entstellt –
Fürwahr, er hatte recht behalten,
Sein Reich war nicht von dieser Welt!

Ein goldnes Sonnenstäubchen tippte
Ihm auf die Stirn von ungefähr
Und seine lieben Manuskripte
Verschloß der Armenkommissär.
Sein Freund, der Doktor, aber zierte
Brutal sich durch das Kämmerlein
Und schneuzte sich und konstatierte
»Verhungert!« auf dem Totenschein.

Drei Frühlingstage später karrten
Ihn Armenklepper vor das Tor!
Ich sah's noch, wie sie ihn verscharrten –
Die Sonne lachte, doch mich fror!

Mich fror und meine Hände suchten
Umsonst zu würgen meinen Schmerz
Und meine bleichen Lippen fluchten ...
O Gott, mein Herz! mein armes Herz!

So stand ich und vermaledeite
Die Welt bis in ihr Nichts hinab;
Der goldne Frühling aber schneite
Ihm lächelnd Rosen übers Grab.
Schon nahten unsichtbaren Zuges
Die großen Geister alter Zeit,
Und drüber schwebte leisen Fluges
Der Genius der Unsterblichkeit!

Religionsphilosophie

O Herr, aus tiefer Not
Schrei ich zu Dir hinauf:
Gib mir mein täglich Brot
Und etwas Butter drauf!
Ein Stückchen Leberwurst
Wär' schließlich auch nicht ohne;
Du weißt, mein Teufelsdurst
Ist Deiner Schöpfung Krone!

Wär' nur mein alter Hut
Nicht so entsetzlich schief;
Du weißt nicht, wie das tut,
Doch hier, hier brennt es tief!
Mein Flaus hält nur soso,
Ich wollt', er wäre wärmer;
Ein Winterpaletot
Macht Dich doch auch nicht ärmer!

Du siehst, mir fehlt noch viel,
Und meine Seele schreit,

Ich finde keinen Stil
Vor lauter Frömmigkeit!
Doch sei's. Ich bin ein Mann
Und will mich nicht erdreisten,
Nur mußt Du dann und wann
Mir auch was Extras leisten!

Für Klärchen einen Zopf,
Ein Cul für meine Frau
Und sonntags in den Topf
Womöglich eine Sau!
Und läßt Du einmal, geht's,
Mich Kalkulator werden,
Dann will ich Dir auch stets
Erkenntlich sein auf Erden!

Dann halt ich hübsch den Mund
Bei andrer Spott und Hohn
Und gründe einen Bund
Für innere Mission.
Mein Fritz muß fürchterlich
Theologie studieren
Und schließlich laß ich mich
Zum Kirchenrat kreieren!

Doch, wenn Du filzig bist,
Dann dank ich für die Kur;
Dann werd ich Atheist
Und wähle bebelsch nur!
Dann mag Altar und Thron
Nur dreist zusammenbrechen,
Dann werd ich Deinen Lohn
In Gold und Blut Dir blechen!

Doch, wie man's treibt, so geht's.
Mein Los wägt Deine Hand,
Und eine wäscht ja stets
Die andre hierzuland.

So nimm mein Herz denn hin,
Ich will's Dir ja nicht schenken;
Daß ich Geschäftsmann bin,
Wirst Du mir nicht verdenken!

Drum, Herr, aus tiefer Not
Schrei ich zu Dir hinauf:
Gib mir mein täglich Brot
Und etwas Butter drauf!
Ein Stückchen Leberwurst
Wär' schließlich auch nicht ohne,
Du weißt, mein Teufelsdurst
Ist Deiner Schöpfung Krone!

An unser Volk!

Das Herz entflammt, das rote Banner schwingend,
Den nackten Flammberg in der nackten Hand,
So wandern wir, von deiner Zukunft singend,
Der Freiheit Söhne, durch das Land.

Nicht deine Götter wollen wir erschlagen,
Die fallen, wenn sie morsch, von selber um;
Doch deine Seele soll sich blutig fragen
An unserm Aufruhrwort: Warum?

Warum du hungerst und warum du dürstest,
Warum du schweißtriefst und warum du frierst,
Warum du hündisch deine Pein'ger fürstest,
Warum du frömmelnd dich vertierst!

Weh, dreimal Wehe, wenn am Tag der Iden
Der Kelch des Zorns dann blutig überschäumt
Und jener goldne Traum von einem ew'gen Frieden
Umsonst geträumt!

Ein für alle Mal!

Verhaßt sind mir bis in den Tod
Popogescheitelte Manieren –
Doch zehnmal lieber schwarzweißrot,
Als mit dem *Mob* fraternisieren!

OSKAR JERSCHKE

Für die Zukunft

Wer heut nicht die eigenen Zeiten versteht,
Den lasse der Himmel nur sterben,
Eh' die glimmende Welt in Flammen aufgeht
Und die Marmorpaläste verderben;
Eh' die Throne versinken im siedenden Meer
Und der Blutrauch dampft durch die Gassen einher.

Glückselig die Menschen, die taumelfroh
Sich durch das Jahrhundert trollen,
Champagner trinken, ob lichterloh
Auch draußen die Blitze rollen,
Die nie beim Gelag' der Gedanke bedräut:
»Die Welt kann nimmer so bleiben wie heut.«

Hier Haufen von Gold und Demant und Geschmeid',
Dort auch nicht ein Heller zu finden;
Hier brausende, sausende Herrlichkeit,
Dort trockene Schwarzbrotrinden.
Gott-Vater im Himmel schick einen Prophet,
Der der Welt ins Gewissen zu reden versteht.

Schick einen Propheten ins gärende Land,
Der soll die Paläste besuchen,
Der soll an die marmorspiegelnde Wand
In Flammenschrift schreiben und buchen,
Auf daß es die Prasser mit Grausen erfaßt:
Auf einem Vulkan steht unser Palast.

Auf daß sie gewarnt, noch eh' es zu spät,
Eh' die Wogen des Aufruhrs stürmen,
Eh' die rohe Gewalt wie die Sense mäht
Und die Barrikaden sich türmen;

Der hungernde Haufe mit Pechkranz und Blei
Ertrotzt, daß das Glück auch ihm hold nun sei.

Dann gilt nichts Heiliges mehr auf der Welt,
Es stürzen Kirch' und Kapellen.
Die Liebe verroht und der Glaube zerschellt,
Das Mitleid begraben die Wellen.
Die Massen nur raufen sich um das Gold,
Das über die dampfenden Trümmer rollt.

An die oberen Zehntausend

O kehrtet einmal Ihr aus den Palästen
Im dunstigen Dunkel enger Gassen ein!
O kehrtet einmal Ihr von Euren Festen
Ins vierte Stockwerk, wo beim Öllichtschein
Blutarme Nähterinnen um den Bissen
Des lieben Brots zehn Stunden nähen müssen!

Kröcht' einmal Ihr mit Eurem Schmuck behangen
Zur Kellerwohnung, wo der Schuster flickt,
Sein armes Weib mit hungerbleichen Wangen
Den Säugling an die welken Brüste drückt,
Von Einer Mark oft sieben Menschen leben,
Die doch dem Kaiser noch den Groschen geben!

Es würd' Euch grausen und in Eure Stirnen
Käm' flammengleich das Krösusblut gerollt,
Und durch den Puder Eurer feilen Dirnen
Bräch' sich die Schamglut um das Sündengold,
Und wie wenn Eise sich mit Feuern mischen,
Würd' Euch das Herz in frost'gen Schaudern zischen.

Ihr müßtet zittern, dächtet Ihr im Düster
Des Vorstadtelends an der Schlösser Pracht,

An Baldachin und Purpurbett und Lüster,
An Wein und Sillery[1] und Wonnenacht
Und tausendfach müßt' Euch von allen Mauern
Vernichtung flammengrell entgegenschauern. . . .

1 *Sillery:* Dorf im französischen Departement Marne, am Fuße der Hügelkette La Montagne bei Reims; der »Sillery se non-mousseux« war ein um 1890 berühmter Champagner.

HEINRICH HART

An das 20. Jahrhundert

Wirf die Tore auf, Jahrhundert,
Komm herab begrüßt, bewundert,
Sonnenleuchtend, morgenklar.
Keine Krone trägst du golden,
Doch ein Kranz von duftigholden
Frühlingsrosen schmückt dein Haar.

Ganz verwundet, ganz zerschlagen,
Herz und Mund verdorrt von Klagen,
Ziehn wir müd im Staub einher.
Unser Aug' erlischt in Tränen,
Unsre Seele siecht vor Sehnen,
Unser Haupt glüht fieberschwer.

Ach welch Hoffen, ach welch Sinnen,
Welch ein Jubel, welch ein Minnen
Riß uns flammend einst empor.
Die Natur zu unsern Füßen –
Wollten wir das Licht begrüßen,
Wo es strahlend quillt hervor.

Auf des Dampfes Sturmesflügeln
Träumten wir die Welt zu zügeln,
Allem Erdenstaub entrückt.
Alle Sorge sollte schwinden,
Liebe sich zu Liebe finden,
Alle Kluft war überbrückt.

Traum, wie bald bist du vergangen,
Lauter Schrecknis, lauter Bangen
Hat in Nebel uns gehüllt.
Unser Blut tropft aus den Poren,

Unser Mark ist eiserfroren,
Wie vom Tod sind wir erfüllt.

Ob wir an des Nordmeers Strande
Ziehn, ob tief im Wüstensande, –
Unsren Weg umheult der Streit.
Fried' und Freude schleicht verlassen,
Und die Not stürmt durch die Gassen,
Wild umschwärmt von Haß und Neid.

Wie zwei Bettler, frech verhöhnet, –
Die wir einst so stolz gekrönet –
Irren Freiheit hin und Recht.
»Heil den Ketten, die uns binden,
Die uns ziehn und niederwinden,
Goldne Ketten!« jauchzt der Knecht.

Doch dem Aar gleich, der geblendet
Sterbend sich zur Sonne wendet,
Harren wir in Brünsten dein.
Wirf die Tore auf, Jahrhundert,
Komm herab, begrüßt, bewundert,
Zeuch mit Morgensturmwind ein.

Wo du gehst, da bricht in Flammen
Tausendjähriger Grund zusammen,
Drauf die Knechtschaft wuchernd stand.
Und der Hoffart morsche Götter
Treiben hin wie Spreu im Wetter,
Auf vom Schlafe fährt das Land.

Wo du gehst, da öffnen alle
Tiefen sich mit heißem Schwalle
Und des Abgrunds Nacht wird Tag.
Glühend braust's in tausend Seelen,
Erd' und Himmel zu vermählen,
Dringt der Geist zum Sternenhag.

Wo du gehst, quillt Lust und Segen,
Jedem Herzen rauscht's entgegen
Wie des Lenzwinds tauig Warm.
Und der Winter geht zu Ende,
Liebend reichen sich die Hände
Stark und Krank und Reich und Arm.

Und von Ost gen Westen fahren
Boten aller Völkerscharen –
Unsrer Fehde sei's genug.
Kommt, den Gruß uns zu erwidern,
Laßt uns Brüder sein mit Brüdern,
Fahr' zur Hölle Macht und Lug.

Schlagt die Cymbeln, spielt die Geigen,
Süße Mädchen schlingt den Reigen,
Kränzt mit Grün den Maienbaum.
Auf, ihr Männer, Opfergluten
Laßt von allen Bergen fluten,
Auf, vorbei ist Nacht und Traum.

Wie ein Tempel sei die Erde,
Daß der Mensch zum Gotte werde
Todesmächtig, licht und hehr.
Daß nicht Wasser und nicht Lüfte,
Nicht der Zwietracht düstre Klüfte
Trennen unsre Herzen mehr.

Unser Blut treibt neue Säfte,
Unser Mark trinkt neue Kräfte,
Unsre Adern klopfen weit.
Miteinander so zu bauen,
Einig, einig voll Vertrauen,
Heil dem Tag, der so befreit.

Wirf die Tore auf, Jahrhundert,
Komm herab, begrüßt, bewundert,

Sonnenleuchtend, morgenklar,
Keine Krone trägst du golden,
Doch ein Kranz von duftigholden
Frühlingsrosen schmückt dein Haar.

OTTO ERICH HARTLEBEN

Wohin Du horchst ...

Wohin Du horchst, vernimmst Du den Hülferuf
Der Not! Wohin Du blickest, erschrecken Dich
Gerungne Hände, bleiche Lippen,
Welche des Todes Beschwörung murmeln!

Wohin Du helfend schreitest, versinkt Dein Fuß
Im Kot der Lügen. – Selbstischer Dummheit voll
Schreit dort ein Protz nach »Ordnung«, ihm ja
Füllte der »gütige Gott« den Fleischtopf.

»Reformation«, so heulen die Pfaffen rings.
»Es muß die Kirche wieder im Geisterreich
Als Herrin thronen: ihre Lehren
Scheuchen das Sorgen um *weltlich* Wohlsein!«

Des Staates Herren hoffen des Staates Heil
Vom sichren Maulkorb, welcher das Beißen wehrt,
Sogar das unbequeme Bellen
Wissen sie knebelgewandt zu dämpfen ...

In diesem dunkelflutenden Wogenschwall
Wo ist der Boden, welcher den Anker hält?
Wann naht der Gott im Sturm fahrend,
Der die verpesteten Lüfte reinigt?

Wo blitzt ein Lichtstrahl kommenden Morgenrots
An diesem nachtbelasteten Horizont?
Wo sieht der Jugend Tatensehnsucht
Flattern die Wimpel des fernen Zieles?

Moderne Oden

I

Nicht sank in Schwachheit unserer Sprache Kunst,
seitdem verhallt ist früher Heroen Schritt –
wir wandeln weiter ihre Bahnen
tönenden Fußes – und schauen lichtwärts.

Wir meistern, stolz nicht minder wie jene, noch
das Wort, und kunstreich meißelt die sichre Hand
aus deutscher Sprache reinstem Marmor
nimmer-vergänglicher Formen Schönheit.

Denn für der Menschheit heilige Güter schlägt
auch uns das Herz. Die fröhliche Flammenglut,
die ewig zu den Sternen deutet,
loht auch in uns von dem Grund der Seelen.

Wie Göttern einst der lockigen Hebe Hand
geschenkt den Nektar ewigen Jugendmuts,
so wollen wir in alten Schalen
reichen den schäumenden Wein der Zeiten.

II

Wohin du horchst, vernimmst du den Hilferuf
der Not. Wohin du blickest, erschrecken dich
gerungne Hände, bleiche Lippen,
die nach des Todes Erlösung schmachten.

Wohin du hilfreich schreitest, versinkt dein Fuß
im Kot der Lügen. Jeglichem Elend noch
umwebten sie den Schein der Ordnung,
jeglicher Schande des Alters Würde.

In diesem dunkelflutenden Wogenschwall
wo ist der Grund, der unsere Anker hält?

Wann naht der Gott, im Sturme fahrend,
der die verpesteten Lüfte reinigt?

Wo blitzt ein Lichtstrahl kommenden Morgenrots
an diesem nachtbelasteten Horizont?
Wo sieht der Jugend Tatensehnsucht
flattern die Wimpel des fernen Zieles?

III

Sträuben sollen wir uns wider das Eisenjoch,
dem der Gewohnheit Schmutz Würde des Alters lieh –
wen das steigende Licht grüßt,
nie sehn' er die Nacht zurück!

Feigheit knechtet die Zeit, beuget der Nacken Kraft:
wagt, o wagt es mit mir, frei zu bekennen, was
längst der kühnere Blick sah,
längst allen im Busen lebt!

Heilig gelten der Zeit Rechte des Alters nur:
was da bestand vordem, heißt sie bestehenswert,
heilig gelten der Zeit nicht
Treupflichten des eignen Sinns.

Sträuben *wollen* wir uns wider das Eisenjoch
dem der Gewohnheit Schmutz Würde des Alters lieh –
wen das steigende Licht grüßt,
nie sehn' er die Nacht zurück!

IV

Erschlafft im Schlafe kindischen Glaubens, hast
du lang genug jetzt, duldendes Volk, geruht.
Ermannet euch – und eurer Ketten
rostige Reife, sie werden brechen!

Nicht länger betend winselt in leere Luft,
auf dieser Erde wirkt und erschafft das Heil.
Verlacht der Pfaffen schnöde Lüge,
die da vertröstet aufs beßre Jenseits!

Fort mit dem Trugbild ewiger Seligkeit,
das aus dem Leben, drin es zu leben galt,
euch Tatenlose, Freudelose,
lockt in die schweigende Nacht des Todes!

V

Es lebt ein Gott, der Schöpfer des Weltenrunds,
so sagen sie. – Doch geben sie Kunde auch,
ob von dem Funkeln, das den einen
Tropfen im Meere des Alls umflimmert,

ob er vom Ringen menschlicher Nichtigkeit
jemals vernahm? – All-mächtig und -liebevoll
ist er! Vor seinen Vateraugen
birgt im unendlichen Raum sich niemand!

Kein Schmerz ist ihm, kein Jubel der Freude fremd:
als Gott der Liebe preisen wir ihn auf Knien!
– So *säh'* er also dieser Erde
nimmer ermeßne Jammerwüste?

Er *säh'* das Edle unter den Fuß gestampft
des Tiefgemeinen? *Sähe* in Qual und Staub
sich wälzen Millionen Herzen,
blutig, gemartert ein langes Leben?

Und *endet's* nicht? – Und trümmert und schmettert nicht
die Welt ins wahnlos friedliche Nichts zurück?
Der Gott – grausamer wär' er wahrlich,
als der verworfenste Menschenbube.

VI

Du lebtest noch, so sagen sie und knien
vor deinem Kreuzesholz, daran in Qual
du hängst, und küssen deine Füße.

Sie sahn die Hunde mit dem Schweife wedeln,
sich niederducken vor dem Fuß des Herrn –
und gingen hin und taten Gleiches.

Ha! Lebtest du, rissest von dem Nagel,
dem martervollen, deinen Fuß – in Staub
trätest du sie verachtend nieder!

VII

Kennst du den Zwang, der Sterne um Sterne dreht?
Kennst du die Glut, die Sonnen entflammt zum Licht?–
Du siehst nach stillem Lenzeswerden
freudig unsterbliche Fruchtgestaltung.

Du fühlst der Liebe heiliges Wunder, fühlst
den Gott im Menschen, der dir das Schwert verliehn,
zu Höchstem Kraft und heißes Trachten
und den unendlichen Zug nach Freude!

Vollendungsfreude schmettert den Jubelton
des Sieges durch die ringende Wut des Alls,
Wohl stößt dein Blick an graue Wolken –
droben gewölbt steht ewige Klarheit.

VIII

Aus des Hochwalds Dunkel, empor zur Sonne,
die hindurchblitzt zwischen dem Laub der Kronen,
ringt und wächst und strebt in die Höh' das junge
schwankende Stämmchen.

Nicht gedeihn kann's drunten im kalten Schatten,
aber droben lächelt ihm Licht und Wärme,
droben wird's im sonnigen Blau des Äthers
wiegen das Haupt einst. –

Auch du witterst und spürst, o meine Seele,
hoch ob all der lastenden Nacht der Schmerzen
eines blauen, nimmer getrübten Himmels
göttliche Reinheit.

Auch du dränge zur Höh', o meine Seele,
bis dich krönt das leuchtende Gold der Sonne,
bis vergessen unter dir schweigt des Lebens
wuchernde Wildnis.

Gottvertraun zum Bajonette

O Muse! – Ja: ich liebe meine Muse.
Es ist ein schönes Weib und jung an Jahren!
Nicht allegorisch und abstrakt konfuse,
sie schaut mich an mit Augen braun und klaren.
Sie redet zu den Männern in der Bluse,
wie auch zu denen, die auf Gummi fahren,
und trägt nicht blaue Strümpfe, sondern keine,
denn sie ist stolz auf ihre weißen Beine.

Und doch ist sie von altem, echtem Stamme,
echt ihr Kostüm wie eine Butzenscheibe!
Ioniens Sonnenluft war ihre Amme,
die sie erzog zum sonnenschönen Weibe:
auf daß sie meine Brust zum Lied entflamme,
daß immerdar ich ihr ein Sklave bleibe,
schönheitsgebannt, erfaßt vom dunklen Sehnen
nach euch, ihr Götterhaine der Hellenen! –

Noch immer dieser Griechenschwarm von neulich
vor hundert Jahren? Endet man denn nie,
dies höchst frivole Volk zu preisen? Greulich!
Und jeder weiß doch, wie Päderastie,
Knechtschaft der Frauen, Sklaverei – abscheulich!
Sogar die Götter lebten wie das Vieh!
War da der Untergang nicht unausbleiblich?
Selbst im Olymp war die Bedienung weiblich!

Da lob ich mir Berliner Sittlichkeit,
fest garantiert von Polizeikolonnen!
Revolver tragen sie seit kurzer Zeit,
sind höflich gegen jedermann gesonnen,
die besten Christen in der Christenheit –
gar einen hab ich herzlich lieb gewonnen,
das war der Wächter, der mir morgens schloß,
und dessen Gunst ich oft und gern genoß.

Die Sozialisten und Prostituierten
behandeln sie mit stillbewegtem Fleiß,
da die den braven Bürger sonst genierten
und seinen sandgezognen Lebenskreis
durch unbequemes Toben alterierten.
Was keiner sieht, das macht auch keinen heiß,
und also regle man – das Straßenleben,
mag's auch im Innern tiefere Wunden geben.

Die Sozialisten sieht man bei publiken
Begräbnisfeiern nur in – schwarzem Kreppe ...
Die Herrschaft hat mit ihren Domestiken
im Haus nicht mal gemein – dieselbe Treppe ...
Nicht zu erröten brauchen die Pudiquen,
da auf der Wilhelmstraße keine – Prostituierte.
Kurz wie ein friedlich rieselnd Bächlein fließt
das Leben dem hin, der's mit Maß genießt.

Was wollt ihr mehr? Scheint euch das Brett nicht
sicher?
Schämt euch! Habt Gottvertraun zum Bajonette!
Wer fürchtet sich vorm Käfig wilder Viecher,
wer vor der Wut des Hundes an der Kette!
Und tätet ihr's, ermut'gen muß auch Kriecher
ultima ratio regis der Lafette –
drum seid getrost: euch hält das Brett noch aus,
erst *hinter* euch der Sündflut dunkler Graus.

Der Sündflut, die den Schwall gehäufter Sünden
vernichtend ballt in ungeheurem Ringen –
Der Sündflut, deren Hauch aus Höllenschlünden,
und deren Wogengang wie Todesschlingen –
Der Sündflut, deren Nahn die Donner künden,
die fernher an das Ohr des Lauschers dringen –
Den Horizont umlagern Wellenkämme,
im Schein der Blitze beben dumpf die Dämme!

Cirruswolken

I

Am Sommerabend, im trocknenden Heu,
an des Berges duftigem Wiesenhang
liegt still ein Kind und schaut hinauf
mit märchenträumenden Augen:

Weiche Wolkenflöckchen, ihr da droben,
von der Sonne rosig angehaucht,
o ihr wunderschönen Himmelsschäfchen,
heute weidet euch der liebe Gott!

II

Durch der Weltstadt schwelenden Atem braust
vorwärts mit ehernen Schlägen der Zug.

Da lehnt ein Mann am Fenster und starrt
hoch über die Stadt in die Ferne:

Düsterrot, hart aneinander, endlos
scharen sich die Wolkenreihn dort oben!
Rot hinein drängt sich der Rauch der Schlote ...
Blut trieft von des Himmels harter Wölbung!

KARL HENCKELL

Der Väter wert

Vom Himmel rauscht gewaltig
Ein wundersames Lied,
Ein Ahnen vielgestaltig
Durch meine Seele zieht.
Wie Adlerschwingen klingt es,
Wie sturmdurchbrauster Wald,
Wie Jubelhymnen singt es:
Was Du ersehnt, kommt bald!

Fest steht der Bau gegründet,
Das heil'ge deutsche Reich,
Die Zinnen glutentzündet
Erstrahlen sonnengleich.
Die stolzen Banner wogen
In alle Lande weit,
Und droben glänzt der Bogen
Erhabner Einigkeit!

Nun schwillt die Seele bebend
Im Drang nach deutscher Art,
Nun jubelt auf, was strebend
Sich treu zusammenschart:
Im Reden und im Handeln
Zum Hohn dem Lügendunst
Deutsch allezeit zu wandeln
In Leben und in Kunst!

Hell schmettern die Fanfaren
Durch Tal und Bergrevier:
Wer will die Treue wahren
Dem deutschen Reichspanier?

Wir heben hoch die Hände
Und kreuzen Schwert mit Schwert:
Nun hat die Schmach ein Ende,
Wir sind der Väter wert!

Das Lied vom Arbeiter

Es summt und dröhnt mit dumpfem Ton
Und qualmt und raucht ringsum,
Und Mann an Mann in schwerer Fron
An seinem Platze stumm.
Der Hammer sinkt, die Esse sprüht,
Das Eisen in der Flamme glüht.

Früh morgens, wenn der Schlemmer träg
Auf weichem Pfühl sich reckt,
Macht sich der Sklave auf den Weg,
Vom Hunger aufgeschreckt.
Der Hammer sinkt, die Esse sprüht,
Das Eisen in der Flamme glüht.

Und Stund' um Stund' für kargen Sold
Rührt er die wucht'ge Hand,
Er wirbt um Ehre nicht, um Gold
Und all den süßen Tand.
Der Hammer sinkt, die Esse sprüht,
Das Eisen in der Flamme glüht.

Er wirbt mit Weib und Kind um Brot,
Ums Leben fort und fort,
Er weiß, wie fürchterlich die Not
Ihm Mark und Blut verdorrt.
Der Hammer sinkt, die Esse sprüht,
Das Eisen in der Flamme glüht.

Kein holdes Lied berührt sein Ohr,
Durch das die Sorge gellt,
Kein Dichter öffnet ihm das Tor
Zu einer bessern Welt.
Der Hammer sinkt, die Esse sprüht,
Das Eisen in der Flamme glüht.

Wohl nagt am Herzen weh und wund
Ihm oft sein bittres Los,
Dann bricht ein Fluch aus trotz'gem Mund,
Verschlungen vom Getos.
Der Hammer sinkt, die Esse sprüht,
Das Eisen in der Flamme glüht.

Das ist ein rauhes Weltgebot,
Auf ewig Herr und Knecht,
Das Auge blitzt, das Feuer loht –
Ihr Herren, seid gerecht!
Der Hammer sinkt, die Esse sprüht,
Das Eisen in der Flamme glüht.

»Und wenn ein Gott im Himmel nicht
Den bangen Ruf versteht,
Dann stürm herein, du Weltgericht,
Wo alles untergeht!«
Der Hammer sinkt, die Esse sprüht,
Das Eisen in der Flamme glüht.

Reif ist die Frucht und muß geschnitten sein

Gewitterschwanger dräut es Tag und Nacht,
Doch fällt kein Blitz, kein starker Donner kracht.
Zuweilen flammt am Horizont ein Schein,
Dann folgt ein schwaches Grollen hinterdrein.

Todmüde röchelnd ringt die Welt nach Luft,
Als schmachte sie in dumpfer Leichengruft.
O brich herein mit Donnersturmgetos,
Laß deiner schwarzen Rosse Zügel los,
Sturmjäger, auf, wir alle harren dein,
Nicht länger kann die Qual ertragen sein.
Siehst du die bangen Haufen murrend stehn?
Die Zeit ist hoch, was sein muß, *muß* geschehn.
Und flammen tausend Dächer auf in Rauch,
Und bricht zusammen uralt heil'ger Brauch,
Und gibt's ein Jammern, daß die Luft zerbirst,
Laß dich nicht mäßigen, Gewitterfürst!
Donner auf Donner, roter Strahl auf Strahl,
Rein muß es werden von Gebirg' zu Tal,
In Schauern birgt ein glückliches Geschlecht,
Was mühvoll wir gesäet Knecht an Knecht.
Was gelten *wir*? Die Zukunft gilt allein,
Reif ist die Frucht und muß geschnitten sein.

Am Brückenrande

Grauweißer Nebel lastet kalt und feucht,
Trüb flimmert's von den schwarzen Schifferkähnen,
Am Brückenrande laßt mich einsam lehnen,
Im Arm gestützt, das Haupt hinausgebeugt!
Der Weltstadt Wirbel braust an mir vorüber,
Laut donnernd rollt's vor meinem Ohre hin,
Die Schifferlampen flimmern trüb und trüber,
In Nacht und Nebel weht mein Sinn.

O stolzes Herz, weltschöpfender Titan,
Quellfrischer Mut, du machtlos mächtig Wollen,
Hörst dröhnend du des Lebens Speichen rollen?
Du bist ein Nichts in deinem Schwärmerwahn.
Nach Atzung schreit, nach Atzung rennt das Leben,

Der Hunger herrscht, der ewige Despot,
Du Tor, du Narr, laß ab von deinem Streben
Und sei wie sie und such dein Brot!

Sänftigt dein Wort der Millionen Weh?
Ach nein, sie schwitzen Blut, indes du dichtest!
Was frommt es, daß du benedeist und richtest?
Was nützt *ein* Balsamtropf im Tränensee?
Geh, greif zum Hammer und zur Linnenbluse
Und leg den schwachen Griffel aus der Hand,
Es ist kein Raum auf Erden für die Muse,
Dort oben ist ihr Heimatland.

Du willst Prophet, willst Menschheitsführer sein,
Nicht, wie das Laffenpack, in Versen lügen,
Willst mit der Wahrheit eisig-ernsten Zügen
Die Welt vom Schleier ihres Trugs befrein?
Glaubst du, der Pöbel kommt zu deinem Spiegel,
Erbebt vor Schreck und eilt hindann bekehrt?
Glaubst du, aus deiner Dichtung Läut'rungstiegel
Ersteht die Menschheit goldgeklärt?

O dumpfe Qual! der Nebel ballt sich dicht,
Gestaltenlos umflort er meine Augen,
Gebt Luft und Licht, sie brünstig einzusaugen!
Dies öde Nebelchaos trag ich nicht.
Schwer, wie der Ätna, preßt's mich quälend nieder,
Ich ringe, bete, flehe – laßt mich frei!
Fröstelnd erschauern meine müden Glieder –
O, wär's auf immerdar vorbei!...

Und doch! Wach auf aus deiner Seelenpein,
Zieh stolz und freudig fürder deine Bahnen,
Und zweifelst du, laß Eines dich gemahnen:
Nicht Lügnerin kann Mutter Erde sein.
Aus ihrem Schoße ist dein Leib entsprungen,
Ihr heißer Kuß drückt' ein des Dichters Mal,

Wenn, ihrer wert, du einst dein Lied gesungen,
Freut sie sich segnend ihrer Wahl.

Und sieh! Die Nebelballen flattern scheu,
Schon streift mein Blick die dunstgelösten Wogen,
Und über, unter mir hinweggezogen
Ist jäh der Schleier, und ich hoffe neu.
Die Sterne glühn in ihrem milden Glanze,
Im Wasser spiegelt sich ihr sanftes Licht,
Nun auf, nun auf zum Geisteswaffentanze,
Hoch schwillt der Mut – ich zage nicht!

Die blaue Blume

Mit fünfzehn Jahren ging ich aus
Und suchte die blaue Blume,
Die Sehnsucht trieb mich früh hinaus
Zum Waldesheiligtume.
Ich suchte her und suchte hin,
Ich suchte viele Stunden,
Mein Herz ward schwer und bang mein Sinn –
Ich habe sie nicht gefunden.

Die Bücher warf ich weinend fort,
Sie wußten mir nichts zu sagen,
Ich stahl mich an stillen, heimlichen Ort,
Den Lüften mein Leid zu klagen.
Ich rief: du Welt, so frostig kalt!
Wenn Gott mein Sehnen wüßte,
Er ließe die Blume sprießen im Wald
Und stillte mein Gelüste!

Die Blume sproßte nimmermehr
Und Tag und Jahre schwanden,
Mein Sinn war bang, mein Herz war schwer,
Daß sie sie noch nicht fanden.

Und Vater und Mutter und Haus und Heim
Trieb mir ins Auge die Tränen,
Der Freunde Spiel war mir zur Pein
Und meinem trotzigen Wähnen ......

Du einsam, freundlich Lampenlicht,
Du lächelst auf mich nieder,
Und sprichst: die blaue Blume nicht,
Wie vordem, suchst du wieder.
Ich seh dir ja ins Herz hinein,
Du hast den Glauben verloren,
Die blaue Blume ist Duft und Schein,
Zur Träumerqual erkoren.

Auf deinen Lippen hab ich's gesehn,
Wenn oft du lispeltest leise:
Es muß auch ohne die Blume gehn
Auf dieser Erdenreise.
Der Dichter, der das Leben flieht,
Hol' ihn des Teufels Hexe!
Ich schweige fürder in meinem Lied
Vom romantischen Lügengewächse.

Wunsch

O, wär' im Elend ich geboren,
Des ärmsten Mannes ärmster Sproß,
Und wär' zum Dichter doch erkoren,
Zu bändigen das Flügelroß,
Wie wollt' ich in beredten Weisen
Des Volkes magre Freuden preisen
Und mit erschütternd grausem Klang
Sein Wehe klagen im Gesang!

O, hätt' ich mit der Milch gesogen
Der Armut zehrend Schlangengift,

Und wär' in Winkeln aufgezogen,
Die nie der Strahl der Sonne trifft,
Wie wollt' ich in getreuen Bildern
Des Volkes Haß und Liebe schildern
Und mit erschütternd grausem Klang
Sein Wehe klagen im Gesang!

Im Palast find ich keinen Frieden
Und buhle nicht bei Hof und Thron,
Belastete Karyatiden,
Bei euch nur find ich süßen Lohn.
O, daß in jeder niedren Hütte
Mein Lied von bleicher Lippe glitte,
Wenn mit erschütternd grausem Klang
Sein Weh ich klagte im Gesang!

O, daß mit meinen reinsten Tönen
Und zaubersüßem Harfenschlag,
Des Volkes Jammer zu versöhnen,
Mein Lied erschölle Tag für Tag!
Wie würde mit geschwielten Händen
Der Arme weinend Dank mir spenden,
Wenn mit erschütternd grausem Klang
Sein Weh ich klagte im Gesang!

O Qual, der Knechte Leid zu singen,
Dem, der nicht Sohn des Elends ist!
Im Flug erlahmen seine Schwingen,
Er ist ja königstreuer Christ.
Und mit verfluchtem, geilem Spotte
Hetzt ihn die hohe Pöbelrotte,
Klagt mit erschütternd grausem Klang
Des Volkes Weh er im Gesang!

Das Lied des Steinklopfers

Ich bin kein Minister,
Ich bin kein König,
Ich bin kein Priester,
Ich bin kein Held;
Mir ist kein Orden,
Mir ist kein Titel
Gegeben worden
Und auch kein Geld.

Dich will ich kriegen,
Du harter Plocken,
Die Splitter fliegen,
Der Sand stäubt auf –
»Du armer Flegel«,
Mein Vater brummte,
»Nimm meinen Schlägel«;
Und starb darauf.

Heut hab ich Armer
Noch nichts gegessen,
Der Allerbarmer
Hat nichts gesandt;
Von goldnem Weine
Hab ich geträumet
Und klopfe Steine
Fürs Vaterland.

Sedanfeier

Mein Volk vom Weichselstrand bis ob dem Rhein –
Des Jubilierens laß ein Ende sein!
Spar dir die Reden, fettgespickt mit Phrasen,
Spar dir die patriotischen Ekstasen!

Die bunten Fahnen, die so prahlend fliegen,
Laß ruhig auf der Bodenkammer liegen,
Und deiner Eichenwälder dunkles Laub
Sei deiner Großmannssucht kein eitler Raub!

Genug des Pompes stolzer Siegerlust!
Die Totenklage birg in treuer Brust!
Den du befruchtet hast mit heil'gem Blute,
Wahr vor dem geilen Kraut, dem Übermute,
Der Einheit Acker, unsrer Freiheit Boden,
Bedacht mit Stumpf und Stiel es auszuroden!
Jetzt – eh's zu spät, eh das Verderben naht,
Und aufgeht kraftlos hohle Ruhmessaat.

Schau um dich und schau in dich! Schau voraus,
Bestelle stillen Eifers Hof und Haus!
Bedenklich ist's vom Kapital zu leben,
Das keine Zinsen trägt. So treibst du's eben.
Geh, wuchre mit dem Pfund, dem Reich geliehen,
Doch laß die leeren Festtagsmelodieen –
Sei wach zur Freiheit! Zuviel Böllerkrach
Betäubt die Ohren. – Sei zur Freiheit wach!

Die Dampfwalze

Sieh die schwere Walze dampfen,
Milliarden Steine stampfen,
Vergewaltigt Stück um Stück
Arme Menschheit, dein Geschick!

Grand und Kiesel auf dem Pfade
Wirst zermalmet ohne Gnade;
Lüge, Trägheit, Unrecht, Raub
Dampfen, stampfen dich zu Staub.

Nachtfahrt

(Dr. L. Jacoby in Mailand freundschaftlich gewidmet)

Der Zug durchbraust die Mondscheinnacht,
Die Passagiere träumen.
Ich schau hinaus: Zum Spiel erwacht,
Ihr Feyen unter Bäumen!

Ich schau hinaus: Zum Tanz, zum Tanz,
Du rätselhafter Reigen!
Berückend lockt der Silberglanz,
Der Neck soll geigen, geigen!

Die weißen Leiber säh' ich gern
Anmutig sich umschlingen,
Das Auge möchte märchenfern
Ins Zauberlichtreich dringen.

Aus Kinderbüchern kenn ich euch
Und suche euch schon lange –
Hervor aus Laubwerk und Gesträuch
Mit köstlichem Gesange!

In meine durst'gen Augen schlägt
Qualmatem der Maschine;
Das beißt! O wie das schnaubt und fegt
Die schnurgerade Schiene!

Das keucht und schmettert, ächzt und stampft,
Jagt unter mir von dannen,
Das schlotet schauerlich und dampft,
Den Elf, den Elf zu bannen.

Verloren huschen Busch und Ried,
Ferndonnernd geht die Reise –
Was singt das für ein ehern Lied
Statt Silbernixenweise?

»Zyklopenarbeit ist der Rauch,
Zyklopen, die ihm frönen!
Poetlein, laß den Nebelhauch!
Des Lebens Speichen dröhnen.

Hörst Du das Ächzen unter Dir,
Das Keuchen und das Stöhnen?
Noch tragen wir, noch klagen wir
So dulderfern dem Schönen.

Wir schleppen Tag und Nacht die Last,
Ein Kettentroß der Armen –
Das Herz vor Sehnsucht bricht uns fast,
Am Wahren zu erwarmen.

Es rinnt der Schweiß und strömt hinab,
Das Dasein peitscht mit Ruten,
Der Jammer gräbt ein frühes Grab,
Nie werden *wir* die Guten«

Das ächzt und schmettert, stampft und keucht,
Mir fährt's durch Mark und Beine,
Aus meinen Wimpern perlt es feucht –
Die schnarchen rings. Ich weine.

Und in die trüben Augen bricht
Auf einmal weitverflossen
Das blauweiß wunderbare Licht
Zielkündend ausgegossen.

Elektrisch küßt der Flammenkuß
Die tageshellen Hallen,
In eine lichte Zukunft muß
Die freudige Seele wallen.

Stoßseufzer eines Bierphilisters

Und hier Krawall und da Krawall,
Die Ruh' ist hin auf Erden,
Es gärt und brodelt überall,
Was soll noch daraus werden?
Von Völkerkrieg und Weltenbrand
Berichtet mir die Zeitung,
Der Sozialismus wächst im Land
Zu rasender Verbreitung.

In seinem Eispalast der Zar
Ist hochnervös besessen,
Vom Russenhund wird der Bulgar
Lebendig aufgefressen.
Der Franzmann nach Revanche schreit
Von Tag zu Tage wüster,
Der Kaiser hat die Heiserkeit,
Der Horizont ist düster.

Wenn Bismarck nur am Leben bleibt,
So kann sich's wohl noch halten,
Doch daß er's mit dem Papste treibt,
Mißfällt mir an dem Alten.
Bald sitzt der schwarze Jesuit
Uns wieder auf der Pelle –
Daß Bismarck nach Canossa zieht,
Ist seine wunde Stelle.

Noch eine Tulpe Lagerbier! –
Schon wieder Sprengstoffkisten!
Oh, über alles schaudert mir
Vor diesen Anarchisten.
Lärm und Spektakel Knall und Fall,
Die Ruh' ist hin auf Erden,
Es gärt und brodelt überall
Was soll noch daraus werden?

Der innere Erbfeind

Als unsres alten Erbfeinds Wüten
Den alten deutschen Rhein begehrt,
Da zogen wir, um ihn zu hüten,
Das alte deutsche Heldenschwert.
An unsrer Spitze ritt der Kaiser,
Des Haare lang schon silberweiß,
Im Schmucke grüner Lorbeerreiser,
Der alte deutsche Ehrengreis.

Der Erbfeind ward aufs Haupt geschlagen,
Weil's Gott mit uns so gut stets meint,
Doch hebt sein Haupt zum schnödsten Wagen
Von innen wohl ein schlimmrer Feind.
Ist schlimmer noch als Gallierrotte
Und haust in unsrer eignen Mitt',
Der ohne Scheu vor seinem Gotte
Das Heiligste in Staub ja tritt.

Der roten Fahne gilt sein Streben,
Im Herz ihm nistet Hochverrat,
Er ist der feilen List ergeben
Und unterbohrt Gesetz und Staat.
Das Dynamit ist seine Sache,
Fluch! Nitroglyzerin sogar!
Laßt halten drum uns treue Wache
Für König, Sitte und Altar!

Der patriotische Student

Eine kühle blonde Weiße!
Arg an Feuchtigkeit gebricht's,
Denn ich redete im Schweiße
Meines deutschen Angesichts.

Nörgler mußte niederstampfen
Meiner Worte Donnerwucht,
Doch in ihrem Blute dampfen
Seh ich die Verräterzucht.

Deutschland, Deutschland, ewig großes,
Nie genug gelobtes Land,
In dem Tempel Deines Schoßes
Hockt noch Trug und Unverstand.
Dieser schamentblößte Schwanzler,
Ein germanischer Student,
Tadelte des Reiches Kanzler –
Himmelbombenelement!

Zog der Lump in seine Pfütze
Den erhaben reinen Geist,
Der mit nationalem Blitze
Schwärmerischen Dunst zerreißt;
Der des Thrones Felsenstütze,
Den ein jeder Edle preist,
Höhnt das Lork mit schnödem Witze,
Wie ein Schwein auf Goldlack –

Aber sattelfest geschwind wie
Nur ein preußischer Ulan
Hab an dem gemeinen Rindvieh
Stramm ich meine Pflicht getan.
Herrgott, dem hab ich's gegeben,
Tränk's ihm noch per Säbel ein,
Bismarck, Du geliebtes Leben,
Bismarck, darfst zufrieden sein.

Christnacht

Von ihrer Zeit verstoßen, flüchte
Die ernste Wahrheit zum Gedichte!
Schiller.

Der Kaiser rief: Reserve her!
Ins Glied, getreue Herden!
Allein Gott in der Höh' sei Ehr'!
Schlagt an das Repetiergewehr
Und Friede sei auf Erden!
Choräle schallen in schimmernden Hallen,
Der Pfaff schrie: Christus machte uns gleich.
Den Menschenkindern ein Wohlgefallen,
In einer Krippe das Himmelreich!

Der Engel zu Kommerzrats kam
Mit Atlaskleid und Schleppe,
Mit Silbertand und Flitterkram,
Dekolletiert und ohne Scham
Wie eine feine Schneppe.
Bei Schnepfendrecke und Austerngeschlecke
Der Börsenkönig sein Bäuchlein strich,
Champagnerpfropfen knallten zur Decke –
Jesus von Nazareth, freue dich!

Durch eis'ge Gassen schritt der Wind
In weißem Totenkleide
Und mähte auf dem Weg geschwind
Ein kleines, müdes Bettelkind
Mit seines Messers Schneide.
Pfiff um ein fadenscheiniges Dach,
Fuhr durch den Schornstein ins Zimmer,
Da psalterte durch ein düstres Gemach
Eines Säuglings matt Gewimmer.

Die Mutter trug ihn auf dem Arm
Und stillte kein Verlangen,

Ihr Auge glomm von langem Harm,
Und Kinder, ach, daß Gott erbarm!
Mit kreidebleichen Wangen.
Die Hungergeister tanzten den Reigen,
Das Unheil hockt' auf dem Ofenrost,
Der Jammer hub an Crescendo zu geigen,
Die Not fraß Spinnen als Vesperkost.

Da brütete der arme Mann,
Sah Weib und Kinder weinen
Und sann und starrte, starrt' und sann
Und schrie die nackten Wände an:
Brot, Brot! Brot für die Meinen!
Weil mit eigener Hand für das Vaterland
Er gewählt nach Pflicht und Gewissen,
Hat mit eigener Hand ihm der Fabrikant
Den Lohn vor die Füße geschmissen.

O Sorge, wie du riesengroß
Die dürren Glieder recktest!
Der Arbeitsmann war arbeitslos.
O Glück, wie du den feilen Schoß
Mit schwarzem Schurz bedecktest!
Im Winkel nistete das Verderben,
Hohläugig schlich an den Wänden die Not,
Die Kinder buken mit Asche und Scherben
Und Speichel des Mundes ein nahrhaft Brot.

Die Türe seufzte jämmerlich:
Gebt Raum dem Polizisten!
Der alte Scherge schämte sich:
»Ausweisungsordre – dauert mich –
Doch Ihr seid Sozialisten.«
Tür kracht. Wie Eisenrädergeschmetter
Brach der gemarterte Lohnsklav los:
»Fluch, Fluch! Ein höllisches Donnerwetter
Schleudre die Schurken in Jesu Schoß!«

Dem Weibe schlotterten die Knie,
Sie wankte, stöhnte, stürzte.
Ihr gräßlich Weh gen Himmel schrie,
Zu Gott Gebete sandte sie,
Die er mit Flüchen würzte.
Und wie nun im Koffer die ärmliche Habe
Der Starke mit zitternden Händen barg,
War's ihm, als steh' er am offenen Grabe
Und hämmre und zimmre den Totensarg.

Wie wenn des Dampfes Schwall, gezwängt
In die metallne Fessel,
Urplötzlich wild nach außen drängt
Und unaufhaltsam treibt und sprengt
Und zischend leert den Kessel:
So schoß dem Armen empor, empor
Aus dem erzgepanzerten Herzen,
Mit Zischen und Brausen ein brodelnder Chor,
Der dampfende Gischt seiner Schmerzen.

»Die Ketten klirren Hohn und Spott,
Die Ketten klirr'n im Nacken,
Uns hilft kein Heiland, hilft kein Gott,
Die Ketten klirren Hohn und Spott,
Die Ketten klirr'n im Nacken.
Zu feiernder Stund', wo im Weltenrund
Halleluja! die Engel trompeten,
In des Elends Schlund wie ein räudiger Hund,
Wie ein räudiger Hund getreten!«

Unheimlich tanzt' ein Strahl herein,
Gespensterte im Dunkeln;
Spukhaft Laternen-Flimmerschein;
Da ließ empörte Seelenpein
Zwei Augen gräßlich funkeln.
Hohl heulte vermummte Verschwörergesänge
Der Wind im Ofen mit dräuendem Ton

Und trieb mit des Aschenvolks totem Gemenge
Eine frische, fröhliche Rebellion.

Er schwang den Hammer in der Faust
Und wuchs empor, ein Grauen;
Die Kinder vor dem Vater graust,
Er schwang den Hammer in der Faust,
Gefährlich anzuschauen.
Und wie von höherem Geiste entbrannt,
Im Hirne prophetische Gluten,
Umspannt' er des ältesten Knaben Hand,
Seine Worte fluten und bluten:

»Ich hör's und seh's: das Rottuch weht,
Im Sturmschritt die Kolonnen;
Eilt, Brüder, eilt! – was kommt ihr spät?
Hoch auf der Barrikade steht
Das Häuflein blutberonnen.
Die Lücke schließt! Kartätschen prasseln,
Des Kaisers Garden – Genossen, Sturm!
Kommandorufe! Kanonen rasseln,
Die Glocken heulen von Turm zu Turm.

Nun schwöre deinem Vater, Sohn,
In heil'ger Freiheit Namen,
Zum Todeskampf mit Schmach und Fron
Den Eid der Revolution –
Und sei kein Schurke! Amen.
Kommt, gebt mir die Hand – aus der Knechtschaft Nacht
Wird die Sonne der Freiheit sich heben,
Aus dem Notpfuhl steigt, aus der Niedertracht
Die Würde, die Freude, das Leben.«

Auf flog die Türe mit Alarm,
Die Pickelhaube blitzte;
Die Mutter schrie: »O der Gendarm!«

Da nahm ihr Mann sie fest in den Arm
Und stützte sie und schützte.
»Komm, Lina, komm!« Jetzt war er am Weinen;
Inbrünstig preßt' an den Gatten sich
Das arme Weib: »O unsere Kleinen!«
Schluchzt' auf und weinte gar bitterlich.

Der Scherge trieb sie vor sich her
Wie eine Hammelherde;
Allein Gott in der Höh' sei Ehr'!
Ein roher Knuff zur Wegezehr –
Und Friede sei auf Erden!
Choräle schallen, Sektpfropfen knallen,
Lump, stirb, verdirb! du roter Halunk!
Den Menschenkindern ein Wohlgefallen,
Dem Kanzler Fackeln und Minnetrunk!

Chicago[1]

(Eine Glosse)

Das war vor zirka hundert Jahren,
Daß die Bourgeois »Anarchisten« waren,
Die ohne historische Bedenken
Die »Anarchisten« von heute henken.

Die Poesie

Die Poesie kriegt Leibesbeschwerden,
Wenn Dichter pedantische Schulfüchse werden;
Gleich ihre Verdauung geht geschwinder,
Werden sie einmal wie die Kinder.

1 Vgl. Einleitung, Anm. 64.

Zweierlei

Naturalistische Autoren –
Das ist mir klar.
Daß sie zu Dichtern drum geboren,
Das ist nicht wahr.

Naturalisten

Mit dem Dünger der Naturalisten
Läßt sich der Acker der Dichtung misten,
Drauf Regen und Sonnenschein gebären
Schwere, goldene Liedesähren.

Zum 70. Geburtstage des Elektrotechnikers Werner Siemens

»O Lenthe du, am Bentherberg gelegen,*
Was kann aus dir, du Nest, wohl Gutes kommen?«
Philisterlein, Philisterlein, entglommen
Ist dort ein Funke zu der Menschheit Segen.

Seht ihr die rätselhafte Kraft sich regen,
Die Menschengeist in seinen Dienst genommen?
Mit heil'gem Strome kommt ein Schiff geschwommen,
Darin der Zukunft Wunder sich bewegen.

In meinem Hirn auf – heiße Sehnsucht schwillt –
Elektrisch zuckt der neuen Zeiten Bild,
Wenn nicht mehr Dampf der Herr des
Treibradriemens;

* Bei Hannover.

Wenn billig mit der ungeheuren Kraft
Ein jeder leicht des Lebens Notdurft schafft
Und Glück kein Traum mehr – Heil dir, Werner
Siemens!

Hurra, Kornzoll und Deutschland!

Des Junkers Söhnchen schlemmt und praßt,
Er hält das Dirnchen fest umfaßt.
»Sie, Kellner, von dem schwersten Weine!«
Das Dirnchen spreizt die dicken Beine –
Hurra, Kornzoll und Deutschland!

Des Armen Weib mit dürrer Hand
Hält ihren schwangeren Leib umspannt.
Sie schreit, von Schluchzen unterbrochen:
»Kein Brot und wieder in die Wochen!« –
Hurra, Kornzoll und Deutschland!

Der Kaiser, der von Gott gesandt,
Spricht: »Schafft mir Religion ins Land!«
Prinzeß und Pfäfflein die beraten
Christlich-soziale Heldentaten –
Hurra, Kornzoll und Deutschland!

Des Armen Kind im Sterbeweh
Verreckt just in der Charité.
Des Todes Pestwind hört sie sausen:
»O Mutter, Mutter, welch ein Grausen!«
Hurra, Kornzoll und Deutschland!

Der Börserich, der sie verführt,
Der Bösewicht läßt ungerührt
Das Pack, das kaum noch was zu beißen,
Aus seiner Mietskaserne schmeißen –
Hurra, Kornzoll und Deutschland!

Des Börserichs studierter Sohn
Bekneipt sich für Altar und Thron.
Er grölt sich schier die Kehle heiser:
»Ein Salamander auf den Kaiser!« –
Hurra, Kornzoll und Deutschland!

Im warmen Redaktionsbureau
Schmiert Doktor Bierhuhn Bohnenstroh:
»Enorm vermehrt in unsrem Staat sich
Das Bildungsproletariat sich« –
Hurra, Kornzoll und Deutschland!

Mit Weib und Kind bei Glühlichtschein
Steigt einer vierte Klasse ein.
Ein schriller Pfiff »Lebt wohl, Genossen!«
Jach kommt ein Polizist geschossen. –
Hurra, Kornzoll und Deutschland!

Im Parlament ruft Junker Taps:
»Der Deutsche brennt nur deutschen Schnaps.
Soldaten her! Die Grenze mauern!
Kosaken kauern schon und lauern« –
Hurra, Kornzoll und Deutschland!

Der Arme seine Pulle hält:
»Gotts, wat en Elend in der Welt!
Mein Lenchen abgemurkst von Muttern!
Im Zuchthaus kriegt sie doch zu futtern« –
Hurra, Kornzoll und Deutschland!

Friedhof

Kein Salvenschuß, kein Trommelklang,
Als sie den Freund begruben,
Kein Sonnenschein, kein Lerchensang –

War *doch* ein Held sein Leben lang
Im Kampf mit großen Buben.

Der Herbstwind pfiff, sein Heulen schwoll,
Die Weiden seufzten schaurig;
Die Schaufel voll, die Erde scholl,
Verschränkten Armes stand der Groll
Am Grabe stumm und traurig.

Kein Pfarrer drosch Unsterblichkeit,
Kein Pfaffe grunzte Messen;
Ein heilig Leid, ein schweigend Leid.
In ihrem dunkeln Feierkleid
Wehklagten die Zypressen.

So blieb die Menge drängend stehn,
Als sich das Grab geschlossen;
Da dröhnt' es: Auseinandergehn!
Und schon war Helm an Helm zu sehn –
Des Himmels Zähren flossen.

Nun flog ein Kranz mit rotem Band
Wohl auf des Grabes Mitte;
Und als er auf den Hügel sank,
Da zogen schon die Wächter blank
Der Zucht und frommen Sitte.

Von Leichenstein zu Leichenstein
Die Klingen aus den Scheiden!
Auf Schädelstatt und Totenbein
Sie hieben in die Massen ein –
Da weinten alle Weiden.

Das freche Lärmen klirrt' ans Ohr
Der schlummernden Gerippe;
Entsetzen schlug den bleichen Chor,
Und schwerbeleidigt fuhr empor
Der Toten stille Sippe.

Der Regen goß, der Sturm schrie auf,
Blut floß um Kreuz und Hügel,
Und ruhig von des Kranzes Schlauf
Ein Vogel stieg gen Himmel auf
Mit purpurrotem Flügel...

Lockspitzellied

(Melodie etwa: Der kreuzfidele Kupferschmied)

Dreitausend Mark, heidi, per Jahr
Von Seiner Exzellenz –
Wie schirmt der Himmel wunderbar
Lockspitzels Existenz!
Kein Gentleman, kein Gentleman,
Als wär' das ein Malheur,
So bin ich denn und bleib ich denn
Agent provocateur.

Spitz, spitz: die Ohren aufgeknöpft!
Horch, horch nach links und rechts!
Bum bum! »Und alles wird geköpft
Tyrannischen Geschlechts!«
Fällt mir dann so ein Tölpel rein
Und brüllt: »Den Teufel – ja!«
Das muß ein Anarchiste sein,
Ein Anarchist, hurra!

»Genosse, prost!« Begleite ihn,
Schüttl' ihm als Freund die Hand
Und melde schleunigst nach Berlin:
Ein frischer Fisch – brillant.
Aus deutschem Reichsfonds stell ich flugs
Das süße Mordsblatt her,
Die Freiheit – kolossaler Jux!
Ex'lenz, was willst du mehr?

Ach, als ich noch kein Spitzel war,
Welch kreuzerbärmlich Los!
Dreitausend Reichsmark jedes Jahr,
Das macht sich ganz famos.
Mitunter buppert's mir von fern:
»Du Schuft!« Herrje, ich bin
Ein treuer Diener meines Herrn –
Und schlag mir's aus dem Sinn.

Im Café

Gläser klirren,
Plaudereien schwirren,
Übers Billard saust der glatte Ball;
Zigaretten glimmen,
Blaue Wölkchen schwimmen,
Flinke Kellnerschöße überall.
Ist ein Summen und Zeitungsrauschen,
Kugelstoßen und Debattieren –
In der Ecke bequem zu lauschen,
Mag ein Weilchen mich amüsieren.
Aus dem Geschlacker zum Heil meiner Seele
Lockte der gütige Gott ins Café,
Wärmender Mokka rinnt in die Kehle,
An den Scheiben verträn der Schnee.
Jener Spieler, der elegante,
Weit vorbeugt er die schlanke Gestalt
Über des grünen Tuches Kante –
Lächelnd richtet sich auf der Gewandte,
Glücklich Kugel auf Kugel prallt,
Und ein lohnendes Bravo schallt.
Mir zur Seite die beiden alten
Herren legen die Stirn in Falten,
Schwierig scheint die Situation:
Mit dem nächsten kühnen Zuge

Naht die Entscheidung, naht im Fluge,
Wird trotz seinen Trabanten jetzt
Majestät schachmatt gesetzt
Und kein Turm, kein Bismarck naht...
Drei Studenten – versteht sich – Skat.
»Stramm gewimmelt! Nicht mal Schneider
Darf er werden.« – »Leider, leider
Die verfluchte Zehne blank,
Kinder mein Portemonnä ist krank.
Stempel, *wir* sind übrigens quitt...
Kellner!« »Sie wünschen?« – »Noch einen Schnitt!«...
»Jesses, solches Blech zu schmieren!
Reimereien zum Krepieren«,
Seufzt mein Nachbar – »nein, wie blau!
Und für *den* schwärmt meine Frau – !
Heutzutage ein Geschmack:
Buschklepperei und Stromerpack
Im modernen Gesellschaftsfrack«...
»Machen wir noch ein bißchen Tric-trac?«
Und indessen mein Tischgenoß
Ärgerlich seinen Elzevir[1] schloß,
Meine beiden Alten selbander
Schlugen ihr Schachbrett auseinander.
»Doktor, wie kommen Sie mir vor?«
Spöttisches Lachen trifft mein Ohr –
»Diesen heuchlerischen, meineidigen,
Grinsenden Pfaffen zu verteidigen!
Wär' es nicht Spiegelfechterei,
Könnt' es anständige Leute beleidigen.«
»Bitte, bedenken Sie nur dies:
Nil nisi bene de mortuis!
Ist sein Kadaver auch noch nicht begraben,
Sein Renommee verzehren die Raben«...
Zwischen der Gäste gleichgültigen Reihn

1 *Elzevir:* berühmte Buchdruckerfamilie des 17. Jahrhunderts in Leiden (Niederlande); ihre Drucke, besonders römische Klassiker-Texte, wurden noch im 19. Jahrhundert als bibliophile Raritäten gehandelt.

Drückt sich frostzitternd von Tisch zu Tisch
Lilienbläßlich ein Mägdelein,
Rosen im Korbe junifrisch.
Von dem Rotblond wirrer Locken
Niederschmelzen die nassen Flocken,
Daß das Wasser dem armen Kind
In den offenen Nacken rinnt.
»Rosen, Rosen!«
Freudelosen
Schrittes schleicht's hinaus in dämonische Nacht.
Wirbelnder Schneesturm braust.
Gläser klirren,
Plaudereien schwirren,
Eine Kugel über die Barriere saust...

An das Proletariat

Was nie war, nun will es werden.
Goethe

Riesig rollst du mir zu Füßen –
Laß vom Buchenwipfel grüßen
Dich, du dröhnend Wogenheer!
Schüchtern in dein Donnerklingen
Wag ich hell mein Lied zu singen,
Kleine Nachtigall am Meer.

Dickichtnistend mußt' ich lauschen
Lang schon deinem fernen Rauschen,
Zitternd meine Brust dir schwoll.
Leis im Traum ist mir entquollen
Widerhall von deinem Grollen,
Schluchzend schlug ich sehnsuchtsvoll.

Plötzlich hat mich's ganz gezogen,
Bin vom Dickicht aufgeflogen,
Bin geflogen bis hierher.

Muß nun all mein bittres Klagen,
All mein süßes Jauchzen schlagen,
Dir im Takte, neues Meer.

Meer der Menschheit, bäumende Fluten,
Meiner Seele schäumende Gluten
Sprühn euch gischtend in den Schoß.
Aus den Wolken rieselnde Strahlen,
Blauer Segen aus den Qualen,
Aus der Not ein menschlich Los.

Ach, das war ein tief Verzagen,
Hoffnung aus dem Hirne schlagen,
Die Verzweiflung höhnte: Matt!
Übel von der Goldgiftspeise
Ging nach Vichy auf die Reise
Das Jahrhundert lebenssatt.

Bauchmast- und Entfettungskuren,
Chic und Chec und Shock, die Huren,
Die Kulthuren der Kultur.
Laster, Lug und Trug die Louis
Rotzten auf die Richterpfuis
Der beleidigten Natur.

Grinsend aufs Profitgemetzel
Hoch zu Rosse König Etzel,
Zügellos Fürst Kapital!
Und er reibt die Klauenhände:
»Das gibt eine Weltenwende,
Und sie wittern's nicht einmal.

Setzt mich ab mein dampfender Wallach,
Schrein die Götter in Walhall Ach,
Auf dem Ball Ach Fräulein Blind.
Frau von Vornehm, Herr von Dünkel
Kriechen in den hintersten Winkel,
Doktor Stumpf gebiert ein Kind.«

Auf dem Blätterfeld das Werde!
Heil dir, Retterheld der Erde,
Siegfried Proletariat!
Leuchtend in der Kraft des Schönen,
Trittst einher du, Streit und Stöhnen
Schweigt, wo deine Hoheit naht.

Keine Krone auf dem Haupte,
Frei die zweiggranatumlaubte,
Reine, furchtberaubte Stirn!
Milde Sicherheit im Blicke,
Stolz im stählernen Genicke,
Deine Wangen Purpurfirn.

Holder Wahrheitsmut dein Wandeln,
Lebensvollgenuß dein Handeln,
Bildung dein geadelt Kleid.
Die Natur dein Stern und Heiland,
Kühne Kunst dein Wallfahrtseiland,
Deine Wehr Gerechtigkeit.

Heute müssen wir noch lechzen,
Unter Knirschen, unter Ächzen
Wälzt das Rad der Kreatur.
Häßlich kreischen die Maschinen,
Menschheit, deinem Glücke dienen
Klingend sie in Zukunft nur.

Heute müssen wir noch darben,
Schleppen alle Lust zu Garben
Für ein Rudel schönheitfremd.
Schönheit mit der Seele suchend,
Weben wir, die Not verfluchend,
Grob des Lebens Sorgenhemd.

Neue Kräfte seh ich glühen,
Neue Säfte seh ich blühen,
Lichtwarm steigt die neue Welt.

Das Gemeine weicht von Erden,
Was nie war, nun will es werden,
Und das Sklavenschiff zerschellt.

Brüder, Menschheit, bäumende Fluten,
Meines Geistes schäumende Gluten
Sprühn euch gischtend in den Schoß.
Aus den Wolken himmlische Strahlen,
Blauer Segen aus den Qualen,
Aus dem Leid ein menschlich Los.

Dröhnend rollst du mir zu Füßen –
Laß vom Buchenwipfel grüßen
Dich, posaunend Wogenheer!
Schmetternd in dein Donnerklingen
Laß ich hell mein Lied erklingen,
Nachtigall am Zukunftsmeer.

Das Ausnahmegesetz

Vermittelst Ausnahmegesetzen kann jeder Dummkopf regieren.
Camillo Cavour

Es steht ein Blatt beschrieben im Buch der deutschen Schmach,
Das muß der Teufel lieben bis an den Jüngsten Tag.
Das steht auf schwarzem Grunde mit roter Flammenschrift,
Das schwärt wie rote Wunde mit schwarzem Schlangengift.
Das schreit in alle Weiten wie wilder Tonschriftfluch,
Das schreit in alle Zeiten und schreit doch nie genug.
O hätt' ich Donnerstimme wie Wolken im Turnier,
Ich brüllt' in rasendem Grimme ein Wetteruristier.
Ich rollte alle Geschütze blauschwarz am Himmel auf
Und spiee rächende Blitze, gerichtet Lauf an Lauf.

Weh dir, du fetter Würger, du Staatsverbrecher Staat,
Für hunderttausend Bürger das Seil der Missetat!
Für hunderttausend Deutsche das Iltisfallennetz,
Die Sklavenhalterpeitsche, geflochten vom Gesetz!
Du Bluthund deiner Brüder, Spürdogge der Gewalt,
Du grüngeschwollne Hyder im feigen Hinterhalt!
Du stürzende Lawine von Unheil und Verrat,
Du mordende Maschine mit qualbespritztem Rad!
Du Folterbank der Freien, Offizium für die Not,
Bald wirst du Dächer bleien, wirst laden mildes Schrot.
Du Hetzenhex der Denker, Bubonenpest der List,
Du grinsender Geisteshenker, Krebsscheusal, das du bist!...
Es steht ein Blatt beschrieben im Buch der deutschen Schmach,
Das muß der Teufel lieben bis an den Jüngsten Tag.
Es stinkt nach faulen Eiern, ein Riesenblatt der Schuld,
Das Luzifer muß feiern mit zitternder Geduld.

*Die Männer von Chicago**

Als die Grauenpost nun ward vernommen,
Ist ein Sturmkrieg über mich gekommen.
Meiner Seele Krater hat gebebt,
Wie wenn Erdstoß eine Welt begräbt,
Wie wenn Wogen himmelhoch sich bäumen,
Dunkle Meeresriesenrosse schäumen,
Chaosaufruhr übers All hinfährt,
Bleich vor Scham das Universum gärt...
In die Einsamkeit bin ich entronnen,
Brennend stürzten meiner Tränen Bronnen,

* Wo ist der Shakespeare, der diese zermalmendste und erhebendste Tragödie unserer Zeit würdig gestaltet? Wo ist der große dichterische Rachegenius der vom Kapitalismus gemordeten Erkenntnisblutzeugen? [Vgl. Einleitung, Anm. 64.]

An die Stirnwand schlug des Schmerzes Hammer.
Heiß umglutet' mich der Menschheit Jammer.
Roter Scheiterhaufen loht' empor,
Knistert', prasselt' und umdroht' mein Ohr:
Sieh, am Galgen hängt dein Ideal,
Nun versengt dich deines Herzens Qual.
Brenne, brenne, bis zur Asche brennt
Deine Nichtigkeit im Element!
Brenne, brenne, bis zu Staub verascht
Deine Flüchtigkeit, die hascht und nascht!
Brenne, brenne, bis zerflockt zu Dust
Deiner Wichtigkeiten Torenlust!
Siehe! Männer schritten in den Tod;
Für die Menschheit litten sie den Tod.
Weil am Unrechtsgalgen sie gerüttelt,
Hat zum Galgen sie das Recht gebüttelt.
Weil gelockert sie des Unrechts Strick,
Schlang das Rechtsstrick sich um ihr Genick;
Weil am Hals gepackt des Unrechts Hecht,
Hat erdrosselt sie des Henkers Recht.
Siehe! Helden haben triumphiert
Über eine Masse, tief vertiert.
Mit dem Mute der Unsterblichkeit
Haben sie sich selbst dem Tod geweiht.
Mit dem Stolze, der der Gnade lacht,
Haben sie zum Opfer sich gebracht.
Mit der Würde, die die Wahrheit spendet,
Haben sie ihr irdisch Los vollendet.
Siehe! Was dein Auge schaudernd sah,
Ist ein Goldmordgalgengolgatha.
Ihre Gräber werden schweigend schrein,
Zukunftszeiger wird ihr Galgen sein;
Ragen wird er aus der Nacht der Schmach
Riesig in der Freiheit Sonnentag! – –

Diese Zeilen werden stehen bleiben
Und sich in das Lied der Menschheit schreiben.

Strike

Ich fühle ein Zittern,
Wie glüht meine Seele!
Meine Nerven gewittern
Wie wenn der Blitz in die Sturmnacht zuckt.
In Gelsenkirchen,
Im roten Rheinland,
Streiken die Grubenleute
Und ist ein gewaltiges Wesen im Gange.
Man hat den Männern
Das Licht hoch angerechnet,
Das Sterbelämpchen der Fronfinsternis;
Man hat genullt
Und vom niedrigen Lohne gestrichen
Alle die Wagen,
Drin wie Kies in Gold
Steine zwischen die Kohlen
Spärlich geschlagen,
Drin die Stücke einmal zu klein geschlagen.
Und die man den Arbeitshunden gestohlen,
Hat nach dreien Tagen
Man ihnen wieder feilgespreizt
Mit Tigertatze
Zum höchsten Satze –
Ächzend den genullten Sack
Durfte das Pack
Nun selber teuer nach Haus sich tragen;
Und mit sinkenden Hungerlöhnen
Bei steigenden Nahrungspreisen
Wollte man sie gewöhnen,
Zur Überschicht in die Höhlen zu reisen.
Um zu leben,
Haben sie sich den Geldsäcken ergeben.
Verbrannt die Kohlen des eigenen Seins.
Nimmer, nimmer wurden
Sie des traurigen Lebens froh,

Steinkohlengüter für die zu hauen, zu heben,
Die Schaumglut saugen aus Champagnerreben
Und Kohlensäure aus den vollen
Toastesprudelnden Stollen
Der nationalstolzschwängernden Veuve Cliquot.
Die menschlichen Arbeitstiere
Trugen ihr freies Vertragsglück
Mit wildem Weh,
Die göttlichen Börsenpapiere
Schlugen, ein Freiherrenwagstück,
In wilde Höh'.
Die Bäuche zu milliardisieren,
Wurden die Muskeln genullt,
Da zerriß den armen Tieren
Das Strick der Geduld...

Und hauen nicht mehr
Und schleppen nicht mehr
Und treiben nicht mehr,
Und die Wagen stehen kohlenleer.
In Kesselräumen spazieren umher
Die Inspizienten sohlenschwer.
Der Rotte mehr Lohn und feste Schicht?
Erst Unterwerfung! Dann vielleicht
Sind wir geneigt,
Das zu bewilligen, was uns entspricht.
Unterwerfen? Sklaven, Leibeigene und Hörige
Unterwarfen scheu sich dem Herrengesicht.
Der Arbeiter von neunundachtzig
Stirbt, aber unterwirft sich nicht...
Meine Seele jauchzt,
Meine Saiten klingen,
Wie wenn der Orkan durch Harfen braust.

Todesschrei
In das Ohr mir gellt.
Meinen Sinnen graust.

Kolbenschlag meine Lyra zerschellt.
Steine der Dichtung muß ich regnen
Rhythmisch in die verruchte Welt,
Den Proletarier sterbend segnen,
Der in die Brust getroffen fällt.
Kinder spritzen gerechten Hohn
Auf die aufrührende Garnison,
Auf die Silberschärpen voll Schrecken
Zwanzigjähriger Lieutenantsgecken.
»Kehrt! Chargiert! Gebt Feuer!« schnarren
Die blutlungrigen Königsnarren.
»Lade, Canaille, dich selbst auf den Karren!
Laß deine faulen Knochen verscharren!
›Morgen-Premier‹ läßt sich heute nicht necken.«
Die Patrouille marschiert um die Ecken.
»Immer die Augen auf den *Feind*,
Leute!« Mutter Germania weint.
Röchelnd ihre Gebeine strecken
Vater, Bruder und Schwester aus.
Aus jahrhundertdicken Hecken
Mörder müssen die Freiheit wecken.

Selig vom Kusse der Braut,
Zitternder Ahnungen voll,
In die Nacht hinträumend
Schreitet heimwärts
Friedlich die einsame Straße fort
Der junge Bursch.
»Halt! Werda!« Kolbenstöße
Wuchten ihm zwischen die Rippen.
Entsetzengelähmt
Schwankt er zur Hütte:
»Vater, sie schlagen mich tot!«
Mit tastendem Tritte
Öffnet's die Türe:
»Sohn, was geschieht?
Komm nur, komm ruhig zu Bett!«

Blitzend ein Bajonett
Schlitzt durch das grobweiße Hemd
Dem greisen Hauer.
Todesschauer
Flirren im brechenden Auge...
»Ach Gott! – Ach Gott!«
Krachend zurück schlägt's auf die Diele
Schwer,
Über ihn der Sohn. –
Der du 64,
66 und 70
Treu deinem Kaiser gedient,
Pulver- und sonnverbrannt
Mit Gott für König und Vaterland –
Alter, du fällst auf dem Felde der Ehre!

Krämer und Schneider und kleine Rentiers
Trippeln im winzigen Vordergärtchen,
Wo die weißen Schneebälle schwellen,
Tuscheln ängstlich über den Zaun:
»Das Militär verhetzt uns die Leute,
Die Soldaten, Soldaten fort!
Und schon wieder ist Blut geflossen,
Eisenbahnpassagiere erschossen –
Das ist Mord.
Wenn der Kaiser nur käme,
Und man ihnen den Willen täte!
Was sie fordern, ist nicht zu viel,
Und sie gehen ruhig aufs Ziel.
Sollen doch ordentlich weiterberaten!
Aber die verfluchten Soldaten
Treiben's mit Einemmal ins Extrem.«
Unheil, Unheil!
Syringenknospen
Springen blaurosa,
Süße Düfte wallen.
Krämer, Schneider und kleine Rentiers

Trippeln im Gärtchen und hören mit klopfenden
Herzchen
Die vorzüglichen Repetiergewehre knallen.

Bei den Werken
Um Dortmund, Bochum und Essen
Scharen die Männer sich zur Beratung
Fest und gemessen.
Zu den Fernsprechern stürzen
Die Inspektoren:
»Militär!
Sonst sind wir verloren.«
Mit Extrazug
Fliegen die rettenden Götter
Des Vaterlands.
Vor die schwarzen Hundsfötter
Blitzen Helmspitzen
Im Sonnenglanz.
»Seitengewehr – pflanzt auf!«
Spannend beklommen
Krümmt sich der Hauf'
In sich zusammen.

Zu Berlin
Im schimmernden Fahnenaudienzsaal
Vor dem Kaiser
Stramm ragen drei Abgesandte
Der Grubenleute im Sonntagsanzug.
Bergmann Schröder
Schlecht und recht
Dankt im Namen der Knappen,
Dankt für die Gnade,
Gehör zu finden.
»Wir verlangen,
Was wir ererbt,
Achtstündige Schicht,
Mehr vorderhand nicht.

Aber die Arbeitszeit muß sich mindern.
O Majestät,
Mit einem Wort
Können Sie furchtbares Elend lindern!«
Und der junge,
Dreißigjährige Thronherr
Im Generalsrock
Geruht zu reden.
Neben ihm der Adjutant,
Hinter ihm der Stenograph
Schreiben die väterlich
Strengen und warnenden,
Wichtigen Kaiserworte auf:
»Jeden Untertan
Hört natürlich
Des Herrschers Ohr.
Ich nehme Anteil,
Persönlichen Anteil
An euch.
Ihr seid kontraktbrüchig.
Ihr habt euch
Ins Unrecht gesetzt.
Meine Behörden
Werden nun prüfen,
Was rechtens ist,
Und dann entscheiden.«
Pause.
Starr ins Auge
Forscht er dem Bergmann,
Dann:
»Solches sag Ich in Gnaden,
Und darneben allen Ernstes:
Seid auf der Hut,
Daß ihr nicht Unrecht zum Unrecht tut!
Laßt Mir die Politik aus dem Spiel,
Kinder!

Denn verliert ihr den Halt,
Fallt ihr dem Aufruhr in den Schoß.
Wandelt ihr auf verbotenen Wegen
(Und Er schlägt mit der Faust auf den Degen),
Brauch Ich Gewalt,
Und Meine Gewalt ist groß.
Jeder Sozialdemokrat
Ist Mein Feind.
Unnachsichtig schieße Ich scharf.
Bis jetzt hab Ich's noch gut gemeint,
Was Ich dann nicht mehr darf.
Fahrt nun nach Hause!
Geht an die Arbeit!
Kinder!
Ich nehme Anteil,
Persönlichen Anteil
An euch.«
Ein huldschwer Nicken.
Halbgläubig blicken
Die Bergmänner:
»Wir danken,
Daß Majestät uns gehört.
Wir sind nicht starrköpfig.
Adjes!«
Machen kehrt,
Und langsam rücken
Mit breitem Rücken
Sie aus dem schimmernden
Fahnenaudienzsaal.

Der elektrische Gott
Umarmt von Stunde zu Stunde
Die pure
Hure Lüge
Im offiziellen,
Schwindelschnellen,

Riesigen Drahtrachen-
Tatsachen-
Syphilisierenden
Telegraphenbordell.
»Um die Wasserhaltungsmaschinen
Dräuende Rotten!
Geist der Empörung unter ihnen!«
Lügen geschmort wie gesotten.
Keine Verrammlungen,
Keine Emeute,
Fromme Versammlungen
Ruhiger Leute.
Unser inframontaner
Hauer
Ist ein ultramontaner
Bauer.
Geistig zurück,
Schwerfällig,
Zur demokratischen Republik
Noch nicht anstellig.
Mehr Licht?
Du lieber Gott!
Acht Stunden Schicht.
Mehr nicht.
Der Kaiser soll leben!
Der Landrat daneben.
Der Bürgermeister ooch –
Dreimal hoch! –
Sie triefen von Treue
Wie alte Weiden
Von schwerem
Regensegen.
Heil dir im Heil'genglanz,
Heil dir, o Blutmonstranz,
Jesu, hilf mir!
Heil dir im Siegerkranz,

Herrscher des Vaterlands,
Vater des armen Manns,
Heil, Kaiser, Dir!

Aber aus Telegraphenmunde
Blitzte und tönte schönere Kunde;
Sprangen international
Wahrheitsfunken durch Nacht und Qual.
Männer aus Engelland
Haben Notgrüße gesandt:
»Genossen Westfalens,
Haltet im Ausstand stand!
Kämpft um ein beßres Los,
Brüder im Erdenschoß!
Seht, über Meer und Kanal
Reichen wir euch die Bruderhand.« –
Mit ihrem Mordspapa Kapital
Hat auch das Töchterlein Not
Kein Vaterland.
International
Schlägt Beatrice Cenci,[1]
Sich vor blutschändrischen Betten
Gräßlicher Notzucht zu retten,
Bald mit heilvollem Rechtsgebot
Den greisen Schänder
Jungfräulicher Tochterländer tot.

An der Börse viel böse Baissen!
Krumme Nasen bekommen das Nießen.
Ach, und der arme Krupp von Essen
Kann bald keine Kanonen mehr gießen.

1 *Beatrice Cenci:* römische Adlige, die zusammen mit ihren Brüdern und der zweiten Frau ihres Vaters Francesco Cenci diesen am 10. 9. 1598 ermordete; im Prozeß suchte man Blutschande nachzuweisen. Der Stoff wurde 1819 von Shelley dramatisiert (*The Cenci*, Versdrama); oft im Roman des 19. Jahrhunderts.

Lieber, lieber Heiland der Welt,
Bist du in Kohlenschwulitäten?
Alle wollen wir für dich beten,
Daß der Strike nun ins Wasser fällt.
Pauke im europä'schen Konzert,
Himmel, dir darf das Fell ja nicht springen.
Lieber die Faulen in Ketten gesperrt!
Du nur kannst ja den Frieden uns bringen.
Deine barmherzigen Mitrailleusen
Können einzig die Welt noch erlösen.
Bläst du deine Hochöfen aus,
Stürzt die Menschheit in Nacht und Graus.

Imperator, das war ein Streich!
Christlich-soziales Kaiserreich.
Die Direktoren schütteln die Köpfe,
Zählen an ihrem Rock die Knöpfe,
Verdutzt entfernt sich die Deputation.
»Die Arbeiter wissen, wie sich der Lohn
Zum Gewinn verhält!«
Die Grubenbesitzer mit heimlichem Hohn
Überschlagen ihr Taschengeld.
»Welche merkwürdige Menschenliebe
Mit einemmal!
Ah! Verstaatlichung der Betriebe!
Fatal.
Wir müssen uns einigen
Mehr zum Schein,
Um die alleinigen
Herren zu sein.
Aber erst fahren die Kerle uns ein!
Später werden die Forderungen
Notgedrungen
Wir mit Maßen bereinigen.«
Laut psalmodieren die Blätter:
»Hoch der Kaiser, der Retter!« – –
Hoch Bourgeoispopularheit!

Liebste! Noch einen goldenen Wein!
Nur im Weine ist Wahrheit.

Und schon fahren zu Tausenden wieder
In die grausenden Tiefen sie nieder.
Viel hundert Fuß
Unterm Blumenboden.
Kaum küßt der Sonne Gruß
Die Todmaroden,
Liegen im Höhlenwasser nackt,
Sind mit dreißig Jahren kontrakt.
Atmen Sumpfgrubengase,
Phosphorluft.
Infernalische Blumenvase
Haucht belebenden Maienduft.
Köstliche Frucht
Labt ihre Zungen,
Liebliche Sucht
Letzt ihre Lungen.
Achtstündig römisch-russisches Bad,
Drei Mark Badelohn obendrein.
Welcher beladne Kommerzienrat
Möchte nicht fröhlicher Bergmann sein?

Tonwolkengedränge!
Schwarzwildes Gemenge,
Hohl gewitternde
Rhythmenwucht!...
Leise zitternde
Hoffnungsklänge,
Froh erschütternde
Wetterflucht.
Mir brennt im Busen das Weltgebot.
Sie naht, sie naht
Die Wende der Not.
Nun bin ich heiter bis in den Tod.
Aus der Tiefe

Seh ich sie steigen,
Die Erlösung
Unserer Welt.
Zittern werden die Schlechten und Feigen,
Wenn der menschenrettende Reigen
Seinen leuchtenden Einzug hält.
Kommt nun zuhauf,
Edle von nah und weit!
Singt, singt der neuen Zeit
Jubelnd Glückauf!

Sozialreform

Dicht bei der Schloßfreiheit am Strand der Spree
Strahlt in die Abenddämmrung ein Café.
Die Zeit noch zu vertrödeln bis zum Feste,
Am Fenster gähnt ein Frack mit weißer Weste.
Ein Tüllkostüm, das durch Enthüllung siegt,
Saugt Sorbet, in des Mantels Wurf geschmiegt,
Und viele noble Leute rekeln rings
Und lösen sicher das Problem der Sphinx
Der neuen Zeit von ihren Polstersitzen
Noch heute abend, eh' die Sterne blitzen.
So eifrig trinken sie die Tulpe Bier
Und lesen Arthur Levysohns Papier.
Lieutenants, Studenten – welche Seelenweide
Den p. p. Damen! – schneidig alle beide!
Die Kellner sehn dem Ballherrn blendend ähnlich,
Und wie dem Gaste wird's auch ihnen gähnlich,
Bis sich ihr Jovisantlitz hold belebt,
Wenn grad ein Trinkgeld klopft und sich erhebt.
Da treten – sind die Kerle wohl verrückt? –
Zwei Männer ein, Hut in die Hand gedrückt,
Im braunen Arbeitsrock, adrett und frisch,
Und setzen still sich an den nächsten Tisch.

Zahlkellner schleicht auf Mardersohlen her.
»Zwei Gläser Bier!« Zahlkellner wolkenschwer.
Ein Wink vom Wirt. Der Ballfrack dreht sich um
Und knurrt zum Tüll: »Ein nettes Publikum!«
Tüll fällt die Sorbetröhre aus dem Munde.
Zahlkellner dräuend. (Unverschämte Hunde!)
Man glotzt. Uranos winkt. Jupiter spricht:
»Für Sie... der Anzug... bitte... das geht nicht!
Man wünscht... Sie sehn... Sie sind am falschen Ort.«
Die stehen auf und gehen schweigend fort...
Auf ihrem Platze hockt' mit einem Sprung
Der Fluch und soff ein Faß Verbitterung.

Lockspitzel

Daß ich, Sprache, dies Wort dir schenken mußte voll Herzweh,
Schwellt mir, so oft ich es seh, Röte der Scham ins Gesicht.

Modernes Inferno

Diese bare geldliche Gesellschaft
Mit Notlohn und Unternehmergewinn
Ist die wahre weltliche Höllschaft –
Mich dauert's nur, daß ich kein Dante bin.

Prolog

zur Feier des 25jährigen Todestages Ferdinand Lassalles

Er ist nicht tot, der heute ruft. Er lebt.
Der frische Mut, der unsre Brust durchbebt,
Der Stolz der Arbeit, unsrer Eintracht Wall,
Er lebt, er atmet – Ferdinand Lassalle!
Er redet – hört! Blank zieht er seine Worte.
Ein Kolbenschlag – auf springt der Zukunft Pforte.

Er predigt Glut, und rastlos wallt der Brand
Der neuen Botschaft durch der Arbeit Land.
Zwei Jahre nur! Zwei Jahre nur der Tat
Für uns – gebrochen war der Freiheit Pfad.
Auf seines Führers Spur in sichren Säulen
Vordrang das Volk mit seiner Schlagkraft Keulen.

Wir denken deiner, kühner Volkstribun,
Nicht, um beim Kranzeswinden auszuruhn.
Nicht, um dein Ich anbetend zu vergöttern
Und deinen Ruhm ins Schmeichelhorn zu schmettern,
Nicht faul zu feiern, prahlend müß'ger Troß,
Wir denken kämpfend deiner, Kampfgenoß!

An Wissen reich, gesättigt mit Genie,
Begriffst du, wie das Recht nach Geltung schrie.
Der Leidenschaften schönster Katarakt,
Die Sturzflut der Idee hat dich gepackt,
Und sturmkeck schreitend durch Gewalt und Lüge,
Rangst du das Recht der jungen Macht zum Siege.

Du fielst abseits. Für uns dein Werk fiel nicht,
Weltdrama ward dein Nationalgedicht.
Und keine Grenze kennt, so ruft Paris,
Die Zeitenwende, die dein Mund verhieß,
Die Säemänner, die zusammenkamen,
Von Land zu Land ausstreuen sie den Samen.

Verfolgter! Du hast glänzend dich gewehrt,
Triumph war deinen Strafen selbst beschert.
Zerquetscht von goldnen Mastodontentritten
Heut leiden tausend mehr, denn du gelitten,
Und keine Rede, wie der Donner hallt,
Zermalmt den unglücksel'gen Staatsanwalt.

Lassalle! Die Zahl, die du begehrt, ist voll,
Von Herd zu Herde glimmt des Volkes Groll.
Breit schwillt die Macht der Streiter im Gefecht,
Das Unrecht bebt, ernst rüstet sich das Recht,
Mit Würde die Entscheidung zu gewinnen
Und des Programms Vollendung zu beginnen.

Festgruß

zum internationalen sozialistischen
Arbeiterkongreß in Paris
(Juli 1889)

Mit jener Glut, die trübe mir entglommen,
Als jung ins Herz der Blitz des Elends schlug,
Nun qualmfrei leuchtend, ruf ich: Hochwillkommen!
Euch, die der Menschheit Leid zusammentrug.
Verächtlich fern entbebt mein Geist den Räumen,
Wo Herrschereitelkeit sich furchtsam bläht –
Zu Euch, ihr Brüder, flügelt ohne Säumen
Des Genius schmerzgekrönte Majestät.

Mit starkem Klang hell läutet durch die Lande
Der Siegesgruß der friedlichen Armee,
Ihr seid erschienen einer Welt voll Schande,
Das Gardecorps der rettenden Idee.
Vom Panzer edler Menschlichkeit umgossen,
Schließt ihr das Notkarree der Wahrheit dicht,
Und Hand in Hand, moderne Eidgenossen,
Hebt Ihr das freie Haupt zum Sonnenlicht.

Heil uns! Um Geistesstrebepfeiler ranken
Des Glücks Girlanden über Völker fort.
Auf sicherm Boden irdischer Gedanken
Wölbt sich die neue Welt von Ort zu Ort.
In Dunst verschwelt der Geifer der Nationen,
Aus Selbstsucht, Dummheit, Lüge plump gemischt,
Mag an der Newa, Seine, Spree sie wohnen,
Die *Arbeit* liebt sich, und der Haß verzischt.

Individualistische Schrullen

»Man glaubt zu schieben, schiebt und wird geschoben.«

Variante nach *Goethe*

2

Mein Ça ira

Volksführer? Nein! die Toga paßt mir nicht.
Ich bin zu schüchtern, Politik zu treiben.
Ich bilde mich und bilde mein Gedicht,
Was meinem Innern fern liegt, laß ich bleiben.
Aus Mitgefühl sing ich mein Lied der Not,
Mein Menschheitslied aus Höhentrieb der Seele,
Doch dem Parteigetriebe bin ich tot –
Nun hängt mich auf – empfehle mich, empfehle!

Die heißen Geister der Gerechtigkeit
Verlocken mich, mit Knütteln dreinzuschlagen,
Doch tut es fast mir um das Pathos leid,
Wehmütig lernt' ich solchem Strauß entsagen.
Ich *mag* nicht mehr, aus innerster Natur,
Und eins mit mir darf ich's getrost gestehen:
Ich werde fortan nur auf einer Spur,
Auf eigner Spur des reinern Daseins gehen.

Kein Ehrgeiz jagt mich auf das Podium,
Kein Agitator geht an mir verloren,
Der Eifersucht des Siegers bin ich stumm,
Und für das Bravo hab ich schlechte Ohren;
Das heute dem und morgen jenem schallt,
Ja augenblicklich treulos sich verwandelt,
Das eben noch der Überzeugung knallt
Und gleich darauf mit Schwätzern schon verhandelt.

Hinweg, ihr Stelzen der Vergänglichkeit,
Der Überredung aufgeblasne Robe!
Man wird so klein, wenn man sich täglich weiht
Dem Wahrheitskult der menschlichen Mikrobe.
Zu eitel dünkt mich dieses Priesterkleid,
Weshalb ich mir den Rock des Weltmanns lobe
Und dem *Auguren*dienst der Menschheit fremd
Ein Lächeln spare, das mein Herz beklemmt.

Versteht mich wohl! Der Menschheit großen Zug
Werd ich bescheiden nachzuziehen suchen,
Denn ihren sonnenkühnen Adlerflug
Verleugnen nur ästhetische Eunuchen.
Es steigt empor das menschliche Geschlecht
Bedächt'gen Schritts die wunderbaren Stufen,
Und auch der rohe Bruch von Herr und Knecht
Wird einem feinern Formverhältnis rufen.
Wo sich des Denkers steter Eifer müht,
Wo Forschersehnsucht sichre Schlüsse gattet,
Wo der verborgne Baum der Weisheit blüht,
Dort birg dein Lied, von Einsamkeit beschattet!
Was *du* nur lebst, abseits dem grellen Licht
Der augenbeizenden Gewöhnlichkeiten,
Was ganz dein eigen, tränke dein Gedicht,
Du leite dich, so magst du andre leiten.

Nur frei sein, frei, auch von der »Freiheit« frei,
Die vollen Mundes Herrscherlaunen pachtet,

Und sich mit bettelarmem Marktgeschrei
Den größten Kundenkreis zu sichern trachtet.
Zeit meiner Litfaßkunst, du bist vorbei,
Nach Lauschereinsamkeit die Seele schmachtet...
Zurückgezogen in den Kreis der Kraft
Genüg ich zarter Dichterleidenschaft.

Vom 18. März
(1871)

Was weißt du von der Kommune, mein Sohn?!
Der Einundsiebziger Revolution
In Paris, dem riesigen Rattennest,
Dem Hungerkessel voll Tod und Pest,
Wo aufsprang im Märzensonnenstrahle
Die purpurne Internationale.

Du weißt von Sedan und Gravelotte,
Wo sie geopfert dem alten Gott,
Dem Gott der nationalen Revanche,
Gloiren- und Mitrailleusenbranche,
Mit Bajonetten und blauen Bomben
Turmhohe Menschenhekatomben.

Wir, Kind, wir haben den Frieden gewollt,
Lilien auf rosigem Grund entrollt.
Unsern Wehruf ließ man verhallen,
In Gottes Namen sie mußten knallen,
Knallen von Spichern bis nach Paris
Und sie metzeln und morden mit Kugel und Spieß.

Und wieder war es am achtzehnten März,
Da war geschwollen der Zorn und der Schmerz,
Da war geschwollen der Groll und die Not,
Dumpf dröhnte des Elends Aufgebot.

Schuld und Schande, die schrieen nach Sühne –
Am achtzehnten März schlug durch die Kommune.

Da hat auf dem Stadthaus salvenumknattert
Die rote Fahne im Sturm geflattert.
Da wuchsen in schäumenden Pulverschwaden
Aus steinernem Boden die Barrikaden,
Und um die geretteten Bürgerkanonen
Brandet's von Arbeiterbataillonen.

Da schwärmten die Linien der Tyrannei
Zu ihren Brüdern und wurden frei.
Der Arbeit Männer traten ins Amt,
Sie haben die Frechheit der Fäulnis verdammt,
Verdammt die hohnlachenden Volksausbeuter,
Die Markaussauger und Lügenhäuter.

Und mit Trommelwirbel und Donnerhall
Ein Jubelwinken und Zinkenschall!
Bajonette ins blinkende Licht gepflanzt,
Auf blitzenden Spitzen Rotkäppis getanzt!
Rotschärpig die Freiheit hoch auf der Tribüne;
Die Marseillaise! Und: »Vive la Commune!«

Durch Paris im purpurnen Kleid
Wandelte groß die Gerechtigkeit.
Des Geldsacks Wuchergewalt zu schwächen,
Dem Verbrechen den Star zu stechen,
Reckte die Armut den Arm voll Mut.
Auf beiden Seiten floß rotes Blut.

Da ist auch in ihrer Kaiserpracht
Die Dünkelsäule Vendôme zerkracht.
Im Louvre die schönen Heidengötter
Schreckt auf das Versailler Granatenwetter.
Stolze Paläste zusammengeschossen,
Nur meist von Türkos, Thiers und Genossen.

Der Löwin gleich, der die Brut man verheert,
Hat sich das Volk seiner Freiheit gewehrt.
Da warfen Mädchen sich in die Lücken,
Die Soldateska riß sie zu Stücken.
Sterbenden Lieben mit stolzem Grauen
Neigten sich vorwärtsstürmende Frauen.

O tollkühn ging es um Freiheit und Tod!
Dumpf stöhnte des Elends Aufgebot.
Zu locker das Band, mein Sohn, um zu siegen!
So mußt' es der Meute der Mannszucht erliegen.
Und ein Schlachten, ein gräßlich Würgen begann,
So wütet und rast ja kein trunkner Tyrann.

Frauen und Kinder, des Volkes Blüte,
Schluckte die »Ordnung«, verschlang die »Güte«.
Sanfte Sensen, die Mitrailleusen,
Durften vom schädlichen Licht sie erlösen,
Und der Überrest aus Höllen-Paris
Kam nach Cayenne ins Paradies.

Zumal General Marquis Gallifet
War milde wie eine Maienfee.
Der ließ, um nicht einzeln zu genieren,
Immer per Hundert sie wegrasieren;
Rücklings in Bäder von brennendem Kalk,
Ihren Durst zu löschen. So mild war der Schalk.

Manch Opfer hat sich noch röchelnd gebäumt
Und noch einmal den Sieg des Gerechten geträumt.
Und den Tod schon trinkend, noch eh' es vorbei:
»Es lebe die Freiheit!« sein letzter Schrei.
Und die Kugel im Herzen, von Kolben zermalmt,
In loderndem Öle verkohlt und verqualmt.

Knabe! Die Sprache schaudert zusammen;
Meine Lippen versengen die Flammen.

Freiheit, o segenrauschendes Meer,
Roll deine leuchtenden Wogen einher!
Mit deinen leiderlösenden Fluten
Lösche die Sehnsucht der Edlen, der Guten!

Wir säen ja nimmer die rächende Saat,
Wir zimmern die Zukunft mit Rat und mit Tat,
Unseren Vorposten wollen wir danken,
Die für die Rechte der Menschheit sanken.
Komm, lies mir das Vorspiel der Freiheit, mein Kind,
Und strafe Lügen, die Lügner sind!

Germania

Germania auf dem Niederwald,
Als Jüngling sah ich dich voll Glut...
Bis auf den Grund der Seele kalt
Hat jetzt mein Blick auf dir geruht.

Einst warst du mir ein Kraftsymbol
Von Vaterland und Einigkeit,
Nun schien mir deine Größe hohl,
Von Prahlsucht deine Wucht entweiht.

Du blendetest im Sonnenstrahl,
Gen Frankreich flimmerte dein Schwert –
Einst warst du mir ein Opfermahl,
Jetzt keinen Schuß voll Pulver wert.

Friedenslied

zum internationalen Friedenskongreß in Bern, August 1892
(*Bertha v. Suttner* gewidmet)

Ihr habt gehört das alte Lied
Vom Bauernhelden Winkelried,
Der für der Scholle Schutz und Wehr
Den Leib gebohrt in Spieß und Speer
Und wider untertän'ge Schmach
Der Freiheit eine Gasse brach.

Das Lied ist alt, das Lied ist gut,
Das singt von Eidgenossen Mut,
Von kühner Opfertat und Tod
Für freie Weide, Milch und Brot,
Wie Einer fiel als Mann und Held
Fürs Schweizerheim auf blut'gem Feld.

Ein neues Lied anheb ich heut,
Das läutet nicht wie Sturmgeläut,
Das gellt nicht dräuend durch die Nacht
Zur grauenvollen Männerschlacht,
Das schweigt von Morgenstern und Schild,
Schalmeiensanft und morgenmild.

Vom Frieden sing ich, der jetzt kommt,
Vom Frieden, der der Menschheit frommt,
Den Völkerfrieden nah und fern
Sing ich hinaus vom alten Bern,
Die junge Losung in die Zeit:
Die Waffen nieder! Macht bereit!

Was steht ihr zag und zaudert schwer
Und späht bekümmert rings umher,
Wie Waffen starren Land an Land,
Wie schleichend glimmt des Krieges Brand?

Und schüttelt zweifelnd euer Haupt:
Ein Schwärmer, wer an Frieden glaubt!

Schaut her! Hier roll ich mein Panier:
Schwärmer und Träumer, das seid *ihr*!
Von Alters her ein starrer Wahn
Hemmt eures Geistes Fluß und Bahn,
Und was Jahrtausende gewährt,
Hat zum Gesetz sich euch gejährt.

»Des Menschen Krieg währt immerdar.«
Ihr Träumer, nein, es ist nicht wahr!
Des Menschen Krieg währt seine Zeit,
Bis sich vom Krieg der Mensch befreit –
Und sein Geschick frei wie er denkt,
Mit Selbstbewußtsein selber lenkt.

Tief schau ich in der Dinge Strom:
Von unten steigt des Friedens Dom,
Jahrhundert auf Jahrhundert hebt
Sich Stein auf Stein, das Bauwerk bebt,
Doch fällt es nicht und wächst mit Macht
Empor zu blaukrystallner Pracht.

Jetzt zu der Riesenkuppel krönt
Sich's kühn empor, gewaltig tönt
Der Massen Baulied fugenhehr:
»Vollendet!« rauscht das Jubelmeer;
Den Meistern auf des Münsters Kranz
Zittert im Aug' ein feuchter Glanz.

Ward euer Hirn durch Wissen rein?
So kommt, ihr sollt Genossen sein!
Noch ist, den Wahrheit künden muß,
Nicht Wirklichkeit des Dombaus Schluß.
Legt Hand an, Freunde, weit und breit,
Die Waffen nieder! Macht bereit!

Ihr *wollt* den Frieden? Gut. So baut!
Bekämpft den Krieg, vom Krieg umgraut!
Seid ihr von Heldenart? Wohlan!
Ein Massenmordknecht ist kein Mann.
Wer für die Flinte sich entschied,
Wird kein moderner Winkelried.

Bohrt in des Wahnes Speerwald kühn
Das Wahrwort, daß die Funken sprühn!
Die Losung reicht von Mund zu Mund:
Ein Schiedsgericht dem Völkerbund!
Zur Tat erwirkt das Ideal:
Europas Friedenstribunal!

O Frieden, Frieden! Daß dies Wort
Nicht in dem Mund der Zeit verdorrt!
Die Waffen nieder! Daß zur Tat
Emporblüht unsrer Reden Saat!
Dem Kriege Krieg! Daß uns beschieden
Erfüllung sei und Frieden, Frieden.

Heinedenkmal in Düsseldorf

Zu Düsseldorf am Rheine ward
Ein deutscher Dichter geboren,
Der mit des Geistes Hellebard
Den Spießern saust' um die Ohren.

Der war die Flamme, der war das Schwert
Für eulenäugige Drachen,
Der hat die Saurier Mores gelehrt
Mit seinem erleuchteten Lachen.

Zu seinen Häupten um Mitternacht
Hört er es schwingen und rauschen,

Und ein Lied, ein Lied ist ihm aufgewacht,
Dem die Freien, Lebendigen lauschen.

Ein Lied, so damaszenerscharf,
So silberglockenklangvoll,
Ein Lied, das brennende Blitze warf,
Dunstschneidend, neuzeitdrangvoll.

Die süßen Lieder rühm ich nicht,
Die durch die Herzen ziehen,
Draus unsres Volkes Seele spricht,
Die Lurleimelodieen . . .

Ich rühme den Düsseldorfer Rat,
Den frommen und den reichen,
Vor dessen sonniger Ruhmestat
Die Sterne Heines erbleichen.

Ich rühme den Rat von Düsseldorf,
Ich will ihn nicht beleidigen
Und gegen seinen moralischen Schorf
Die Schönheit Heines verteidigen.

So mancher hat vor der Stirn ein Brett
Und kann doch nichts dawider,
Nicht jeder liebt wie *Elisabeth*,
Die Kaiserin, blitzende Lieder.

Ein Kaiserdenkmal hat jeder lieb
Im Düsseldorfer Senat wohl,
Was ein Düsseldorfer Jude schrieb,
Geniert den christlichen Staat wohl.

Der Stumpfsinn kann den Geist nicht verdaun
Zu Düsseldorf am Rheine,
Er wird sich selber ein Denkmal baun
Anstatt dem Heinrich Heine.

»Moderne Barbaren«

Wir sind die »modernen Barbaren«,
Wir rücken Mann für Mann
In unüberwindlichen Scharen,
In schwellenden Scharen heran.
Wir kommen mit Hammer und Meißel,
Wir kommen mit Letter und Buch
Wider der Menschheit Geißel,
Wider den goldenen Fluch.

Wir sind die »modernen Vandalen«,
Wir wandeln wuchtig und schwer
In eisenbeschlagnen Sandalen
Die Pfade der Zukunft daher.
Wir schreiten mit dröhnendem Schritte
Durch die goldenen Pforten der Zeit,
Wir wandeln Ordnung und Sitte,
Gesetz und Gerechtigkeit.

Wo wir kommen, zischen die Wogen
Einer untergehenden Welt,
Wo wir kommen, werden im Bogen
Die Himmel des Lebens erhellt.
Es zittert und ächzt durch die Weiten
Der verwahrlost öden Kultur,
Es donnert und blitzt, wo wir schreiten,
Und Befruchtung dampft unsre Spur.

Wir sind die Vandalen der Milde,
Wir sind die Barbaren des Rechts,
Wir führen die Freiheit im Schilde,
Die Freiheit des Menschengeschlechts.
Wir sind die »modernen Barbaren« –
Moderne Barbaren? O nein!
Wir wollen die roten Husaren,
Husaren der Menschheit sein.

KARL BLEIBTREU

Schnellzug

Das Dampfroß dröhnend schnaubte
Voran in tiefer Nacht.
Und ich, der Schlafberaubte,
Hielt mit mir selber Wacht.

Die Räder rastlos rollten
Wohl über Berg und Tal,
Als ob erklimmen wollten
Sie dort den Morgenstrahl.
Die Finsteris durchgellten
Die Pfiffe laut genug –
Doch wenn wir nun zerschellten
An einem andren Zug?

Dampfsäulen uns umqualmen.
Im nächsten Augenblick
Mag uns der Tod zermalmen
Das trotzige Genick.
Ein Wort, zu früh gegeben,
Zu spät ein Zeichen nur –
Von unser aller Leben
Verweht dann leicht die Spur.

Da ich so sinnend lauschte,
Da plötzlich däuchte mir,
Daß mit uns weiterrauschte
Die Weltgeschichte hier.
Dem Eisenwagen gleichen
Die Räder auch der Zeit –
Mit nimmermüden Speichen
Fortrollend weit und breit.

Doch weiter, weiter! heischen
  Wir alle ruhelos –
Wann wird der Notpfiff kreischen:
  Weh uns, Zusammenstoß?

Mondnacht

In des Äthers klare Wogen
Zeichnet sich der Kirchturm ein
Mit dem gotisch spitzen Bogen
Und des Meißels Schilderein.
Mit der Wolken Segel schiffen
Sieh den Mond im Dämmerschein –
Und wir schauen, süß ergriffen,
Ins Unendliche hinein.

Links vom Kirchturm stand er eben –
Plötzlich sieh ihn rein und hell
Rechts vom Kirchturm sich erheben.
O wie reist der Mond so schnell!
»Tor!« so spricht mit ernstem Munde
Mein erprobter Weggesell,
»Nicht der Mond zu dieser Stunde,
Nein, wir selber reisten schnell.«

Ja, so ist's, die Erde kreiste
Und sie riß uns alle fort.
Doch der Mensch, der eiteldreiste,
Wähnte sich an festem Ort.
Während wir zu ruhen glauben
Sicher in des Friedens Port,
Reißt uns alle mit der tauben
Weltgesetze Sturmakkord.

Weltweh und Himmelssehnsucht

Wie eine Windesharfe
sei deine Seele,
Dichter!
Der leiseste Hauch
bewege sie.

Und ewig müssen
die Saiten schwingen
im Atem des Weltwehs;
denn das Weltweh
ist die Wurzel
der Himmelssehnsucht.

Also steht deiner Lieder
Wurzel begründet
im Weh der Erde;
doch ihren Scheitel krönet
Himmelslicht.

Verlohnt's der Müh'?

Verlohnt's der Müh'? – Ich bleibe stehn.
Verlohnt's der Mühe, weiterzugehn?

Meine Hand ist wund, mein Herz ist matt;
für zu viel des Wahns es geschlagen hat.

Wohin? Wohin? ... »Zum Licht! Zum Licht!«
Was soll das Suchen? Ihr findet's nicht.

Wohin? Wohin? … »Den Weg zum Ruhm!«
O beifallgieriges Märtyrertum!

Ihr stürmt vorbei, ihr lockt mich nach;
ich bin ein Falk, der nicht fliegen mag.

Nebel

Wohin mein Blick durch Nebel sieht,
ich weiß es nicht, ich weiß es nicht,
wohin mein trüber Wunsch mich zieht:
In Dunkelheit, ins Sonnenlicht?

Ich weiß es nicht. – Manchmal im Dunst
schau' ich ein ödes Hügelgrab,
ein Holzkreuz drauf, bar aller Kunst;
wer weiß, was ich gesehen hab'?!

Manchmal auch schau' ich wolkenhoch,
wo feuerstirn'ge Berge stehn.
Ein Banner scheint zu winken, doch –
wer weiß – wer weiß, was ich gesehn?

Der Herbstwind heult

Der Herbstwind heult, die Blätter jagen,
vom Sturm gescheucht, durch kalte Luft.
Die hüllenlosen Bäume ragen,
Denkmäler einer Totengruft.

Des Sommers Gluten blaß verlodern,
von Wolkenmassen ausgedrückt,
die Sonne selbst scheint zu vermodern,
vom bleichen Tode angeblickt.

Es trieft aus nassen Ästen nieder,
Verwesung birgt ein jeder Hauch.
Und, Quelle meiner jungen Lieder,
Verwesung, scheint es, naht dir auch.

Mein Innres krampft sich jäh zusammen,
mein Auge ist von Schleiern schwer,
denn jene tiefgenährten Flammen
des Herzens leuchten ihm nicht mehr.

Aus Wolken, die am Himmel schwimmen,
ein Tränenstrom in meinen taut,
und alles will zusammenstimmen
in einen einzigen Sterbelaut.

Im Nachtzug

Es poltert der Zug durch die Mondscheinnacht,
die Räder dröhnen und rasen.
Still sitz' ich im Polster und halte die Wacht
unter sieben schnarchenden Nasen.
Die Lampe flackert und zittert und zuckt,
und der Wagen rasselt und rüttelt und ruckt,
und weit, wie ins Reich der Gespenster,
weit blick' ich hinaus in das dämmrige Licht,
und schemenhaft schau' ich mein blasses Gesicht
im lampenbeschienenen Fenster.

Da rast es nun hin mit dem brausenden Zug
an Wiesen und Wäldern vorüber,
über Mauern, Stakete und Bäume im Flug,
und trüber blickt es und trüber.
Und jetzo, wahrhaftig, ich täusche mich nicht,
jetzt rollen über mein Schattengesicht
zwei schwere und leuchtende Tränen.

Und tief in der Brust mir klingt es und singt's,
und fiebernd das Herz und die Pulse durchdringt's,
ein wildes, ein brennendes Sehnen.

Ein Sehnen hinaus in das Mondscheinreich,
das fliegend die Drähte durchschneiden.
Sie tauchen hernieder und steigen zugleich,
vom Zauber der Nacht mich zu scheiden.
Doch ich blicke hinaus, und das Herz wird mir weit,
und ich lulle mich ein in die selige Zeit,
wo nächtlich tanzte am Weiher
auf Mondlichtstrahlen die Elfenmaid,
dazu ihr von minniger Wonne und Leid
der Elfe spielte die Leier.

Der Elfe, er spielte die Leier so schön,
die Gräslein mußten ihm lauschen,
der Mühlbach im Sturze vernahm's und blieb stehn,
vergessend sein eigenes Rauschen.
Maiblume und Rotklee weineten Tau,
und wonnige Schauer durchbebten die Au,
und Sänger lauschten im Haine.
Sie lauschten und lernten vom Elfen gar viel
und stimmten ihr duftendes Saitenspiel
so zaubrisch und rein wie das seine.

Vorüber, vorüber im sausenden Takt!
Kein Zauber nimmt dich gefangen,
der du schwindelhoch über den Katarakt
und tief durch die Berge gegangen.
Du rasender Pulsschlag der fiebernden Welt,
du Dämon, der in den Armen mich hält
und trägt zu entlegener Ferne!
Ich bliebe so gerne im Mondenschein
und lauschte so gerne verschwiegen allein
der Zwiesprach' seliger Sterne!

Rauchwolken verhüllen das dämmernde Bild
und schlingen weißwogende Reigen.
Doch unter mir stampft es und schmettert es wild,
und unter mir will es nicht schweigen.
Es klingt wie ein Ächzen, es rieselt wie Schweiß,
als schleppten Zyklopen hin über das Gleis
den Zug auf ehernen Armen.
Und wie ich noch lausche, beklommen und bang,
da wird aus dem Chaos ein Donnergesang,
zum Grauen zugleich und Erbarmen.

»Wohl sind wir ein rauhes, blutdürstend Geschlecht,
mit schwieligen Händen und Herzen.
Doch gebt uns zum Leben, zum Sterben ein Recht
und nehmt uns die Last unsrer Schmerzen!
Ja, könnten wir atmen, im keuchenden Lauf,
nur einmal erquickend, tief innerlich auf,
so, weil du den Elfen bewundert,
so sängen wir dir mit Donnergetön
das Lied, so finster und doch so schön,
das Lied von unserm Jahrhundert!

Willst lernen, Poetlein, das heilige Lied,
so lausche dem Rasseln der Schienen,
so meide das schläfrige, tändelnde Ried
und folge dem Gang der Maschinen;
beachte den Funken im singenden Draht,
des Schiffes schwindelnden Wolkenpfad,
und weiter, o beuge dich nieder
zum Herzen der Armen, mitleidig und mild,
und was es dir zitternd und weinend enthüllt,
ersteh' es in Tönen dir wieder!«

Es poltert der Zug durch die Mondscheinnacht,
die Räder dröhnen und rasen.
Still sitz' ich im Polster und halte die Wacht
unter sieben schnarchenden Nasen.

Die Lampe flackert und zittert und zuckt,
und der Wagen rasselt und rüttelt und ruckt,
und tief aus dem Chaos der Töne,
da quillt es, da drängt es, da perlt es empor
wie Hymnengesänge, bezaubernd mein Ohr,
in erdenverklärender Schöne.

Und leise aufschwillt es, und ebbend verhallt's
im schmetternden Eisengeklirre.
Und wieder erwacht es, und himmelauf wallt's
hervor aus dem Tönegewirre.
Und immer von neuem versinkt es und steigt.
Und endlich verweht's im Tumulte und schweigt
und läßt mir ein heißes Begehren,
das sinneberückende Zaubergetön
von himmlischen Lenzen auf irdischen Höhn
zu Ende, zu Ende zu hören.

»Wir tragen euch hin durch die duftende Nacht,
mit keuchenden Kehlen und Brüsten.
Wir haben euch güldene Häuser gemacht,
indessen wie Geier wir nisten.
Wir schaffen euch Kleider. Wir backen euch Brot.
Ihr schafft uns den grinsenden, winselnden Tod.
Wir wollen die Ketten zerbrechen.
Uns dürstet, uns dürstet nach eurem Gut!
Uns dürstet, uns dürstet nach eurem Blut!
Wir wollen uns rächen, uns rächen!«

Der Wächter

Wenn bleich der Mond mit mildem Licht erhellt
um Mitternacht die schlummermüde Welt,
dann denk' ich oft an einen stillen Mann,
und meine Träne fängt zu rinnen an.

Um einen Bahnhof schlich er jede Nacht,
den er mit seinem Spieß und Hund bewacht'.
Der Spieß war rostig, struppig war der Hund,
der arme Wächter krank und todeswund.

Die Lippe bleich und schmal; sein Auge matt
unheimlich düster nur gefunkelt hat,
wenn man ihm mitleidsvoll ein Mittel bot,
zurückzuschrecken den Gevatter Tod,
Gevatter Tod, mit dem er rum sich schlug
und den er fest im kranken Busen trug.
Kein Mittel half; und ob er auch zuletzt,
von Todesangst und Herzensqual gehetzt,
von seinem Spieß den braunen Rost geleckt,
nichts hat den Gast im Busen fortgeschreckt.

So schlich er sich gespenstig um das Haus
und maß der Schienen blanke Stränge aus,
ging hin und her auf einsam stiller Wacht;
Gott weiß es, was der Arme da gedacht.
Rings Wald und Flur; im bergig weiten Tal
ein fernes Licht, bald rot, bald gelblich fahl;
ein Tropfen Schweiß bald, bald ein Tropfen Blut:
Kalköfen sind's in ewig reger Glut.
Und jedesmal, wenn heller ward ihr Brand,
ward rot miteins des Wächters Wang' und Hand;
und wurde matter ihr erdrückter Strahl,
so ward ihm Hand und Wange wieder fahl.
Denn was sich tödlich drin im Busen regt,
das hat die Flamme ihm hineingelegt.
Sie buk ein Brot, das er im Hunger aß,
an dem er krankt', wie Weib und Kind genas.
Doch sah er auch von ferne schon den Tod,
sein Weib und seine Kinder brauchten Brot.

Schweißtropfen quollen nieder Jahr auf Jahr,
die Brust vom Kalkstaub schier zerfressen war;

er ließ mit Sorg' und Mühen nimmer nach,
bis er auf einmal jäh zusammenbrach.
Ein Krankenlager kam: Furchtbare Pein,
zum Tode krank und arm dabei zu sein,
zu sehn die Not im Weibesangesicht,
ein hungrig Kind, das fast zusammenbricht
vor Mattigkeit, mit jammervollem Schrei
die Ärmchen ausstreckt nach der Arzenei.
Da sprang er auf, und noch zum Tode krank,
er seine schwachen Kräfte neu verdang –
ward Wächter – lief die Nächte müd umher
und schlief am Tage heiß und fieberschwer.

So schritt er denn in einsam-stillem Gang
wohl auf und ab den graden Schienenstrang,
im letzten Dienst, gemartert und erschlafft
für Weib und Kind, mit seiner letzten Kraft.
Oft stand er da vom Wintersturm umbraust,
mit großen Augen und geballter Faust,
von heißen Tropfen das Gesicht betränt,
an des Gebäudes Ziegelwand gelehnt,
und sah hinaus mit stierem Angesicht
nach seiner fernen Totenfackeln Licht.

Und so auch fand man ihn zuletzt erstarrt
und hat ihn still und schleunigst eingescharrt.
Es dröhnt der Zug und tobet übers Gleis,
das Feuer brennt noch heut wie Blut und Schweiß,
und jetzt wie damals bäckt man in das Brot
den frühen, kalten, jammervollen Tod!

Mein Kampf

Dir nur gehorch' ich, reiner Trieb der Seele!
Des sei mein Zeuge, Geist des Ideales,
daß keine Rücksicht eitler Art mich bindet.

Ich kann nicht singen wie die Philomele,
ich bin ein Sänger jenes düstern Tales,
wo alles Edle beim Ergreifen schwindet,

wo schwarzen Dunstes träge Massen rollen
und mit dem Lichte ohne Ende kämpfen,
wo Wolken nur den hellen Blitz gebären,
wo ein gigantisch ruheloses Wollen
sich stöhnend windet in gewalt'gen Krämpfen
und sich die Freuden von den Leiden nähren.

Du aber, Volk der ruhelosen Bürger,
du armes Volk, zu dem ich selbst mich zähle,
das sei mir ferne, daß ich deiner fluche!
Durch deine Reihen gehen tausend Würger,
und daß ich dich, ein neuer Würger, quäle,
verhüt' es Gott, den ich noch immer suche!

Ich darf es dir mit meiner Hand verbriefen,
daß, wenn ich zürne, zürn' ich deinen Leiden,
das Gute wollend, dir zum ew'gen Heile.
Ihr, die ihr weilt in Höhen und in Tiefen,
ich bin ihr selbst, ihr dürft mich nicht beneiden!
Auf mich zuerst zielt jeder meiner Pfeile.

JOHN HENRY MACKAY

Die Fackel

Zur ersten Auflage

So wirf, meine Fackel, zum erstenmal
Nun dein Licht in die Nacht unserer Tage!
Meine Hand ist stark! Leuchte, loh auf!
Flamme! Zum Himmel schlage!!

Du streust deine Funken auf eine Welt,
Und kein Mund vermag dich zu nennen ...
Wo die Kleinheit sich spreizt und die Größe verkommt,
Dort sollst, *meine* Fackel, du brennen!

Wo die Schuld sich freut, wo der Wahn sich dehnt,
Wo die Lüge regiert, wo das Unrecht nistet,
Wo Pflicht pharisäisch das Leben zermalmt,
Wo Härte als Tugend und Recht sich brüstet,

Dort wirf, meine Fackel, dein zündendes Licht
In die Herzen, sie schauernd zu schütteln!
Doch auf Stirnen des Grames wirf wärmendes Licht,
Sie auf aus dem Zweifel zu rütteln!

Ja! – Solange die Hand, die dich faßte und hält,
Solange die Hand nicht vermodert,
Solange sollen die Lügenden sehn,
Wie dein Licht ihre Lüge durchlodert!

Im Dezember 1887.

Die Selbstfindung

Zur zweiten Auflage

Glut war mein Geist und meine Seele Brand
In jenen Tagen, da dies Buch entstand.

Ein Sturm ergriff mich. Und der Sturm ward Wort.
Das Wort riß andere im Sturme fort.
Ich ließ mich treiben durch den weiten Raum.

Wunsch ward mein Geist und meine Seele Traum.

Dann stieß mein Fuß. Ich schlug das Lid empor:
Auf Bergeshöhn stand ich im Nebelflor.
Die Nebel teilten sich. Und ob der Welt
Sah ich verlassen mich dahingestellt.
Zu meinen Füßen quoll ein Wolkenmeer –

Leer ward der Raum und meine Seele leer.
Was ich ersehnt, erhofft, was ich geglaubt,
Des letzten Haltes sah ich mich beraubt.

Wo war ich? Und wo fand ich Unterkunft?

Still ward die Seele und mein Geist Vernunft!
Die Woge meiner Jugend war verbrandet,
An meinem Strand war ich – als Mann – gelandet.
Und langsam fand ich *mich*. Ein Jahr zerrann
In letzten Kämpfen, bis ich *mich* gewann . . .
Von Nebelschleiern war ich dicht umhüllt –
Von Rufen aus der Tiefe wild umbrüllt –
Von Lockungen der Höhen süß umklungen –
Höhen und Tiefen habe ich bezwungen!
– –

O Mensch, du bist Ahasver, der verflucht
Die Welt durchmißt und seine Heimat sucht!

Weil er an Gott noch und die Menschen glaubt,
Erlahmt sein Fuß und wird sein Haar bestaubt,
Kann er nicht sterben! – – –
Einst stand er zu Gott.
Dann ward ihm Gott Erkennen, Haß und Spott.

Nun glaubt er an den Menschen. Und er sucht –
Und sucht – und findet nie – und bleibt verflucht:

Und ewig wandert Ahasver ... Und blickt
Er je zurück, er vor sich selbst erschrickt ...
Und weiter irrt er – sucht – und schwankt verloren
Dem Lichtbild zu, das ihn zum Spiel erkoren!
Fata Morgana ist sein Glaube. Saat,
Die in der Frucht verdorrt, wenn er sich naht.

Herb wird sein Herz; aufschreit ein fahler Mund.

Erlösung heißt der Felsen, an dem wund
Der Glaube seine müden Flügel stößt.
Erlöst wird der nur, der sich selbst erlöst!
– –

Ahasver-Mensch, wann endest du dein Wandern?
Wenn du verlorst den Glauben an – die andern!

Jedoch du hoffst – und irrst – und liebst – und glaubst,
Bis du dir selbst den letzten Glauben raubst.
– –

Ahasver-Mensch, dein wirrer Lebenslauf
Schlägt wie ein Buch sich heute vor mir auf:

Betäubt vom Dunsthauch einer toten Zeit,
Sehnend dein Herz nach der lebendigen schreit.
Wie ein Geheimnis wallt ihr Vorhang vor
Dem feuchten Blick, der sich – zum Licht verlor.

Und wie dein Fuß fortstrauchelt, lockt ein Licht:
Du wankst ihm zu – dem Lügenlicht der Pflicht!

Jahrtausende, sie sinken schweigend nieder.
Den blutgepeitschten Nacken hebst du wieder ...
Und wie er sich in wilden Krämpfen hebt,
Vor deinem Wutgebrüll die Erde bebt,
Dem Schreien des Enttäuschten, der verkauft
In Fetzen das Gewand der Lüge rauft! ...

Ahasver-Mensch, bist du vom Traum erwacht?
Du wanderst.
Und ein Licht durchbricht die Nacht:
»Es gibt ein unveräußerliches Recht,
Das keiner sich zu stürzen je erfrecht!
Es *ist* ein Bleibendes!«
Du jauchzest auf
Und du beflügelst deinen müden Lauf.

Der Mehrheit fügst du – der du (stets unschuldig)
Dich schuldig fühltest – feig dich und geduldig ...

Jahrtausende, sie schwinden wie ein Traum.
In deiner Seele hat kein Wahn mehr Raum –
Der anderen ewig-untertäniger Knecht
Hat endlich sich zu eigenem Sein erfrecht.

Und weiter gehst du freudig deine Bahn.
Wann langt dein wunder Fuß am Ziele an?
Unselige Sehnsucht kehrt zur eigenen Brust
Den Pfeil noch nicht gestillter Lebenslust.

»Ich habe von der ›Pflicht‹ mich frei gemacht;
Das ›Recht‹ der andern wird von mir verlacht –:
Den Glauben an die Menschheit – nie verliert
Die Seele *ihn*, der mich zum Ziele führt!

Die Liebe ist der letzte Stern, der mir
Den dunklen Pfad erhellt. Ich folge ihr!«

Jahrtausende, sie steigen in die Gruft.
Leer wird dein Weg. Und eisig wird die Luft.

Ahasver-Mensch, hast du dein Ziel erreicht?
Weshalb verstummt dein Mund? – Warum erbleicht
Dein Haar? – Warum erlischt des Blickes Glut? –
Und weshalb senkt die Flügel stumm dein Mut?!

An allem zweifeln – du hast es gelernt!
An *dich* zu glauben – nicht! – Dir selbst entfernt
Hast du dich immer mehr – und mehr – und mehr,
Und leerer ward es rings, leerer, und – leer!

Ruhlos dein Geist die weite Welt durchmißt,
Er sucht die Wahrheit, die er – selber ist.

So treibt durch die Jahrtausende – o Bild
Der Schmach! – der mitleidlose Wahn sein Wild:
Bluttriefend, stöhnend, auf der Lippe Schaum
Rast das gehetzte durch den Erdenraum.
Es bricht zusammen – rafft sich auf – und flieht
Zu leerer Fernen endlosem Gebiet ...

Die letzten Schläge schlägt, o Mensch, dein Herz –
Dann neigt es sich in unerhörtem Schmerz – –

Zum Schweigen sinkt der gelbe Sonnenball,
Und Herrscher wird der greise Mond im All ...

Ein Tag wird kommen, wo der frevlen Jagd
Des Todes Bote jäh ein Ende macht.

Dann kehrst du dich zu dem Verfolger um
Und bietest ihm zum Todesstoß dich stumm.
Du wartest, während wild dein Herz erbebt –

Was hält die Hand, die sich zum Schlage hebt?

Sie zögert. – Immer noch? – Sie fällt nicht nieder?
Du hebst die staubbedeckten, heißen Lider –
Und schauderst – – Ist es Wahrheit? Ist es Hohn?

Wo ist er hin, er, vor dem du geflohn?!

Und leer liegt da die öde, kalte Welt,
Die nun des Sterbenden letzter Fluch durchgellt:
»O Menschheit, jetzt bist du von mir erkannt:
Er floh sich selbst, der jetzt erst selbst sich fand!!« ...
– –

Ahasver-Mensch, du gingst zur Heimat ein!
Du bist gerettet, denn du wurdest dein!
– –

Ich kehrte bei mir ein. Mein ward die Welt,
Seitdem ich über sie mich kühn gestellt.

Und wieder braust mein Sturm jetzt durch die Lande.
Ich weiß: auch diesmal sprengt er stärkste Bande.

Nie kommt der Tag, der alle Menschen eint,
Ob den Entnachteten als Frieden scheint –
Wann aber kommt der Tag, der meinen Gruß
Der fliehenden Zukunft windet um den Fuß?
Ich weiß es nicht. Aus meines Lebens Buch
Riß ich das Blatt des Wahns – mir selbst genug.

Geendet ist der Kampf nicht, doch die Qual:
Ich ward mir selbst mein letztes Ideal!

Im Frühjahr 1889.

Die Dichtung der Zukunft

I

Kein Kind, das in mutwilligem Vergnügen
Sich Blüten von dem Baum des Lebens nascht,
Weltfern, am Waldesrand, in Selbstvergnügen
Nach eines holden Traumes Falter hascht –

Kein Weib, das um die Lüge unserer Tage
Den Schleier stillzufriedenen Wahnes schlägt,
Und unser Herz, vorüber jeder Frage,
Zu einem Paradies des Friedens trägt –

Und keine Greisin, die mit müdem Blicke
Auf das von ihr Erreichte mutlos schaut,
Und still entsagt, sich selber dem ›Geschicke‹
Hingebend, weil sie sich nicht mehr vertraut –

Nein, eine andere ist unserer Zeit
Verstoßene Göttin Dichtung! – Neue Bahnen,
Zu Zielen führend, welche *wir* nur ahnen,
Beschreitet sie in hoher Herrlichkeit!

II

So wird die Dichtkunst unserer Zukunft sein:
Die Wahrheit wird sie ihre Göttin nennen.
In ihrem heißen, sonnenklaren Schein
Wird Tand und Wahn aufflackern und zerbrennen.

Wie dürres Holz aufraucht und sprühend knistert,
So fallen alle frommen, holden Lügen,
Dem glaubensseligen Menschen eingeflüstert,
Und aufwärts steigt in himmelkühnen Flügen

Der Adler Freiheit! – und vor seinem Flug
Rauscht auf die Luft; bei seiner Flügel Schlagen
Zerstäubt der Rauch – und in der Dichtung Buch
– Schau her! – ein neues Wort wird eingetragen!

III

Sie wird die Bluttat immer Bluttat nennen.
  Sie wird die Herrscher von den Thronen geißeln.
Sie wird den Mörder nicht zum Helden brennen
  Und seinen ›Ruhm‹ nicht mehr in Worte meißeln

Sie wird die Könige nicht mehr besingen –
  Sie wird ihr Lied dem Allerärmsten weihn.
Sie wird nicht Rosen um die Schwerter schlingen –
  Nein, sie wird auf in wildem Schmerze schrein!

Und die Gerechtigkeit wird zögernd kommen,
  Warmleuchtend gießt sich über uns ihr Schein:
Wir werden keine ›Reinen‹ mehr und ›Frommen‹,
  Wir werden endlich einzig *Menschen* sein!

Vaterland

Nicht, wo der Zufall einst die Grenze zog,
  Soll meine Liebe sterben und erstehen!
Ich will von freier Warte, weit und hoch,
  Die Länder dieser Erde übersehen.

Und wo die Freiheit wohnt, dort will ich leben,
  Und wo die Menschen wirklich Menschen sind,
Dort will ich wirken. Aber nimmer kleben
  An einer Scholle, ein unmündig Kind,

Ein ganzes Leben. Und wenn immer frecher
  Europa ihre freien Söhne bannt,
Dann rufe kühn: »Ich bin der Freiheit Sprecher,
  Und gern vermisse ich mein ›Vaterland‹!«

Partei

Partei ist heute alles! – Jeder nimmt
  Sich seinen Stand in einer; jeder stimmt
Der eigenen Wünsche unberührte Saiten
  Nach ihrem Klang; ob innerlich auch streiten

Gedanken und Gefühle scharf dagegen,
  Er ist ein Glied der Kette, darf nur regen
Sich innerhalb der streng gezogenen Grenzen,
  Und alles Licht, er sieht's wie Schatten glänzen

Durch die papiernen Wände der Partei!
  – Wo aber ist der Mensch, der kühn und frei,
Einzig allein die eigenen Wege geht?
  Stark jedem fremden Einfluß widersteht?

Und der sein Denken, wie sein Wünschen nicht
  Den Wünschen anderer schwächlich unterstellt?
Der Licht nur will, und nichts als hellstes Licht,
  Zu klären seines Daseins ganze Welt?!

Als Bruder kennt er nur den Freien an
  Und reicht ihm gern zu gleichem Kampf die Hand
Und drückt sie fest – doch niemals darf und kann
  Zur Fessel werden dieses freie Band!

Anarchie

Immer geschmäht, verflucht – verstanden nie,
  Bist du das Schreckbild dieser Zeit geworden ...
Auflösung aller Ordnung, rufen sie,
  Seist du und Kampf und nimmerendend Morden.

O laß sie schrein! – Ihnen, die nie begehrt,
  Die Wahrheit hinter einem Wort zu finden,

Ist auch des Wortes rechter Sinn verwehrt.
  Sie werden Blinde bleiben unter Blinden.

Du aber, Wort, so klar, so stark, so rein,
  Das *alles* sagt, wonach ich ruhlos trachte,
Ich gebe dich der Zukunft! – Sie ist dein,
  Wenn jeder endlich zu sich selbst erwachte.

Kommt sie im Sonnenblick? – Im Sturmgebrüll?
  Ich weiß es nicht . . . doch sie erscheint auf Erden! –
»Ich bin ein Anarchist!« – »Warum?« – »Ich will
  Nicht herrschen, aber auch beherrscht nicht
                                        werden!«

Chicago[1]

I. *Vor dem Morde*

An die Gemordeten

Über die Länder und über die Meere
  Sendet Euch seinen aufschreienden Gruß,
Was in den Ketten zermalmender Schwere,
  Was im Elend verkommen muß!

Daß nicht die Armut ihr Letztes verliere,
  Während die Erde ihr Zerrbild umtanzt,
Habt Ihr – der Wahrheit Pioniere –
  Drüben die Fahne der Freiheit gepflanzt!

Weil Ihr der Menschheit mißhandelte Knechte
  Mehr als das eigene Leben geliebt,
Weil Ihr des Herzens edelste Rechte
  Selbstlos in liebendem Eifer geübt,

Weil Ihr Menschen wart, sollt Ihr sterben!
  Aber die Schmach fällt auf jene zurück!

1 Vgl. Einleitung, Anm. 64.

›Mensch sein‹ – das heißt heute: verderben;
  ›Mensch sein‹ heute: – entsagen dem Glück . .

Doch, Genossen, noch seid Ihr gefallen
  Unter den Händen der Schlächter nicht,
Und unseres Schmerzes aufzürnendes Schallen
  Drohend den Elenden Rache verspricht! –

Naht unser Tag nicht? – Hat ihr Verderben
  Noch nicht die Mörder des Rechtes erreicht?! –
Dann, Genossen, dann sei Euch das Sterben
  Für Euren herrlichen Glauben leicht!

Wißt: umsonst nicht als Schrankenbrecher
  Stießet die Tore der Zukunft Ihr ein!
Wißt: wir Lebenden werden die Rächer
  Eures geheiligten Todes sein!

16. Oktober 1887.

II. *Nach dem Morde*

An die Mörder

Es ist geschehn! – Und schaudernd wendet sich
Von Euch, den Mördern, eine Menschheit ab!
Nicht jene Menschheit, die in Nacht und Irrsinn
Begraben liegt am Morgen eines Tages,
Der schon die Erde segnend überleuchtet –
Nein, jene, welche durstigen Herzens schon
Die ersten seiner Strahlen in sich trank!

Schaudernd von Euch, den blutbefleckten Mördern!!

Vergebens waren alle jene Rufe,
Die Menschlichkeit – nichts mehr – von Euch verlangten.

Nur Menschlichkeit! – Daß nie Gerechtigkeit
Von Euch uns werden würde, wußten wir.
Nur Menschlichkeit! – Doch Ihr – verlachtet sie!

Es ist geschehn! – Von Furcht und Qual bedroht,
Von des Gewissens scharfem Biß gefoltert,
Habt Ihr – die feigen Knechte feiger Räuber –
Durch Eure Henker sie erwürgen lassen!

Es ist geschehn! – Hört unsern Fluch! den Fluch
Von Millionen, die in dieser Stunde
Sich schaudernd ab von Euch, den Mördern, wandten:
Es breite über jeden Eurer Tage
Der Schatten sich des Sterbens, bis der Tod
– Derselbe Tod, den Ihr zu meistern wagtet –
Euch einzig noch Erlösung scheint vom Leben;
Und dann – verlasse Euch der Tod! Dann – *lebt!*
Euch rühre jede Nacht in jeder Stunde
Die kalte Hand des Rächers an und reiße
Euch auf vom Lager! – *Das* sei Euer Leben! –
Und Euer Sterben *dies*: verlassen; freundlos;
Gehaßt von Euren Kindern; und verabscheut
Von allen, die Ihr liebt; verflucht; verachtet
Erhebe sich vor Euren starren Blicken
In letzter Stunde einmal noch das Bild,
Das Eurer Tage nie versöhnter Schatten
Und Eurer Nächte dräuend Schreckbild war!
Dies unser Fluch! Vernehmt ihn! Lebt! Und *sterbet!*

Es ist geschehn! – Wohl starben unsere Brüder,
Jedoch sie werden leben in uns allen!
Sie sind die ersten Opfer nicht der Zukunft,
Und werden nicht die letzten sein – uns alle
Berührt der Fittich unserer dunklen Tage.
Wenn einst die Menschen nach unzähligen Kämpfen
Gelernt, was ›Mensch sein‹ heißt, und ›menschlich handeln‹,

Dann werden sie – wie wir in diesen Tagen –
Mit Abscheu sich von jenen Mördern wenden,
Und es verstehn, warum in unsern Herzen
Die Liebe starb und Haß erstehen mußte.

13. November 1887.

Gesang der Arbeiter: Wehe der Welt!

Wir erhoben uns und – warten!
Die Jahrhunderte wir harrten,
  Zaudern schon noch einen Tag;
Warten noch der rechten Stunde,
Um dann plötzlich in der Runde
  Zu erstehn mit einem Schlag.
    Hört Ihr unsere Herzen klopfen?
    Seht Ihr unsern Blick erhellt?
    In den Becher noch einen Tropfen,
    Einen noch! Und dann: *Wehe der Welt!*

Die Jahrtausende geknechtet,
Mit der Frechheit nicht gerechtet,
  Stehn zum letzten Kampf bewehrt.
Schaut entlang nur unsere Reihen!
Bebt! Aus Eurer Saat gedeihen
  Früchte, die Ihr nicht begehrt.
    Hört Ihr unsere Herzen klopfen?
    Seht Ihr unsern Blick erhellt?
    In den Becher noch einen Tropfen,
    Einen noch! Und dann: *Wehe der Welt!*

Aus des Hungers fahlen Reichen,
Auf der Stirn der Knechtschaft Zeichen,
  Kamen wir, die Ihr verbannt:
Unserer Weiber blutige Tränen,
Unserer Kinder scheues Sehnen,

Haben uns hinausgesandt.
Hört Ihr unsere Herzen klopfen?
Seht Ihr unsern Blick erhellt?
In den Becher noch einen Tropfen,
Einen noch! Und dann: *Wehe der Welt!*

Was das Elend uns gelassen:
Ein vom Schmerz genährtes Hassen
Werfen in die Waage wir.
Glaubt es unsern bleichen Mienen,
Es ist Ernst! – Wenn einst erschienen
Unser Tag, dann zittert Ihr!
Hört Ihr unsere Herzen klopfen?
Seht Ihr unsern Blick erhellt?
In den Becher noch einen Tropfen,
Einen noch! Und dann: *Wehe der Welt!*

Euer Hohn und Euer Lachen,
Unsern Zorn soll es entfachen
Heißer, bis Ihr nicht mehr lacht!
Bis die Schande Eures Lebens
Euch zermalmt, und Ihr vergebens
Euch verbergt im Schoß der Nacht!
Hört Ihr unsere Herzen klopfen?
Seht Ihr unsern Blick erhellt?
In den Becher noch einen Tropfen,
Einen noch! Und dann: *Wehe der Welt!*

Wir erhoben uns und – warten!
Die Jahrtausende wir harrten,
Warten eine Stunde noch.
Doch die Stunde naht dem Ende ...
Und mit einem Druck der Hände
Werfen ab wir unser Joch!
Hört Ihr unsere Herzen klopfen?
Seht Ihr unsern Blick erhellt?
In den Becher noch einen Tropfen,
Einen noch! Und dann: *Wehe der Welt!*

Ein Lied, ein Lied!

O rege, Volk, die mächt'gen Schwingen
Dem Adler gleich, schwing dich empor!
Ein Lied wird dir der Dichter singen
Dann, wie kein Menschenmund zuvor.

Nicht wird er in die Saiten greifen
Mit schüchtern-unbefugter Hand,
Nein, wie der Sturmwind wird es streifen
Von Ort zu Ort, von Land zu Land.

O daß es wieder mög' ertönen
Das Lied der Lieder ohne Zahl,
Das Freudenlied, voll heißem Sehnen,
Das Lied der *Freiheit* allzumal.

Ein Lied, ein Lied! O Gott der Lieder
Send deinen Feuergeist uns zu;
Steig zu den Sterblichen hernieder,
Und sei des Volkes *Wecker* du!

Ein Lied in vollen, frohen Tönen,
Daß Hoffnung, Lebensmut erwacht;
Daß alle Felsen drob erdröhnen,
Daß selbst des Eises Rinde kracht!

Daß die Natur, wie neugeboren,
Der Freiheit frische Blüte bringt,
Daß alle Welt in Lust verloren
Mit dir das Lied der Lieder singt.

O rege, Volk, die mächt'gen Schwingen,
Ring aus der Hülle dich hervor!

Und jubelnd wird das All erklingen,
Ein Adler schwebt zum Licht empor!

Rüste dich!

(Melodie: »Heil dir im Siegeskranz« usw.)

Arbeitsvolk, rüste dich!
Auf! Deine Kette brich
Mit starker Hand!
»Wider die Tyrannei!«
Dies sei dein Feldgeschrei,
Bis alles gleich und frei,
Ein Volk, Ein Stand!

Arbeitsvolk, rüste dich!
Die Feinde scharen sich,
Dich zu bedrohn.
Das Maß ist übervoll; –
Laß, da das Herz dir schwoll,
Lasse in heil'gem Groll
Die Flammen lohn.

Arbeitsvolk, rüste dich!
Zeig einmal fürchterlich
Die Allgewalt!
Schüttle die Löwenmähn',
Laß deine Pranken sehn,
Glühenden Odem wehn,
Riesengestalt!

Arbeitsvolk, rüste dich!
Tilge – o, höre mich –
Den Bruderzwist!
Aufwärts, du Königsaar!

Zeig deiner Feinde Schar,
Daß du für immerdar
Der Sieger bist.

Arbeitsvolk, rüste dich!
Auf! Deine Kette brich
Mit starker Hand!
Wenn du gelöst den Bann,
Jubelt der Dichter dann
Lieder zum Himmel an
Von Land zu Land.

Den Moralisten gewidmet

Ihr Moralisten, Tugendpriester,
Sagt an, kennt ihr der Armut Qual?
Wißt ihr, warum dies Antlitz düster,
Warum die Wange bleich und fahl?
Ihr satten Schlemmer könnt's nicht wissen,
Drum hört die Wahrheit auch einmal:
Verdammt die Tugend und verdammt Moral,
Wenn brave Leute hungern müssen!

Seht ihr das Weib mit Schmerzenszügen,
Den starren Säugling noch im Arm,
Dort auf der Totenbahre liegen?
Daß sich ein steinern Herz erbarm'!
Wißt ihr, was der das Herz zerrissen,
Kennt ihr der armen Mutter Qual?
Verdammt die Tugend und verdammt Moral,
Wenn brave Leute hungern müssen!

Dort schwätzt ein Priester süße Worte
Von einem Gott, der einst belohnt,

Von einem sel'gen Wunderorte,
Wenn man im blauen Himmel wohnt.
Wir wollen nichts vom Himmel wissen,
Der Teufel hol' ihn allzumal!
Zum Henker Tugend und verdammt Moral,
Wenn brave Leute hungern müssen!

Die Wissenschaft soll euch belehren,
Zahlt doch der »Bildung« ihren Zoll!
Der Fortschritt, der ist zu verehren,
Der allen Menschen dienen soll!
Kultur und Fortschritt, magre Bissen,
Vermindern nicht der Bettler Zahl.
Fluch sei dem Wissen und verdammt Moral,
Wenn brave Leute hungern müssen!

Schau in der »Morgue« auf Marmortischen
Die bleichen Schläfer, starr und kalt,
Die sie im nahen Strome fischen,
Die Knochenhände festgekrallt!
Da liegt das »Götterbild« zerschmissen,
Dem man den Lebensodem stahl; –
Dreimal verdammt sei die Moral,
Wenn brave Leute hungern müssen!

Drum macht ein Ende den Gebeten
Und rafft euch auf zu mut'ger Tat!
Wir lassen nimmer sie ertöten,
Und streuen aus die goldne Saat.
Und welche, wollt ihr's endlich wissen?
Nun denn, so hört's zum letzten Mal:
Wir wollen einzig die Moral,
Daß Menschen nicht mehr hungern müssen!

Zweck der Organisation

Wohl schmähen uns die feindlichen Gewalten,
Weil wir mit Krieg und mit Vergeltung drohn,
Doch fiel das Wort auf andrer Seite schon:
»Wir rüsten uns, den Frieden zu erhalten!«
Wohl schwillt die Brust in glühend-heißem Groll,
Hört man des Volkes gramersticktes Ächzen;
Doch wie uns auch die Zornesader schwoll:
Wir rüsten uns, weil wir nach Frieden lechzen!

Es werden ungezählte Millionen
In jedem Jahr aus Volkes Schweiß geprägt,
Und wenn sich leise dann sein Tadel regt,
Erwidern sie: »Es gilt die Legionen!
Wir rüsten uns, wie es der Nachbar tut;
Seht ihr am Rhein die drohenden Gestalten?!«
Darum wohlan, auch wir sind auf der Hut:
Wir rüsten *auch*, den Frieden zu erhalten!

Die beste Bürgschaft für den Völkerfrieden,
So lehrt ihr uns, heißt: »Stets gerüstet sein«.
Wohlan, wir gehn auf diesen Wahlspruch ein,
Und werden drum *auch unsre* Waffen schmieden!
Wir danken spöttisch für den guten Rat
Und lassen *auch* die weise Fürsicht walten;
Ihr Herrn, wir folgen auf dem Tugendpfad:
Wir rüsten uns, den Frieden zu erhalten!

In memoriam Karl Marx

Durch alle Lande geht ein Trauerruf,
Ein Schmerzenslaut, der auch zu uns gedrungen:
Karl Marx, der Genius, der Welten schuf,
Der Feuergeist voll Kraft hat ausgerungen.

Verstumm, Gemeinheit, wag zu deuteln nicht,
Und blicke scheu empor zu diesen Höhen,
Und Unverstand, der schnell ein Urteil spricht,
Der lerne erst, Gewaltiges verstehen.

Du aber, Mann der Arbeit, halte Rast
Und denk daran in feierlicher Stille,
Welch einen Meister du verloren hast!
Vereinigt euch! Das war sein letzter Wille.

Wir aber wollen jetzt vor aller Welt
Den wohlverdienten Lorbeerzweig ihm geben:
Karl Marx, der Mensch, der kampfbereite Held,
Karl Marx ist tot, *doch seine Werke leben!*

Die Nachwelt, die vergißt Titanen nicht;
Es bleibt sein Ruf, den niemand je versehre,
Gleichwie das reine, klare Sonnenlicht:
Ein sichres Eigentum der Menschenehre!

Auf dem Armenfriedhof

»O, gebt mir Arbeit! Gott hab doch Erbarmen!«
So rief ein Arbeitsmann in bittrer Not;
Doch niemand hört' ihn, und da trieb den Armen
Der blasse Hunger – und er »stahl« *ein* Brot.

Und »weise« Richter saßen zu Gerichte:
Das Urteil lautet »zehn Jahr Arbeitshaus!«
Gras wuchs wie immer über die Geschichte,
Und auf dem Friedhof klang die Klage aus.

Seht an der Mauer ihr die Kreuze ragen,
Das Stück zehn Pennie, billig, grob und gut?

Ein jedes spricht von ungehörten Klagen,
Und unter jedem stummer Vorwurf ruht!

Nie folgt ein »frommer« Priester solchen Särgen,
Es schließt sich still der grüne Rasen zu;
Ja, denen, die sich in der Gruft verbergen,
Winkt endlich auch die längstersehnte Ruh'!

Doch hört euch wohl, ihr ewig stummen Klagen,
Des Menschenfreundes immer offnes Ohr!
Sein Auge sieht die Knochenhände ragen
Drohend geballt aus dunkler Erd' empor!

Selbst in dem Schatten duft'ger Blütenbäume
Winkt ihm das Bild des Jammers je und je,
Und schwermutsvoll klingt in der Jugend Träume
Ein Klagelied so alt, wie Menschenweh.

Heiß mög' das Lied in alle Herzen dringen!
Was kommen mag, o laßt uns einig sein!
Es flieht die Zeit, wir wollen Opfer bringen,
Und unser Leben den Enterbten weihn!

Die Hungersnot

Den leidenden Arbeitern in Toulon gewidmet,
im Cholerajahr 1884

Es herrschte einst in Persien Hungersnot,
Die Armen starben, just wie matte Fliegen,
Aus jedem Antlitz sprach der starre Tod,
In allen Gassen sah man Leichen liegen.

Was war zu tun? Der Schah beschied den Rat
Der Weisen seines Hofs, sie zu befragen,

Wie weise Hülfe wohl und schnelle Tat
Ein Ende machte seines Volkes Plagen?

Da kamen sie, in golddurchwirkter Tracht,
Die Herrn Veziere, strotzend, wohlgenähret,
Und pflogen Rats wohl eine lange Nacht,
Derweil ihr Leib mit Speis und Trank beschweret.

Der eine meinte, solche Hungersnot
Sei von der Völker Trägheit nur ein Zeugnis,
Bekanntermaßen sei ja auch der Tod
Ein ganz gewöhnliches Naturereignis.

Der andre glaubte, nur der Staat allein
Sei hier als Rettungsengel zu betrachten;
Der werde schon etwelches fette Schwein
Und Rinder für die Hungerleider schlachten.

So die Veziere. – Drauf der Schah begann:
Ihr Herrn Minister, würd'gen, weisen Leute!
Was meint ihr wohl, was selber ich ersann,
Und das ich euch nun klar und bündig deute?

Ich will für jeden Bettler, der fortan
Noch Hungers stirbt, der Reichen einen richten;
Es soll zugleich mit jedem armen Mann
Der grause Tod in euren Reihen lichten;
. . . .

Lautlose Stille – Was der Herrscher sprach,
Es ward Gesetz und ehernes Gebot.
Und sieh! O Wunder, noch am selb'gen Tag
Verschwand in Persien die Hungersnot.

Praktischer Beweis

Im Graben an der Eisenbahn,
Mit mürben Lumpen angetan
– Des Fleißes ganzem Segen –,
So ist ein alter Proletar,
Des Leben nichts als Arbeit war,
Dem Hungertod erlegen.
Es gibt keinen Gott!

Der Protz, im Sessel hingestreckt,
Ruft: »Jean! 'ne frische Flasche Sekt!
Soll ich dem Durst erliegen?«
Die Dirne sitzt auf seinem Schoß,
Die Röcke hoch, der Busen bloß,
Und läßt die Pfropfen fliegen.
Es gibt keinen Gott!

Im Märchen bleibt das Recht bestehn,
In Wahrheit muß es untergehn,
Muß in den Staub sich beugen!
Derweil es stumm am Galgen hängt,
Wird mit Entrée-Billets beschenkt
Das Heer der falschen Zeugen.
Es gibt keinen Gott!

Durch Tür und Fenster pfeift der Wind, –
Dort liegt ein Weib, ein totes Kind
In den erstarrten Armen;
Der Fronherr hat die schwangre Magd
In Nacht und Nebel fortgejagt, –
Aus »christlichem Erbarmen«.
Es gibt keinen Gott!

Auf Gummirädern rollt dahin
Die *tugendhafte* Bürgerin,
Beim Dokter läßt sie halten:

Ein Recipe, ein Sündenlohn –
Es lebe hoch die Abortion!
Der »Himmel« wird es walten.
Es gibt keinen Gott!

Der Baal-Dienst herrscht von alters her,
Doch Pech und Schwefel fällt nicht mehr
Auf Sodom und Gomorrha!
Heut wird, wer sich zum Hundsfott macht,
Mit dem »pour le mérite« bedacht, –
Wie Ih'ring und Raporra.[1]
Es gibt keinen Gott!

Beweist uns, daß die Tugend siegt
Und daß das Laster unterliegt:
Wir wollen Alles glauben!
So lange dies noch nicht geschehn,
Bleibt euch zum Trotz das Wort bestehn,
– Das könnt ihr uns nicht rauben:
Es gibt keinen Gott!

Dem Fürsten Bismarck gewidmet

Wer poltert auf der Rednerbühne
Des Reichstags, wie ein Fuhrmannsknecht?
Wer ist der ungeschlachte Hüne,
Der dreist verhöhnt des Volkes Recht?
Und bist du gleich stark und gemein,
Wirst, Fürst, dein Ziel doch nicht erreichen!
Nein! Stolzer Kanzler, dreimal nein!
Der *freie Mann* wird nie dem *Freiherrn* weichen.

1 *Ih'ring:* Rudolf von Ihering (1818–92), einer der bedeutendsten Juristen des 19. Jahrhunderts, seit 1872 ord. Professor in Göttingen; berühmt und umstritten waren seine Schriften zur Besitzlehre (*Über den Grund des Besitzschutzes*, 1869; *Der Besitzwille*, 1889, u. a.).
Raporra: nicht ermittelt.

Wohl hast du armen Mannes Lasten
Zulieb den Reichen aufgehäuft;
Der Arbeitsmann muß heuer fasten,
Derweil der Protz Champagner säuft!
Du hast ein Herz von Eis und Stein,
Ich weiß es, nichts kann dich erweichen;
Und doch, Herr Kanzler, dreimal nein!
Der *freie Mann* wird nie dem *Freiherrn* weichen.

Wie hast du nun seit vielen Jahren
Das gute Deutschland malträtiert!
Im Junkertrotz zu dichten Scharen
Dem Vaterland sein Volk entführt!
Doch holt noch einst, trau nicht dem Schein!
Dein Michel aus zu deutschen Streichen!
Nein! Stolzer Kanzler, dreimal nein!
Der *freie Mann* wird nie dem *Freiherrn* weichen.

Lausch doch des Zeitgeists Donnerworten,
Die er dir in die Ohren schreit!
Die Zeit ist da! Zerschlagt die Pforten,
Zum Ansturm haltet euch bereit!
Es greift die plumpe Hand hinein
Vergebens in des Rades Speichen;
Drum nochmals nein und nochmals nein!
Der *freie Mann* wird nie dem *Freiherrn* weichen.

Montmartre

Paris, Karfreitag 1885

(Auf dem Friedhof Montmartre gedichtet)

Fort von Kolumbiens gastlichen Gestaden,
Wies mich das Schicksal nach der Seine Strand;

Dort auf der Riesenstadt verschlungnen Pfaden
Ich langsam schlendernd einen Friedhof fand.

Karfreitag war's, die Kirchenglocken schallten;
Wie schmerzversunken sah gebeugt ich gehn
In Trauerkleidern wallende Gestalten
Und an den Gräbern ihrer Toten stehn.

Und wie ich so mit ahnungsvollem Bangen
Wohl durch des Friedhofs Schattengänge schritt,
Und wie mein Blick scheu-irrend und befangen
Hin an der Gräber langen Reihen glitt, –

Da überkam mich plötzlich ein Gedanke,
Und die Erinn'rung flüsterte mir zu:
Fand hier nicht einst der todesmüde Kranke,
Ein deutscher Dichter seine letzte Ruh'?!

Und wie ich spähend bei jedwedem Steine
Mich weiter auf die Wanderung begab,
Da winkte mir die Inschrift: *Heinrich Heine* –
Und sinnend stand ich an des Dichters Grab.

Ein grober Stein, ein rostig Eisengitter,
Ein schlichter Hügel, schmucklos, ungepflegt,
Ein Kranz vermodert, Immortellen-Flitter –
Ein »Denkmal«, das den Namen »Heine« trägt!

Nein doch! Es setzte sich der edle Dichter
Ein ander Denkmal wundersamer Art:
Weit ragt es über neidisches Gelichter
Und *in des Volkes Herzen* ist's bewahrt!

Und wenn im Mai die ersten Knospen springen,
Wenn sich das Laub in frisches Grün gehüllt,
Wenn lieblich-hell die kleinen Vögel singen,
Das Menschenherz von Sehnsucht ist erfüllt, –

Dann wachen auf die schmerzlich-süßen Lieder,
Die uns der Dichter überreich geschenkt,
Dann singt und klingt im deutschen Land es wieder,
Und seines Dichters dann das Volk gedenkt. –

. . . .

»Leise klingt durch mein Gemüt
Liebliches Geläute;
Klinge, kleines Frühlingslied,
Kling hinaus ins Weite.

Kling hinan bis an das Haus,
Wo die Blumen sprießen,
Wenn du eine Rose schaust,
Sag, ich laß sie grüßen.«

. . . .

Und sinnend stand ich – heil'ger Friedhofs-Friede
Umfing mich an des Dichters Ruheort;
Ein leichter Regen fiel, und traumhaft-müde
Lenkt' ich die Schritte langsam wieder fort.

Doch als ein Zeichen, daß des teuern Toten
An diesem Tag ein Lebender gedacht,
Fiel noch zuvor von duft'gen Frühlingsboten
Ein Sträußlein auf den Grabeshügel sacht. –

Haussuchung in Abdera
(Eine Ballade in Knüppelversen)

Haussuchung! Ha, die Polizei!
Das wühlt in Kisten und Kasten; –
Es türmen sich Bücher und Schreiberei
Hoch auf zu gewaltigen Lasten.

Lieutenant, Korporal und gemeiner Mann
Vertiefen sich in meine Schränke;
Sie schauen sich alle Skripturen an
Und lesen die Bücher, – man denke!

Da Hegel: »Logik«, »Enzyklopädie« –
»Ist wohl 'ne Chicagoer Sendung?«
»Sehr richtig, Herr Lieutenant, ich habe sie
Von Most zu geheimer Verwendung.«

Da Plato: »Gorgias«, »Theätet« –
»Sind wohl Sozialisten gewesen?«
»Ja wohl! Es ist, was darinnen steht,
Verrat, – doch schwierig zu lesen;

Verrat und Brand und Moritat,
Anleitung zu Attentaten, –
Doch täten Sie gut, von dem Hochverrat
Dem Hauptmann nichts zu verraten.«

Hier Kant: »Kritik der reinen Vernunft« –
»Wozu soll diese denn führen? –
Man sollte wahrhaftig der roten Zunft
Das *gefährliche Zeug* konfiszieren!«

»Parerga, Paralipomena« –
Vom Schopenhauer geschrieben –
»Ich glaube, der hat einmal, ja, ja! –
Die ›*Freiheit*‹ in Zürich vertrieben.

Gedichte gar! Eine neue Spur!
Ihrer Muse Kind, – ich errat es; –
Das gibt eine schöne Strafprozedur
Wegen sündhaften Konkubinates!«

»Sündhaft – wieso?« »Damit ihr's wißt,
Ihr ungesitteten Roten, –

Mit der Muse, dem schlechten Weibsbild ist
Hierzulande der Umgang verboten!

Da, Ausweisschriften! Nun wird's zu toll;
Da Sie sich selber mit diesen
Ausweisen wollen – Ihr Maß ist voll –
So *seien* Sie ausgewiesen!«
– – – – – – – – – – – – – – – – – – – –

Wie wackelt der abderitische Zopf!
»Herr Lieutenant, jetzt können Sie rasten! –
Die Kontrebande, sie steckt im Kopf
Und nicht im staubigen Kasten.«

Arbeiterweltfeiertag 1892

1. Mai

In dumpfer Trauer hob ich mich vom Bette,
Trüb war mein Auge und mein Herz war tot.–
Da dröhnten Marsch und Trommeln um die Wette
Und Fahnen wiegten sich im Morgenrot!
Da zitterte durchs Herz mir ein Erkennen;
Erinn'rung weckte, was mein Auge sah.
Du kampfvergeßnes Herz, heut magst du brennen:
Weltfeiertag des Arbeitsvolks, hurra!

Ich schau zurück. Zwölf schwere, harte Jahre.
Statt Jugendlust des Schlachtgewühls Gestampf.
Bald bleicht die Sorge mir die dunklen Haare, –
Ach, meiner Jugend beste Zeit war Kampf!
Doch gern, doch gern, enterbtes Volk der Erde,
Gab für dein Recht ich meine Jugend hin;
Ich bin aus Zwang ein Glied der obern Herde,
Wie ich aus Freiheit Dein Genosse bin!

Hinaus zum Fenster möchte ich mich lehnen,
Euch zu begrüßen, die Ihr schafft und werkt!
Quitt sind wir, quitt, und unnütz sind die Tränen –
Der Kampf für Euer Recht hat mich gestärkt.
Heut steh ich abseits; mit der goldnen Leier,
Berauscht von Wohlklang, hab ich mich entfernt;
Ihr braucht mich nicht; fremd bin ich Eurer Feier,
Doch Eines, Freunde, höret, glaubt und lernt!:

Wer tief im Herzen, das für Recht nur schlagen,
Für Recht und Wahrheit nur erglühen kann,
Den Zwiespalt zweier Welten in sich tragen
Und beide lieben muß, den drückt ein Bann!
Ein Bann, so schwer, daß wer von ihm befallen,
Dem Glück entsagt, das ihm das Herz zerreißt.
Und hin- und hergehetzt, schweift von den Hallen
Hin zu den Hütten sein gequälter Geist.

Ich lieb die Kunst, ich lieb das Heiter-Schöne;
Ich lieb das Arbeitsvolk in seinem Schmerz!
Ich lieb die Höhn der Welt, doch auch die Töne
Des Erdenjammers dringen an mein Herz!
Zerspalten ist mein Herz in beiden Welten,
Mit gleicher Treue häng ich beiden an:
Ich liebe Euch, doch, mögt Ihr mich auch schelten,
Ich lieb auch das Geschlecht, dem ich entstamm!

So zieht, wie dieser Zug, vor mir mein Leben
In großen Bildern wundersam dahin.
Ich fühle tief an meines Herzens Beben,
Daß ich für alle Zeit vereinsamt bin.
Doch, steh ich abseits auch, heut sollst Du wissen,
Du Werkmann, daß ich Dir im Herzen nah;
Es ruft ein Kranker auf zerwühlten Kissen:
Weltfeiertag des Arbeitsvolks, hurra!

BRUNO WILLE

Einsamer Baum

Zersplissen ist mein Haupt
Von schwarzem Wolkenwetter;
Herbstwind und Regen raubt
Die abgestorbenen Blätter:
So rag ich ganz allein
Aus ödem Heidekraut
Und träume von dem Hain,
Der weit verloren blaut.

Oft, wenn mit grimmer Wucht
Mich packt ein nächtlich Brausen,
Raff ich mit jähem Grausen
Zusammen mich zur Flucht;
Doch halten zähe Schollen
Mich an den Wurzeln fest. –
Da steh ich nun mit Grollen,
Wild schüttelnd mein Geäst...

Herbststurm

Ich wandle gern durch ödes Feld
Bei abendkaltem Brausen.
Aus Wolkenballen Dunkel fällt,
Die Stoppeläcker sausen,
Der Dornbusch duckt sich, zornumtost,
Verdorrte Blätter erschauern ...
O düstrer Trost,
Wenn Wolke, Busch und Heide mit mir trauern!

Strebensmüde

Nachts in stummer Kammer lag ich
Strebensmüd und lebensbang;
Sorgen, irr wie Fledermäuse,
Huschten das Gebälk entlang.

Geisterhaft ein ernstes Weib
Mir zum Trost am Lager wachte,
Starrte in die Kerzenflamme;
Und da las ich, was sie dachte:

»Weine, bis du mit verweinten
Augen endlich klar erschaust,
Daß die holde Welt ein Trugbild,
Dem du niemals straflos traust. –

Füllst du stattlich Schrein und Truhe,
Bleibt die Seele dennoch leer;
Trinkst du von dem Trank der Ehre,
Wird dich dürsten mehr und mehr.

Und nun Becher, Spiele, Tänze,
Festgepränge durch den Saal...
Mitten in dem Rausch der Freude
Fühltest du geheime Qual.

Voller Liebe und Vertrauen
Drücktest du so manche Hand;
Als du in das Herz gesehen,
Hast du trübe dich gewandt.

Einem argen Rosenstrauche
Gleicht das Leben, dornbewehrt;
Hält die wunde Hand die Rose,
Hat ein Wurm den Kelch versehrt.

Darum laß die Rosen gleißen,
Geh vorbei und blicke kalt!
Über solche, die entsagen,
Hat das Leiden nicht Gewalt.«

Straße

»Das Licht in uns ist zur Finsternis geworden; und die Finsternis, in der wir leben, ist furchtbar geworden.«

Tolstoi

An düster ragenden Häuserwällen
Durch flammenbesäte steinerne Schlucht
Branden die rasselnden Wagen, die Menschen –
Wie Wellen in klippiger Meeresbucht –
  Der rote Vollmond taucht empor.

Die Menge wühlt und drängt und stößt;
Jedweden kümmert nur *seine* Not –
Wie auf dem Deck des lecken Schiffes,
Das in den Tod zu sinken droht –
  Der rote Mond schaut düster drein.

Auf glattem Bürgersteige kauert –
Gleichwie am Felsenriff das Wrack –
Ein Mann mit vorgesunknem Kopfe,
Zur Seite einen Lumpensack –
  Der Vollmond blickt mit düstrer Glut.

Die Leute auf dem Bürgersteige
Treiben vorbei und blicken kalt;
Die Pferdebahn beglotzt im Rollen
Mit grünem Auge die Gestalt –
  Der rote Mond schaut düster drein.

Dort drüben lockt die blutige Flamme
Dem Schnapswirt manchen Gast ins Haus;

Und öffnet sich die dunstige Schenke,
Dringt Schelten und Gejohl heraus –
  Der Vollmond blickt mit düstrer Glut.

Des Handelshauses Fensterreihe
Ist noch vom Gaslicht grell erhellt;
Papier und Pult und blasse Schreiber;
Der Chef durchzählt des Tages Geld –
  Der Vollmond blickt mit düstrer Glut.

Nun heult vom Hofe die Maschine
Zur Vesper; da entläßt das Tor
Viel arbeitsmatte Blusenmänner;
Nur der Fabrikschlot stößt empor
  Zum roten Monde schwarzen Rauch.

Ein würdiger Bürger kommt geschritten,
Den Lump am Steige trifft sein Blick;
Entrüstet mit dem Kopfe schüttelnd
Geht er zu Bier und Politik –
  Und zornrot glüht der volle Mond.

Die Vogelscheuche

Der Lenzwind stürmt dem Gutshof zu
Durch Zeilen schwanker Pappeln
Und läßt auf braunem Ackerland
Die Vogelscheuche zappeln.
Am Pappelwege sitzt ein Strolch;
Der knotet an einem Strick
Und legt die Schlinge zur Probe
Zerrend um sein Genick.

»Die hält! Ach wohl, nun kannst du gehn
Aus dieser verdammten Welt.

Nur schade, daß hier unterm Gurt
Noch immer der Hunger bellt!
O Schande, mit Bauchweh zu verrecken!
Gibt keiner den letzten Happen? – –
Vielleicht ist drüben im Hofe
Bei den Knechten was zu erschnappen.« –

Und müde humpelt die hungerfahle
Dürre Lumpengestalt zum Gutshof,
Drängt das Tor behutsam auf,
Spähend vorgestreckt den Kopf...
Verdammt! Da steht der Gutsherr,
Reitstieflig, zornrot das feiste Gesicht;
Er pfeift dem Hunde gellend;
Schon rennt das Vieh, die Zähne gefletscht...
Hastig zugeschlagen das Tor!
Fort! mit schlotternden Knieen...

Fern hält der Arme zitternd, keuchend,
Und schüttelt die Händeknochen:
»Warte nur! Was ein Sterbender flucht,
Ist nicht in den Wind gesprochen.
Ihr Reichen rafft uns alles weg
Und freßt es in den Magen,
Und wollt uns selbst den Abfall
Nicht gönnen zum Benagen?«

Wutglotzend, knirschend hastet er
Auf braunes Ackerland
Zur Vogelscheuche und zerreißt
Ihr zundriges Gewand;
Dem Holzgerippe zieht er an
Den eignen Lumpenrock
Und seinen schäbigen Filzhut
Stülpt er über den Stock;

Und schaut sein Werk mit Grinsen an:
»Du dürres Lappenluder,

Du gleichst fürwahr mir bis aufs Haar
Als wie ein Zwillingsbruder.
Das bin ich selbst! Nun kann ich
Dem reichen Hunde trotzen
Und, wenn mein Leib als Aas verwest,
Die Satten frech beglotzen.« –

Am Weg ein greiser Pappelbaum
Mit niedrigem Geäst,
Der hilft dem Strolch zu sich herauf
Und hält die Schlinge fest:
»Hinein den Hals, du Menschenkind!
Ich will dich treulich henken.
Spring ab! Nun mag der tolle Wind
Die zuckende Leiche schwenken.« – – –

Doch drüben auf dem Ackerland
Da flattert des Toten Rock,
Schüttelt die schlaffen Arme grimm
Und zerrt an seinem Stock;
Er möchte würgelustig
Zum Hals des Feindes zappeln...
Der Lenzwind aber wächst und heult
Bedrohlich in den Pappeln.

Aufruhr

»Und hörst du ein Brausen nicht, grollend und hohl?
Horch, das ist das Echo von künftigen Tagen;
Es kommt, uns die Kunde der Zukunft zu sagen...«
John Henry Mackay

An meinem Lager hält die Nacht
Schweigend ihre Leichenwacht.
Nur draußen über Häuserdächer streift
Ein ruheloser Luftgeist, –

Wie Trauergewandung
Über Sargesdeckel schleift.

Unter den Dächern
Modert es zahllos
Wie unter herbstlichen Bäumen
Gestorbenes Laub...
Die Völker sind tot!

Wohl sickert warmes Blut
Durch ihre Adern,
Wohl heben sie im Morgengrau
Augenlider und Häupter:
Doch mürrisch wie Gefangne;
Und mürrisch strömt es durch die Straße
Zu kerkerhaften Mauern,
Wo Menschenleiber sich wandeln
Zu Räderwerk und Balken,
Zu stumpfen Riesenmaschinen,
Die stampfen und schaffen und stampfen,
Bis draußen der sonnige Tag
Wehmütigen Blicks zur Neige geht.
Und wieder auf die Straße strömt es,
Auftun sich die dumpfigen Häusersärge,
Die Völker strecken sich nieder
Und liegen tot.

Nur heimlich in den Häupten
Keimen Träume, –
Wie krankhaft bleiche Keime
An Wurzelknollen, die im Keller lagern,
Sehnlich tasten
Nach warmem Sonnenbade.–

An meinem Lager hält die Nacht
Finster ihre Leichenwacht.

Doch draußen über die Dächer
Geht ein Seufzen;
Das wird zum Stöhnen,
Zu murrender Klage;
Zornig stößt ein Wind das Haus,
Ein andrer Wind heult auf,
Und heran stürmt es
Bedrohlich brausend,
Wie tobende Aufruhrrotten.
Türe schlottert, Fenster rasselt,
Luke klappt, Dachsparren knarren,
Losgelöste Ziegel scharren
Übers Dach und krachen auf das Pflaster.

Aus schnarchendem Schlaf in Federn
Schrickt der Bürger empor
Und horcht,
Wie's im Kamine schaurig heult
Und durch den Türspalt zischt:
»Herbei, und schlüpft in die Kammer!
Blaset den Narren, blaset!«
Und wie am Kirchturm droben
Die Wetterfahne ängstlich kreischt, –
Bis ein wuchtiger Windstoß
Von verbogener Stange
Die Rostige abbricht;
Sie schollert übers Kirchendach
Und prasselt auf das Pflaster
Dem Pfarrer vor das Fenster.

Der Straßenwächter fährt zusammen,
Entweicht zur nahen Haustür
Und schmiegt sich fröstelnd in die Nische.
Drüben an der Anschlagsäule
Zerren spöttische Geister
Am Papierbefehle

Der hohen Obrigkeit
Und wirbeln den Fetzen mit Straßenspreu.

Hinter der Mauer im Hofe
Hebt der einsame Baum
Zu den Lüften flehende Arme
Und stöhnt und wimmert:
»Nehmt mich mit!
Reißt mich aus!
Fort aus steinerner Wüste,
Aus dumpfigen Kerkermauern
Hinaus ins himmlische Freie
Zu sonnefrohen Geschwistern!«

Im Kiefernforste

I
Versammlung

Wie ruhevoll ist eure Versammlung
Braunhalsige Kiefern mit dunkelbuschigem Haar!
Ihr schweiget, weil euch wohl ist
In träumerischem Frieden.
Erquickend kraftvoll duften eure Nadeln,
Dazu der violette Thymian,
Die struppigen Wacholderbüsche,
Die knabengleich bei Hochgewachsenen stehen.
Es ist so still, ich höre meinen Atem;
Ein kleiner Vogel nur schlüpft ziepend im Geäst,
Auf zarter Birke zirpt die Grille leise,
Und wenn der Wind sich sanft erhebt,
Durchwallt ein hauchend Sausen die Versammlung,
Und alle Kiefernhäupter nicken,
In würdevoller Eintracht sinnend. –

Ich weiß mir einen *andern* Wald;
Der wogt im mächtigen Saal; die Wipfel
Sind finstre Proletarierköpfe.
Die Leuchter an der Decke flammen trübe,
Von rauchig schwülem Dunste halb erstickt.
Nun schrillt die Glocke, stumm wird das Gebrause, –
Wie wenn ein Wald vor dem Gewitter schweigt!
Der Führer steht erhöht; wie schwarze Wolken
Ballt er Gedanken heiligen Zorns zusammen;
Und Spannung hält gefesselt die Gesichter,
Und Blitz auf Blitz durchzuckt die Männerherzen, –
Bis gleich dem Hagel wilder Beifall prasselt,
Und Rufen tönt und donnergleiches Grollen...

O Sonne hinter den Kiefern,
Rotglühende Abendsonne!
Wie schwimmst du mit Entzücken
Im angestrahlten Himmelsteiche!
Du bist entzückt, weil du so schön
Den Himmel und das Land bestrahlst.
In tiefen, trunkenen Zügen
Und leise schwellend, saugst du
Den goldigroten Atem ein
Und hauchst ihn liebend
In langen Strahlen durch der Kiefern Gassen.
Da duften, überstäubt von Glanz, inbrünstig
Strohblume, Heidekraut und Thymian;
Voll Ehrfurcht steht der struppige Wacholder,
Die hochgewachsenen Kiefernstämme gleißen
Wie glühende Stangen, ihre Häupter starren
Andächtiglich mit staunendem Sausen
Hinein in des hehren Weltenfeuers
Blendend großen Tropfen...

O Sonne, brich mit deiner Glut
Auch in den *andern* Wald,
Wirf deine Strahlen in Gesicht und Augen

Verhärmter Menschen,
Entzückend und erlösend!
Bald, o Sonne, bald!

Arme Leute

Bei düstern Heidekiefern
Stehn spärlich magre Ähren,
Sie saugen an dürrem Sande,
Verzweifelnd, sich zu nähren.

Da kauert ein lehmig Häuschen
Mit Düngerhaufen und Karren.
Kläglich meckert die Ziege,
Und struppige Hühnchen scharren.

Aus der Türe humpelt ein krummer
Kleinbauer, emporzuspähen
Zur bleiern schleichenden Wolke,
Zu hungrig krächzenden Krähen.

Nur karge Mitleidszähren
Vermag die Wolke zu schenken;
Dann schleicht sie trübe weiter.
Ohne Kraft, zu tränken. –

Selber arm und traurig,
Folg ich der weinenden Wolke –
Und denk an arme Leute –
Und leide mit meinem Volke.

RICHARD DEHMEL

Wechselwirkung

Ich wüßte nicht mich nach der Form zu richten,
wird mir bedeutet von euch Anstandsrichtern.
Und freilich: leicht ereignet sich's an Dichtern,
daß sie formloser leben als sie dichten.

Denn leider müssen sie die Menschen sichten
und sehn den Inhalt hinter den Gesichtern;
zwar mancher hält's mit aufgeblasnen Wichtern,
doch mancher wägt nach schwereren Gewichten.

Ihr aber tut wie steife Dreierlichter,
wenn ihr auf euerm flachen Sumpf irrlichtert.
Seid, wie ihr seid – und gebt euch nicht als Richter,
wenn ihr nach leeren Formen splitterrichtert!
Sonst geb ich mich so formvoll wie ein Trichter,
der von sich gibt, was ihr ihm selbst eintrichtert.

Glockenklänge an Bismarck

am Tage seiner Amtsenthebung
20. März 1890

Glocken, Glocken, wir
Mund der Macht,
oft wehklagten wir dem Donner,
oft frohlockten wir dem Flammensturm;
heut, Volk, frohlocken,
heut, Bismarck, klagen wir
dumpf Euch! aber
immer, Glocken,

dröhnt aus unserm
Mund die Macht.

Immer hungrig,
tief auf nach Opfern
stöhnt der Mund der Macht.
Doch auch immer
öffnet weit zu hohen Jubellauten
dann den Mund die dunkle Mutter;
denn noch immer
zeugt sich, zeugt sich Opfer dann
unerschöpflich jung die Kraft der Macht.

Nur ein Hauch,
kommt und rührt der Lockruf
der erhabnen Mutter
die Erkornen.
Und empor, sturmgleich,
ihrem Schoß zu,
folgen sie gebannt und wachsen
zu den Wolken,
folgen sie und wankend
bebt der Boden;
und sie fallen.

Einem Schoß entsprungen,
einem Muttergrunde,
rollt der Strom und
quoll der Glutblock,
der erkaltend – seht! – den Stromlauf staut.
Hingetürmt, schroff,
stolz im Wege der empörten Flut,
starr thront das Lavahaupt,
lagert die gewaltige Sohle:
seht! starrer immer,
nur gewaltiger noch
von der Wucht der Brandung
eingebohrt dem Grund, der beide schuf.

Aber aufgebäumt nun:
wuchtiger prallt, wühlt, kocht der junge Strom,
seht, wuchtiger immer,
und es wankt die Sohle, wankt das starre
alte Haupt,
das zur Macht die Kraft der Stromflut
stauend hob.

Horcht! Dumpfhin krachen,
hochauf rauschen
jäh verworrne Jubelklagelaute.
Horcht in Ehrfurcht:
heut gefallen,
weicht der Macht ein Opferzeuge.

Ruhe, ruhe,
Bismarck, graue Klippe du!
rolle, rolle,
Volk, du aufgewühlte junge Stromflut!
bald versprüht
eurer keuchenden Umarmung
dumpfe Wut,
ausgerungner Opferkampf.
Denn auch Er, der heute
übers alte Haupt dir, du Gestürzter,
hoch hinweg im Zollern-Stolz geschäumt ist:
ja, ein Schaum nur sprüht er,
der die Stromflut,
die empörte junge Stromflut krönt.

Doch wohin, wohin nun – fragst du schwer –
stürzt die Flut, die jäh verworrne Flut?!

Lausche, du Erlauchter,
der du selbst mit Kronen spieltest,
selbst dem Lockruf der erhabnen Mutter folgtest,
der du mit umwölkter Stirne

nun im abendstummen Park die dunkeln
Lebensbäume siehst
vom schwachesten Lufthauch schwanken:
lausche nur den fernen Glocken,
Sohn der dunkeln,
immer jungen,
nimmer satten Mutter Du:
der Macht! –

Vor Sonnenaufgang

Propheten der Sonne, der Morgen graut!
Was säumt ihr den Erdrand wie Nebelscheuchen
und beklagt euch über die Nachtdünste?
Hört doch die Hähne: sie krähn in die Wolkenröte,
und ihre Flügel funkeln schon!
Sie beschämen eure Menschengedanken,
ihr Bettler um das ewige Licht;
ich hasse eure Art Morgengrauen!

Freilich, in einsamen Nächten,
wenn der Gedanke ein Scherflein gilt
und die schwärmende Seele Millionen verschenkt,
wenn ich mit traumheißen Augen
über die Dächer Berlins hin
die tausend Schlote und Schlünde der dunkeln Stadt
in die glitzernde Ewigkeit aufstaunen sehe,
wenn ich ein schmelzendes Erz bin
im glühenden Ausbruch der unentrinnbaren Inbrunst:
ja, dann lieb ich euch alle,
möcht ich euch alle umarmen,
helft ihr doch alle uns treiben,
alle dem Licht entgegen drängen,
dem immer lockenden Licht der Zukunft.

Aber die Zukunft beginnt schon;
mit jedem Tag, mit jedem Augenblick beginnt sie,
und ist da, wenn ihr sie bringt!
Propheten der Sonne, was säumt ihr? –

ADALBERT VON HANSTEIN

Die Mutter

»Wo bleibt nur die Mutter? Mich hungert so sehr!« –
»Sie kommt ja, mein Schwesterchen, weine nicht mehr!«
Und der Knab' hält das Mädchen umfangen.
Sie setzen sich schweigend und blicken sich an,
Das eine, das andre zu weinen begann,
Und sie warten in schweigendem Bangen.

»Da kommt ja die Mutter!« Schon tritt sie herein;
Auf springen die Kinder mit freudigem Schrein
Und halten sich fest ihr am Kleide.
Zum Antlitz der Mutter den Blick sie erhöhn.
Sie ist noch so jung, sie ist noch so schön,
Doch verzehrt von unendlichem Leide!

Und ernst ist sie heute, und schweigend und blaß,
Die Stimme so bebend, die Augen so naß;
Und sie küßt ihre herzigen Kleinen.
Sie holt aus dem Korbe das duftende Brot
Und den Schinken so saftig, und zart und rot.
»Heut soll's euch ein Feiertag scheinen.«

Es jubeln die Kinder: »Wer hat dir's geschenkt?« –
»Der Himmel, der alles zum Guten ja lenkt.«
Und sie schneidet den Kleinen die Scheiben.
»Und ißt du nicht selber?« – »Ich wurde schon satt.«
Sie läßt auf den Sessel sich müde und matt.
»So kann's ja, so darf's ja nicht bleiben!«

»Wir müssen verreisen«, die Mutter begann.
Da sehen die Kinderchen staunend sie an.
»Ja, stärkt euch, wir müssen verreisen!« –
»Wohin?« – »Wo die lieblichsten Fluren euch sind,

Wo das Bächlein durch grünenden Wiesengrund rinnt,
Wo euch laden die leckersten Speisen!«

Die Kinder sind fertig: »Nun sind wir bereit!«
Die Mutter bleibt sitzen in zitterndem Leid –
Ihr graut vor dem furchtbaren Gange.
Sie hatte die Straßen nach Arbeit durchsucht,
Man hat sie von Türe zu Türe geflucht,
Und die Kinder sie darbten so lange.

Da trieb sie der Hunger, da trieb sie die Not –
Gestohlen war alles, das Fleisch und das Brot –
Es klebt ihr wie Blut an den Händen.
Es ward ihren Kindern ein schreckliches Teil:
Die Armut – der Kerker – das richtende Beil. –
»So darf es – so darf es nicht enden!«

»Kommt, Kinder!« – Sie treten zusammen hinaus.
Da umfängt sie die Nachtluft mit Sturmesgebraus;
Es peitscht sie der rinnende Regen.
»O Mutter, wir frieren!« – »Ich bette euch weich!« –
»So naß unsre Kleider!« – »Wir trocknen sie gleich.« –
Und sie eilen der Brücke entgegen.

Sie stehn an dem Ufer – da wälzt sich der Fluß,
So trübe und schmutzig vom rauschenden Guß;
Er spült um die Brücke mit Schäumen.
Sie tritt ans Geländer, herniederzuspähn.
»O Kraft mir! o Stärke! Es muß ja geschehn!«
Und sie fühlt ihre Seele sich bäumen.

»Und kommen wir bald an den lieblichen Ort
Mit Bächlein und Wiesen – lieb Mutter, ein Wort!« –
Das Töchterchen zupft sie am Kleide. –
Da streichelt der Knabe ihr sanft übers Haar:
»Dort bekomm ich auch Pferdchen und Peitsche, nicht wahr?« –
So schmeicheln die Kinder ihr beide.

Sie sinkt auf der Brücke zusammen und weint,
Und zur Seite knien ihre Kinder vereint:
»O Mutter, was ist denn geschehen?« –
»So betet doch, betet! Euch hört er vielleicht!
Mein Bitten hat niemals sein Ohr noch erreicht.
Er ist tot oder taub meinem Flehen!«

Da schreitet des Wegs ein gewaffneter Mann.
»Man sucht schon die Diebin! Ihr Kinder, heran!
Heran! wir müssen uns sputen!
Nun werdet ihr satt, nun werdet ihr warm!«
Und jedes der Kinder umschlinget ein Arm,
Und sie stürzt sich hinab in die Fluten.

OTTO KAMP

Der »arme Mann«

Der arme Mann ist nun nicht mehr,
Was uns der Name sagt,
Nicht freundelos und liebeleer,
Geschmähet und beklagt;
Er ist dem Reichsten gleich begehrt,
Umbuhlt, beansprucht und geehrt
Von vielen.

Ihn rechnet sich zum Eigentum
Vorab der Zukunftsstaat,
Wo alle gleich, nichts schief und krumm
Nach wohl bemeßnem Rat.
»Dem Werk der Lohn!« – dies neue Licht
Verspricht ja alles was gebricht
Zum Glücke.

Und doch mißgönnt der Widerpart
Dem Zukunftsstaat den Fund,
Er warnt den Mann, er sei genarrt
Und macht's ihm angst und bunt.
Fragt der Gewarnte ihn: »Was dann?« –
So heißt's: »Am besten hilft der Mann
Sich selber.«

Da eilt der dritte, vierte schon
Dem Lamm als Hirte her;
In seinem Stand läg' reichster Lohn,
Wenn er – nach Wünschen wär':
»Hoch Bauer!« – »Hoch Handwerkerzunft!«
Dem Manne wanket die Vernunft
Vor Worten. –

Und kommt ein Büchlein, spricht gemach
Vom selben armen Mann,
Umbuhlt ihn nicht mit Hoch und Ach,
Weiß nicht, ob's helfen kann;
Nur raten möcht es, wer da käm',
Daß Weg und Ziel der Deutsche nähm'
Vom Reiche.

Augensprache

»Sozial-Reform im Deutschen Reich«, ich schob's zum Bücherstoß,
Sprang auf und eilte flugs hinaus, die Welt ist weit und groß! –
Der Vaterstadt Alltäglichkeit sollt' Wissensstoff mir sein,
Und von der Denkbeschwerden Pein die Praxis mich befrein.

Ich fühlte mich so helferfroh, schaut jeden scharf drauf an,
Ob er fürs heut'ge Liebeswerk der meist bedürft'ge Mann;
Und Arme gab's im Überfluß, die Feierstunde schlug,
Die Menge strömte, daß die Flut mich spielend vorwärts trug.

Ein breiter Rücken bot mir Halt, und wie ich ihn beschau,
Seh ich dem Mann zur Seite gehn den Buben und die Frau
In Vaters Arm und festem Schritt, doch ärmlich angetan –
Ich dacht', die drei führt gut Geschick auf deine Helferbahn.

Und trete vor, doch prüf ich noch, will wissen, was sie drückt ...
Da hat sich grad das Elternpaar zu seinem Bub gebückt;
Ich fang den Blick und all die Lust, die draus zum Herzen spricht,
Und wend mich ab: Solch festes Glück bedarf der Stützen nicht!

Armeleutsphilosophie

»Armeleutsphilosophie
Liegt im Magen«, hör ich sagen;
»Er erhebt und stillt die Klagen
So beim Menschen wie beim Vieh.« –

Und ich mit Erstaunen find,
Wie des Alltags scheinbar schalste,
Stets gehörte und banalste
Worte doch die wahrsten sind:

Ja, der Armen Stern und Kern
Liegt im trankgewürzten Essen;
Beides, reichlich zugemessen,
Hält den schlimmsten Mißmut fern.

Liegt – zur Wahrheit sei's gesagt –
In dem Wunsche, daß nicht minder
Keines ihrer vielen Kinder
Jetzt und einst der Hunger plagt.

Liegt, mit einem großen Stück,
In der Eltern hartem Mühen
Um der Sprossen beßres Blühen,
Um der Kinder größres Glück.

Und wo das Erfüllung fand,
Weitert sich der Blick: im Staate,
In Gewerben, städt'schem Rate
Dient der Sohn dem Vaterland.

Lenket auch der Eltern Sinn
Aus des Haushalts engem Kreise
Auf des Weltgangs Art und Weise
Und des Daseins Zwecke hin. –

Armeleutsphilosophie,
Die hervorging aus dem Magen,
Läßt sich heben, fördern, tragen ...
Kannst du fördern, fördre sie! –

Literaturhinweise

Anthologien und Dokumente

Arent, Wilhelm (Hrsg.): Moderne Dichter-Charaktere. Mit Einl. von Hermann Conradi und Karl Henckell. Berlin: Selbstverlag des Herausgebers (Kamlah), 1885.
– (Hrsg.): Jungdeutschland. Unter Mitw. von Hermann Conradi und Karl Henckell. Berlin/Leipzig: Thiel, 1886.
Berliner bunte Mappe. Hrsg. von Eugen Düsterhoff [d. i. Wilhelm Arent]. Berlin: Selbstverlag des Herausgebers (Kamlah), 1885.
Henckell, Karl (Hrsg.): Buch der Freiheit. Berlin: Buchhandlung des »Vorwärts«, 1893.
Meyer, Theo (Hrsg.): Theorie des Naturalismus. Stuttgart: Reclam, 1973 [u. ö.]. (Reclams Universal-Bibliothek. 9475 [4].)
Münchow, Ursula (Hrsg.): Naturalismus. 1885–1899. Dramen, Lyrik, Prosa. 2 Bde. Berlin [Ost]: Aufbau-Verlag, 1970.
Ruprecht, Erich (Hrsg.): Literarische Manifeste des Naturalismus. 1880–1892. Stuttgart: Metzler, 1962.
Schmähling, Walter (Hrsg.): Naturalismus. Stuttgart: Reclam, 1977 [u. ö.]. (Die deutsche Literatur. Ein Abriß in Text und Darstellung. Bd. 12. Reclams Universal-Bibliothek. 9645 [4].)

Gesamtdarstellungen und Einzelaspekte

Benzmann, Hans: Die soziale Ballade in Deutschland. Typen, Stilarten und Geschichte der sozialen Ballade. Nördlingen/München: Beck, 1912.
Bock, Hans Manfred: Die »Literaten- und Studentenrevolte« der Jungen in der SPD um 1890. In: Das Argument 13 (1971) Nr. 63–69. S. 22–41.
Böckmann, Paul: Die Sageweisen der modernen Lyrik. In: Zur Lyrikdiskussion. Darmstadt: Wissenschaftliche Buchgesellschaft, 1966. (Wege der Forschung. 111.) S. 83–144.
Bohnen, Klaus: Der literarische Naturalismus. Günther Mahals »Arbeitsbuch« und die Tendenzen der neueren Naturalismusforschung. In: Text und Kontext 5,1 (1977) S. 125–138.
Busse, Carl: Die Literatur der »Jüngstdeutschen«. In: Blätter für

literarische Unterhaltung 70 (1895) S. 675–677, 689–692, 705–707.
Claus, Horst: Studien zur Geschichte des deutschen Frühnaturalismus. Die deutsche Literatur von 1880–1890. Halle: Akademischer Verlag, 1933.
Cowen, Roy: Der Naturalismus. Kommentar zu einer Epoche. München: Winkler, 1973.
Eloesser, Arthur: Die deutsche Literatur vom Barock bis zur Gegenwart. Bd. 2: Die deutsche Literatur von der Romantik bis zur Gegenwart. Berlin: Cassirer, 1931.
Engel, Eduard: Geschichte der deutschen Literatur von den Anfängen bis in die Gegenwart. Bd. 2: Von Goethe bis in die Gegenwart. Leipzig: G. Freytag / Wien: F. Tempsky, 1907.
Ermatinger, Emil: Die deutsche Lyrik in ihrer geschichtlichen Entwicklung von Herder bis zur Gegenwart. Bd. 2. Berlin: Teubner, 1921.
Fritsche, Paul: Die moderne Lyriker-Revolution. Frankfurt a. d. O.: Waldow, 1885/86.
Fülberth, Georg; Proletarische Partei und bürgerliche Literatur. Auseinandersetzungen in der deutschen Sozialdemokratie der 2. Internationale über Möglichkeiten und Grenzen einer sozialistischen Literaturpolitik. Neuwied/Berlin: Luchterhand, 1972. (collection alternative. Sammlung Luchterhand. 60.)
Gafert, Karin: Die soziale Frage in Literatur und Kunst des 19. Jahrhunderts. Ästhetische Politisierung des Weberstoffes. 2 Bde. Kronberg/Ts.: Scriptor-Verlag, 1973. (Theorie, Kritik, Geschichte. 5.)
Geschichte der deutschen Literatur von den Anfängen bis zur Gegenwart. Bd. 8,2: Von 1830 bis zum Ausgang des 19. Jahrhunderts. Von einem Autorenkollektiv. Leitung und Gesamtbearb. Kurt Böttcher. Berlin [Ost]: Volk und Wissen, 1975.
Günther, Katharina: Literarische Gruppenbildung im Berliner Naturalismus. Bonn: Bouvier, 1972. (Abhandlungen zur Kunst-, Musik- und Literaturgeschichte. 120.)
Hamann, Richard / Hermand, Jost: Epochen Deutscher Kultur von 1870 bis zur Gegenwart. Bd. 2: Naturalismus. München: Nymphenburger, 1972.
Hanstein, Adalbert von: Das jüngste Deutschland. Zwei Jahrzehnte miterlebter Literaturgeschichte. Leipzig: Voigtländer, 1900.
– Die soziale Frage in der Poesie. [Erw. Abdr. aus der »Akademischen Rundschau« 1896.] Leipzig: Freund & Wittig, 1897.
Hauff, Axel / Koester, Eckart / Schutte, Jürgen: Aufriß eines litera-

turwissenschaftlichen Grundkurses. Zur Genese apologetischer und reaktionärer Literaturströmungen in Deutschland um 1900. In: Literatur im historischen Prozeß. Analysen, Materialien, Studienmodelle. Hrsg. von Gert Mattenklott und Klaus R. Scherpe. Bd. 2: Positionen der literarischen Intelligenz zwischen bürgerlicher Reaktion und Imperialismus. Kronberg/Ts.: Scriptor, 1973. S. 210–305.

Hermand, Jost: Der Aufbruch in die falsche Moderne. Theorien zur deutschen Literatur um die Jahrhundertwende. In: J. H.: Der Schein des schönen Lebens. Frankfurt a. M.: Athenäum, 1972. S. 13–25.

– Der verdrängte Naturalismus. In: J. H.: Der Schein des schönen Lebens. Frankfurt a. M.: Athenäum, 1972. S. 26–38.

Hollander, Brigitte von: Die Theorie der Lyrik von Hebbel bis Liliencron. Diss. Jena 1943.

Hormuth, N.: Die deutsche Lyrik und der Beginn des technischen Zeitalters. Flucht und Begegnung. In: Doitsu Bongaku 34 (1964/65) S. 120–129.

Hundt, Josef: Das Proletariat und die soziale Frage im Spiegel der naturalistischen Dichtung (1884–1890). Diss. Rostock 1934.

Just, Klaus Günther: Von der Gründerzeit bis zur Gegenwart. Geschichte der deutschen Literatur seit 1871. Bern/München: Francke, 1973. (Handbuch der deutschen Literaturgeschichte. Abt. 1: Darstellungen. Bd. 4.)

Kaufmann, Hans: Krisen und Wandlungen der deutschen Literatur von Wedekind bis Feuchtwanger. Fünfzehn Vorlesungen. Berlin/Weimar: Aufbau-Verlag, 1969.

Kirchner, Friedrich: Gründeutschland. Ein Streifzug durch die jüngste deutsche Dichtung. Wien/Leipzig: Kirchner & Schmidt, 1893.

Kreuzer, Helmut: Die Boheme. Beiträge zu ihrer Beschreibung. Stuttgart: Metzler, 1968.

Leixner, Otto von: Unsere Jüngsten. In: Deutsche Roman-Zeitung 22 (1885) S. 140–144, 207–215, 281–286.

Lublinski, Samuel: Bilanz der Moderne. Berlin: Cronbach, [3]1904.

Mahal, Günther: Wirklich eine Revolution der Lyrik? Überlegungen zur literaturgeschichtlichen Einordnung der Anthologie ›Moderne Dichter-Charaktere‹. In: Helmut Scheuer (Hrsg.): Naturalismus. Bürgerliche Dichtung und soziales Engagement. Stuttgart/Berlin/Köln/Mainz: Kohlhammer, 1974. S. 11–47.

– Naturalismus. München: Fink, 1975. (Uni-Taschenbücher. 363.)

Maurer, Warren R: The Naturalist Image of German Literature. A

Study of the German Naturalists' Appraisal of their Literary Heritage. München: Fink, 1972.
Mehring, Franz: Aufsätze zur deutschen Literatur von Hebbel bis Schweichel. In: F. M.: Gesammelte Schriften. Hrsg. von Thomas Höhle, Hans Koch, Josef Schleifstein. Bd. 11. Berlin [Ost]: Dietz, 1961.
Mensing, Erwin: Jüngstdeutsche Dichter in ihren Beziehungen zu J. M. R. Lenz. Diss. München 1927.
Merian, Hans: Die sogenannten Jüngstdeutschen in unserer zeitgenössischen Literatur. Leipzig: Friedrich, 1889.
Münchow, Ursula: Deutscher Naturalismus. Berlin: Akademie-Verlag, 1968.
Pforte, Dietger: Die deutsche Sozialdemokratie und die Naturalisten. Aufriß eines fruchtbaren Mißverständnisses. In: Helmut Scheuer (Hrsg.): Naturalismus. Bürgerliche Dichtung und soziales Engagement. Stuttgart/Berlin/Köln/Mainz: Kohlhammer, 1974. S. 175–205.
Riha, Karl: Naturalismus und Antinaturalismus (1889–1900). In: Annalen der deutschen Literatur. Geschichte der deutschen Literatur von den Anfängen bis zur Gegenwart. Hrsg. von Heinz Otto Burger. 2., überarb. Aufl. Stuttgart: Metzler, 1971. S. 719–760.
Root, Winthrop H.: The Naturalistic Attitude towards Aesthetics. In: Germanic Review 13 (1938) S. 56–64.
– Optimism in the Naturalistic »Weltanschauung«. In: Germanic Review 14 (1939) S. 54–63.
– German Naturalism and the »Aesthetic Attitude«. In: Germanic Review 16 (1941) S. 203–215.
– German Naturalism and its Literary Predecessors. In: Germanic Review 23 (1948) S. 115–124.
Schelowsky, Herbert: Das Erlebnis der Großstadt und seine Gestaltung in der neueren deutschen Lyrik. Diss. München 1937.
Scheuer, Helmut (Hrsg.): Naturalismus. Bürgerliche Dichtung und soziales Engagement. Stuttgart/Berlin/Köln/Mainz: Kohlhammer, 1974.
Schütz, Erhard / Vogt, Jochen: Einführung in die deutsche Literatur des 20. Jahrhunderts. Bd. 1: Kaiserreich. Opladen: Westdeutscher Verlag, 1977. (Grundkurs Literaturgeschichte.)
Schumann, Detlev: Motivs of Cultural Eschatology in German Poetry from Naturalism to Expressionism. In: Publications of Modern Language Association 58 (1943) S. 1125–77.

Schutte, Jürgen: Lyrik des deutschen Naturalismus (1885–1893). Stuttgart: Metzler, 1976. (Sammlung Metzler. 144.) [Mit ausführlichen Literaturhinweisen.]
Schwerte, Hans: Deutsche Literatur im wilhelminischen Zeitalter. In: Wirkendes Wort 14 (1946) S. 254–270.
Soergel, Albert: Dichtung und Dichter der Zeit. Eine Schilderung der deutschen Literatur der letzten Jahrzehnte. 2., unveränd. Abdr. Leipzig: Voigtländer, 1912.
Speier, Hans: Zur Soziologie der bürgerlichen Intelligenz in Deutschland. In: Literatur im historischen Prozeß. Analysen, Materialien, Studienmodelle. Hrsg. von Gert Mattenklott und Klaus R. Scherpe. Bd. 2: Positionen der literarischen Intelligenz zwischen bürgerlicher Reaktion und Imperialismus. Kronberg/Ts.: Scriptor, 1973. S. 9–24. Kommentar von Klaus R. Scherpe: Ebd., S. 25–38.
Steiger, Edgar: Der Kampf um die neue Dichtung. Kritische Beiträge zur Geschichte der zeitgenössischen deutschen Literatur. Leipzig: Friedrich, 1899.
Wolff, Eugen: Geschichte der deutschen Literatur in der Gegenwart. Leipzig: Hirzel, 1896.
– Zwölf Jahre im literarischen Kampf. Studien und Kritiken zur Literatur der Gegenwart. Oldenburg/Leipzig: Schulzesche Hofbuchhandlung, 1901.

Einzelne Autoren

Arent   Arent, Wilhelm: Mein alter ego. Einige notgedrungene Notizen. In: Die Gesellschaft 8, 1 (1892) S. 711–713.
Barsch, Paul: Wilhelm Arent. In: Die Gesellschaft 8, 1 (1892) S. 707 bis 710.
Bleibtreu   Bleibtreu, Karl: Neue Lyrik. Kritische Studie. In: Die Gesellschaft 1 (1885) S. 553–559, 571–576.
– Andere Zeiten, andere Lieder! In: Die Gesellschaft 1 (1885) S. 891–893.
– Revolution der Literatur. Mit erl. Anm. und einem Nachw. neu hrsg. von Johannes Braakenburg. Tübingen: Niemeyer, 1973. (Deutsche Texte. 23.)
Biesendahl, Karl: Karl Bleibtreu. Leipzig: Friedrich, 1892. (Moderne Literatur in biographischen Einzeldarstellungen.)
Conradi   Jacobs, Monty: Hermann Conradi. Bruchstücke aus

einem Menschenleben. In: Literarisches Echo 14 (1912) Sp. 1622–25.
Steiger, Edgar: Hermann Conradi. In: Literarisches Echo 17 (1915) Sp. 1110–14.
Szymank, Paul: Leben Hermann Conradis. In: Hermann Conradi's gesammelte Schriften. Hrsg. von W. S. und Gustav Werner Peters. Bd. 1. München: Georg Müller, 1911. S. XIX-CCLIV.
Dehmel Fritz, Horst: Literarischer Jugendstil und Expressionismus. Zur Kunsttheorie, Dichtung und Wirkung Richard Dehmels. Stuttgart: Metzler, 1969. (Germanistische Abhandlungen. 29.)
Hanstein Fanger, Kaethe: Die geistige Entwicklung Adalbert von Hansteins. Diss. Rostock 1922.
Hart Hart, Heinrich und Julius: Ein Lyriker à la mode. In: Kritische Waffengänge 1 (1882) H. 3. S. 52–68.
– Graf Schack als Dichter. In: Kritische Waffengänge 3 (1884) H. 5. S. 1–64.
Hart, Julius: Der Kampf um die Form in der zeitgenössichen Dichtung. Ein Beitrag zugleich zum Verständnis des modernen Realismus. In: Kritisches Jahrbuch 1890. S. 38–77.
– Soziale Lyrik. In: Freie Bühne 1 (1890) S. 1079–82, 1099–1103, 1125–28.
– Die Entwicklung der neueren Lyrik in Deutschland. In: Pan 4 (1896) H. 1. S. 33–40.
Wolf, Leo Hans: Die ästhetischen Grundlagen der Literaturrevolution der 80er Jahre. Die »Kritischen Waffengänge« der Brüder Hart. Diss. Bern 1921.
Ribbat, Ernst: Propheten der Unmittelbarkeit. Bemerkungen zu Heinrich und Julius Hart. In: Wissenschaft als Dialog. Studien zur Literatur und Kunst seit der Jahrhundertwende. Wolfdietrich Rasch zum 65. Geburtstag. Hrsg. von Renate von Heydebrand und Klaus Günther Just. Stuttgart: Metzler, 1969. S. 59–82.
Hartleben Hock, Fritz: Die Lyrik Otto Erich Hartlebens. Berlin: Ebering, 1931. (Germanische Studien. 104.)
Ströbel, Heinrich: O. E. Hartleben. In: Neue Zeit 23, 1 (1904/05) S. 726–731.
Hauptmann Ibscher, Rolf: Der Lyriker Gerhart Hauptmann. In: Gerhart Hauptmann. Studien zum Werk und zur Persönlichkeit. Breslau: Korn, 1942. S. 132–159.
Requardt, Walter / Machatzke, Martin: Gerhart Hauptmann und Erkner. Studien zum Berliner Frühwerk. Berlin [West]: Erich Schmidt, 1980.

Wahr, Fred B.: Gerhart Hauptmann. Das bunte Buch. In: Journal for German and English Philology 26 (1927) s. 325–336.
– Gerhart Hauptmann's shorter poems. In: Germanic Review 21 (1946) S. 215–229.

Henckell Henckell, Karl: Über Volkslitteratur. In: Berliner Monatshefte 1885. S. 559–571.
– Von mir. In: Die Gesellschaft 8, 1 (1892) S. 38–40.
– Deutsche Dichter seit Heinrich Heine. Ein Streifzug durch fünfzig Jahre Lyrik. Berlin: Marquardt & Co., 1906. (Die Literatur. Hrsg. von Georg Brandes. Bd. 37/38.)
– Lyrik und Kultur. Neue Vorträge zu Leben und Dichtung. München/Leipzig: Hans Sachs, 1914.
– Einleitung zu: K. H.: Gesammelte Werke. München: Johann Michael Müller, 1921.
Janssen, Magda: Karl Henckell. Ein Dichterbild. München: Die Lese, 1911.
Kutscher, Artur: Karl Henckell. In: Deutsches Jahrbuch 11 (1932) S. 129–132.
Steiger, Edgar: Karl Henckell. In: Gesellschaft 8, 1 (1892) S. 17–29.

Holz Holz, Arno: Briefe. Eine Auswahl. Hrsg. von Anita Holz und Max Wagner. München: Piper, 1948.
Scheuer, Helmut: Arno Holz im literarischen Leben des ausgehenden 19. Jahrhunderts (1883–1896). Eine biographische Studie. München: Winkler, 1971.
Scherpe, Klaus R.: Der Fall Arno Holz. Zur sozialen und ideologischen Motivation der naturalistischen Literaturrevolution. In: Literatur im historischen Prozeß. Analysen, Materialien, Studienmodelle. Hrsg. von Gert Mattenklott und Klaus R. Scherpe. Bd. 2: Positionen der literarischen Intelligenz zwischen bürgerlicher Reaktion und Imperialismus. Kronberg/Ts.: Scriptor, 1973. S. 121–128.
Schulz, Gerhard: Arno Holz. Dilemma eines bürgerlichen Dichterlebens. München: Beck, 1974.

Mackay Messer, Max: John Henry Mackay und die moderne Lyrik. In: Gesellschaft 15, 1 (1899) S. 374–381.
Steiner, Rudolf: John Henry Mackays Entwicklung. In: R. S.: Gesammelte Aufsätze zur Literatur 1884–1902. Dornach (Schweiz): Rudolf Steiner, [2]1971. S. 258–271.

Stern Beetschen, Alfred: Maurice Reinhold von Stern. Ein biographisch-kritischer Versuch. In: Die Gesellschaft 6, 2 (1890) S. 1727–37.

Horn, Dieter: Maurice Reinhold Stern. Sozialismus und Individualismus. Diss. Wien 1940.

Wille Wille, Bruno: Tendenz in der Poesie. Eine Einleitung zur Ergründung eines Zeitproblems. In: Freie Bühne 2 (1891) S. 465–468, 495–498, 516–521.

Sollmann, Kurt: Zur Ideologie intellektueller Opposition im beginnenden Imperialismus am Beispiel Bruno Wille. In: Literatur im historischen Prozeß. Analysen, Materialien, Studienmodelle. Hrsg. von Gert Mattenklott und Klaus R. Scherpe. Bd. 2: Positionen der literarischen Intelligenz zwischen bürgerlicher Reaktion und Imperialismus. Kronberg/Ts.: Scriptor, 1973. S. 179 bis 209.

Verzeichnis der Autoren, Gedichte und Quellen

FRIEDRICH ADLER

13. 2. 1857 Amschelberg (Böhmen) – 2. 2. 1938 Prag

Studium der Rechtswissenschaften und Promotion zum Dr. jur. in Prag; danach Rechtsanwalt ebd. Seit 1918 Dolmetscher bei der tschechoslowakischen Nationalversammlung. Hervorgetreten als Lyriker und Dramatiker. Bearbeitungen und Übersetzungen tschechoslowakischer und spanischer Literatur. Gehört nicht in den Kreis der Berliner »Literaturrevolutionäre«.

Wilhelm Arent (Hrsg.): Moderne Dichter-Charaktere. Mit Einl. von Hermann Conradi und Karl Henckell. Berlin: Selbstverlag des Herausgebers (Kamlah), 1885. S. 81 f., 88 ff.

WILHELM ARENT

7. 3. 1864 Berlin – Todesdatum unbekannt

Sohn eines Forstmeisters, erzogen in Schulpforta. Arent, der eigentlich Schauspieler war, gab bis zum Juli 1885 die *Kyffhäuserzeitung*, Organ des nationalistischen »Vereins Deutscher Studenten«, heraus und stand während dieser Tätigkeit in engem Kontakt zu anderen angehenden »Literaturrevolutionären« (Paul Fritsche und Oskar Jerschke waren Redakteure der *Kyffhäuserzeitung*). Literarisch eingeführt war Arent durch seine Gedichtsammlung *Aus tiefster Seele* (1885), zu der Hermann Conradi das Vorwort geschrieben hatte, vor allem aber durch seine unter dem Pseudonym Karl Ludwig herausgegebene literarische Mystifikation *Reinhold Lenz. Lyrisches aus dem Nachlaß* (1884) – eigene Gedichte, die bis in die Kreise der Universitätsgermanistik hinein Aufregung verursacht hatten. Arents Beitrag zur »jüngstdeutschen« Lyrik beschränkt sich im wesentlichen auf seine Gedichte in den *Modernen Dichter-Charakteren*. Er veröffentlichte zwar zwischen 1886 und 1893 noch ungefähr 25 Lyrikbände, entwickelte jedoch einen prononcierten Subjektivismus, mit dem sich ausgesprochen chauvinistische Tendenzen verbanden.

Moderne Dichter-Charaktere. S. 1, 8–10.

KARL BLEIBTREU

13. 1. 1859 Berlin – 30. 1. 1928 Locarno

Sohn des Schlachtenmalers Georg Bleibtreu. Studium in Berlin; ausgedehnte Reisen; dann als freier Schriftsteller in Berlin-Charlottenburg. Für die naturalistische Lyrik wurde Bleibtreu als Kritiker und Theoretiker wichtig (*Revolution der Literatur*, 1886); seine in letzter Minute in die *Modernen Dichter-Charaktere* aufgenommenen Beiträge sind durchaus konventionell. Bleibtreu ist besonders als Kritiker, Dramatiker und Erzähler hervorgetreten; seine Lyrik ist, entsprechend seiner Auffassung von lyrischem Realismus, stark gedanklich bestimmt.

Welt und Wille. Gedichte. Dessau: Baumann, 1886. S. 95 f., 117 f.

HERMANN CONRADI

12. 7. 1862 Jesnitz (Anhalt) – 8. 3. 1890 Würzburg

Sohn eines Kleinhändlers und Zigarren›fabrikanten‹. Unregelmäßiger Bildungsgang (Gymnasium, Buchhändlerlehre); Studium 1884 bis 1887 in Berlin und Leipzig (Philosophie und Literatur); angestrengte Versuche, auf dem literarischen Markt Fuß zu fassen. In den Berliner Studienjahren Anschluß an Studentenvereinigungen und Bekanntschaft mit vielen der angehenden »Dichter-Charaktere«. Verfaßt die Vorrede zu Arents Gedichtsammlung *Aus tiefster Seele* sowie zur Anthologie *Moderne Dichter-Charaktere* (»Unser Credo«, wiederabgedruckt in: *Theorie des Naturalismus*, hrsg. von Theo Meyer, Stuttgart: Reclam, 1973 [u. ö.] [Reclams Universal-Bibliothek, 9475 [4], S. 200–204). Seit 1884 Beiträge für die *Blätter für literarische Unterhaltung* und andere Zeitschriften. Außer seinen Beiträgen zu den *Modernen Dichter-Charakteren* hat Conradi Gedichte nur noch in der Sammlung *Lieder eines Sünders* (1887) veröffentlicht. Seine »Studien und Skizzen« aus dem Berliner Leben, unter dem Titel *Brutalitäten* 1886 in Leipzig herausgegeben, bringen ihn in gewissen Gegensatz zu den ›gemäßigteren‹ Naturalisten.

Conradi veröffentlichte 1887 den Roman *Phrasen* und 1889 den Roman *Adam Mensch*, durch den er in den berühmten Leipziger »Realistenprozeß« verwickelt wird; er starb jedoch, ehe die Verhandlungen begonnen hatten, in Würzburg an Lungentuberkulose.

Moderne Dichter-Charaktere. S. 88 f., 92 f., 99. (1–3)
Lieder eines Sünders. Leipzig: Friedrich, 1887. S. 15 f., 42 f., 78 f. (4–6)

RICHARD DEHMEL

18. 11. 1863 Wendisch-Hermsdorf (Brandenburg) – 8. 2. 1920 Blankenese bei Hamburg

Sohn eines Forstbeamten. Schulbesuch in Berlin und Danzig. Ab 1882 Studium der Naturwissenschaft, Volkswirtschaft, Soziologie und Philosophie in Berlin und Leipzig. 1887 Dr. phil. 1883–85 Redakteur verschiedener Zeitungen; ab 1888 Versicherungssekretär in Berlin, ab 1895 freier Schriftsteller. In Berlin Bekanntschaft mit den Brüdern Hart, Otto Erich Hartleben, August Strindberg und Arno Holz. Dehmel steht am Rande des Berliner Naturalismus; sein Gedichtband *Erlösungen* (1891) ist für die naturalistische Lyrik von Bedeutung.

Gesammelte Werke. Bd. 1: Erlösungen. Gedichte und Sprüche, 3., nochmals veränd. Aufl. Berlin: Fischer, 1906. S. 37, 109–111, 115 f.

(LUDWIG) ADALBERT VON HANSTEIN

29. 11. 1861 Berlin – 11. 10. 1904 Hannover

Sohn eines Botanik-Professors. Studium der Naturwissenschaft, später der Geschichte und Literatur in Berlin und Bonn. Redakteur am *Berliner Fremdenblatt*; ab 1896 Lehrer an der Humboldt-Akademie, ab 1900 Privatdozent für Ästhetik und Literaturgeschichte an der Technischen Hochschule Hannover. Hanstein steht dem Naturalismus besonders als Kritiker und Literarhistoriker nahe, hat jedoch auch »soziale Gedichte« sowie Dramen und erzählende Werke verfaßt.

Die Mutter 232

Menschenlieder. Berlin: Conrad's Buchhandlung, 1887. S. 38–40.

HEINRICH HART

30. 12. 1855 Wesel – 11. 6. 1906 Tecklenburg (Westfalen)

Mit seinem Bruder Julius zusammen Wortführer und Theoretiker der »Literaturrevolution«. Herausgabe einiger für den Naturalismus wesentlicher Zeitschriften: *Kritische Waffengänge* (1882–84) und *Kritisches Jahrbuch* (1889/90). Ab 1887 war Hart Kritiker bei der *Täglichen Rundschau*, ab 1900 beim *Tag*. Die Brüder Hart vertreten einen eher ›gemäßigten‹, konservativen Kurs im Rahmen der »Literaturrevolution«; sie wenden sich wiederholt gegen jede Art von ›Tendenz‹ in der Poesie. Nach 1890 tritt das individualistische, pantheistisch und lebensphilosophisch akzentuierte Denken stark hervor; um 1900 gründen sie die sozialreligiöse Sekte »Neue Gemeinschaft«.

An das 20. Jahrhundert (dat. 1878) 103

Moderne Dichter-Charaktere. S. 181 f.

JULIUS HART

9. 4. 1859 Münster – 7. 7. 1930 Berlin

Mitarbeiter seines Bruders bei der Polemik gegen die Gründerzeitliteratur und der programmatischen Grundlegung der »Literaturrevolution«. Als Lyriker für den Naturalismus besonders wegen seiner Großstadtgedichte wesentlich. Von Interesse sind seine theoretischen Arbeiten zur zeitgenössischen Lyrik, in denen der Standard und die Widersprüchlichkeit poetischer Reflexion um 1890–95 auf dem Gebiet der vom Naturalismus angestrebten realistischen Lyrik anschaulich wird.

1. Gewitter (dat. 1876) 41

Moderne Dichter-Charaktere. S. 46 f., 55–57. (1, 2)
Homo sum. Ein neues Gedichtbuch. Nebst einer Einleitung: Die Lyrik der Zukunft. Großenhain/Leipzig: Baumert und Bonge, 1890. S. 111 f. (3)

OTTO ERICH HARTLEBEN

3. 6. 1864 Clausthal – 11. 2. 1905 Salò (Gardasee)

Ab 1886 Studium der Rechtswissenschaft in Berlin und Leipzig; 1889 Referendar in Stolberg (Harz) und Magdeburg; ab 1890 freier Schriftsteller, meist in München. Hauptsächlich Dramatiker und Erzähler. Hartleben war gut befreundet mit Karl Henckell.

Moderne Dichter-Charaktere. S. 204 f. (1) [»Wohin Du horchst«, die zweite der »Modernen Oden«, ist in zwei verschiedenen Fassungen abgedruckt (1885/1905), um zu veranschaulichen, auf welche Weise Hartleben – wie viele andere naturalistische Lyriker – seine Texte in späteren Ausgaben von ›Kraßheiten‹ reinigte.]
Meine Verse. Gesamtausg. Berlin: S. Fischer, 1905. S. 21–28, 60–62, 114 f. (2–4)

GERHART HAUPTMANN

15. 11. 1862 Ober-Salzbrunn (Schlesien) – 6. 6. 1946 Agnetendorf (Schlesien)

Sohn eines Gasthofbesitzers. 1878/79 Landwirtschaftseleve, 1880–82 Kunstschule in Breslau. Studium in Jena; Reisen. 1884 Erkrankung an Typhus, nach Gesundung Fortsetzung des Kunststudiums in Dresden. 1884/85 Studium in Berlin; 1885–88 in Erkner bei Berlin; Anschluß an den literarischen Verein »Durch«, eine Gruppierung der naturalistischen Literaturbewegung (Bruno Wille, Karl Bleibtreu, Wilhelm Bölsche, Max Kretzer u. a.). Bekanntschaft mit Dehmel und Hartleben. 1889 lernt Hauptmann im Friedrichshagener Kreis besonders Arno Holz und Johannes Schlaf näher kennen. Ab 1891 abwechselnd im eigenen Haus in Schreiberhau (Schlesien) und in Berlin. Hauptmann hat 1888 einen Teil seiner bis dahin geschriebenen Gedichte im *Bunten Buch* zusammengestellt, das aufgrund eines Verlagsbankrotts nicht mehr in den Handel kam. Weitere Gedichte blieben bis 1939 (*Ährenlese*) bzw. 1946 (*Neue Gedichte*) unveröffentlicht.

Sämtliche Werke. Centenar-Ausgabe zum 100. Geburtstag des Dichters 15. 11. 1962. Hrsg. von Hans-Egon Hass. Bd. 4: Lyrik und Versepik. Berlin [West]: Propyläen, 1964. S. 27, 50–52, 54–58, 62.

KARL (FRIEDRICH) HENCKELL

17. 4. 1864 Hannover – 30. 7. 1929 Lindau (Bodensee)

Sohn eines Kaufmanns. 1883–86 Studium in Berlin (Literatur, neuere Fremdsprachen), Anschluß an die »jüngstdeutschen« Literatenkreise. Heinrich Hart schreibt ein Vorwort zu Henckells ersten Gedichten *Poetisches Skizzenbuch* (1885). Henckell verfaßt die zweite Vorrede zu den *Modernen Dichter-Charakteren* (»Die neue Lyrik«, wiederabgedruckt in: *Theorie des Naturalismus*, hrsg. von Theo Meyer, Stuttgart: Reclam, 1973 [u. ö.] [Reclams Universal-Bibliothek, 9475 [4], S. 205–209). 1886 emigrierte Henckell in die Schweiz, deren Staatsbürger er 1890 wird. In Zürich Studium der Nationalökonomie und Philosophie; Kontakte mit Frank Wedekind, Gottfried Keller, den Brüdern Carl und Gerhart Hauptmann sowie emigrierten Sozialdemokraten. Henckell rückt um 1890 ab von der »Theoriendiarrhoe« des ›konsequenten‹ Naturalismus, hält zu dessen Vertretern jedoch die Verbindung aufrecht. Ab 1902 wieder in Berlin, Vorsitzender der »Neuen Freien Volksbühne«; ab 1908 hauptsächlich in München. Henckell hat sich nach 1893 von der ›politischen‹ Lyrik im engeren Sinne abgewandt, sich jedoch auch später noch um die Volksbildung im Zusammenhang mit der Arbeiterbewegung bemüht. Seine antimilitaristische, demokratische Grundeinstellung hat er bis an sein Lebensende entschieden vertreten. Henckell, der außer einigen literaturkritischen Essays und Feuilletons ausschließlich Lyrik geschrieben hat, ist – neben Arno

Holz – der wichtigste naturalistische Lyriker. Sein Lebensweg verdeutlicht die Situation des demokratischen Intellektuellen im Spannungsfeld zwischen herrschender und ›zweiter‹ Kultur sowie die Grenzen und Möglichkeiten literarisch-politischen Engagements zwischen 1880 und 1930.

Moderne Dichter-Charaktere. S. 277, 280 f., 286. (1–3)
Poetisches Skizzenbuch. Mit einen Vorw. von Heinrich Hart. Minden: Bruns, 1885. S. 1 f., 38 f., 68–70. (4–7)
Strophen. Zürich: Verlags-Magazin, 1887. S. 70. (8)
Amselrufe. Zürich: Schabelitz, 1888. S. 13, 22–24, 31 f., 37–39, 110–115, 118, 123–125, 130 f., 134–136, 145–149. (9–23)
Diorama. Zürich: Verlags-Magazin, 1890. S. 1–3, 8 f., 11 f., 22–35, 201 f., 217, 221, 255 f., 260 f. (24–32)
Zwischenspiel. Zürich: Verlags-Magazin, 1894. S. 9–11, 59–63, 78, 82–85, 94 f., 98 f. (33–38)

ARNO HOLZ

26. 4. 1864 Rastenburg (Ostpreußen) – 26. 10. 1929 Berlin

Apothekersohn. Lebte seit 1875 in Berlin (Wedding); ohne Möglichkeit zu einer höheren Ausbildung, seit 1881 als Redakteur tätig. Holz experimentiert zielstrebig mit verschiedenen Genres und Stilen – *Klinginsherz* (1883), *Deutsche Weisen* (zusammen mit Oskar Jerschke, 1883), *Emanuel Geibel. Ein Gedenkbuch* (1884) –, um auf dem literarischen Markt Fuß zu fassen. Erste Erfolge führen ihn in den Kreis der literarisch interessierten, nationalgesinnten Berliner Studenten, deren Vereinigung »Wartburg« er beitritt. Damit gewinnt er Anschluß an die beginnende naturalistische »Literaturrevolution«. Dem Wunsch, sich nun auf »Zeitgedichte à la ›soziale Lyrik‹« zu werfen, entspringen seine Beiträge zu den *Modernen Dichter-Charakteren* und der größte Teil der Gedichte in seinem 1885 herausgegebenen *Buch der Zeit*, dem wohl bedeutendsten Gedichtband des frühen Naturalismus. Nach seinem Übergang zu epischen und dramatischen Formen und im Zusammenhang seiner kunsttheoretischen Überlegungen 1891/92 – *Die Kunst, ihr Wesen und ihre Gesetze* – hat sich Holz entschieden vom »Mob« abgewendet (vgl. »Ein für alle Mal!«).

Moderne Dichter-Charaktere. S. 137–143, 154–158. (1–4) [Diese Gedichte wurden später in das *Buch der Zeit* übernommen.]
Das Buch der Zeit. Lieder eines Modernen. Von Arno Holz. Zürich: Verlags-Magazin, 1886. S. 79–81, 94 f., 214 f., 226 f., 244 f., 252–254, 308 f., 311–313, 322, 327, 364 f., 373, 375, 378 f., 391–419. (5–25)
Buch der Zeit. Lieder eines Modernen. 2., verm. Aufl. Berlin: Fontane, 1892. S. 91–93, 458, 474. (26–28)

OSKAR JERSCHKE

17. 7. 1861 Lähn (Schlesien) – 1928 Berlin

Sohn eines Zimmermanns. Seit 1872 in Straßburg aufgewachsen. 1880–83 Studium der Rechtswissenschaften in Straßburg und Berlin.

Als Redakteur der *Kyffhäuserzeitung* (Verein deutscher Studenten) in Berlin kommt er mit den angehenden »Literaturrevolutionären« in Kontakt und freundet sich in der gleichen Zeit mit Arno Holz an, mit dem zusammen er zwischen 1884 und 1922 eine ganze Reihe von Werken verfaßt. Ende 1884 geht Jerschke als Gerichtsreferendar nach Colmar (Elsaß). Von dort wird er nach dem Ersten Weltkrieg ausgewiesen und lebt dann bis zu seinem Tode in Berlin.

Moderne Dichter-Charaktere. S. 166–169.

OTTO KAMP

9. 8. 1850 Koblenz – 15. 2. 1922 Bonn

Studium in Bonn? Burschenschafter, Dr. phil.; Lehrer im höheren Schuldienst, später Professor. Seine *Armeleutslieder* – 1885 anonym, 1888 in 2. Auflage mit Verfasserangabe – sind ein Beispiel für die marktbewußte Ausnutzung des literarischen Interesses für die »soziale Frage«. Sie veranschaulichen den weltanschaulichen und künstlerischen Horizont, vor dem die bedeutendere »soziale Lyrik« der naturalistischen Bewegung beurteilt werden sollte.

Armeleutslieder. Frankfurt a. M.: Gebr. Knauer, 1885. S. 10–12, 102 f.

JOHN HENRY MACKAY

6. 2. 1864 Greenrock (Schottland) – 21. 5. 1933 Berlin-Charlottenburg

Wuchs seit 1866 in Deutschland auf; zuerst Buchhändler, seit 1884 Studium der Literatur, Kunstgeschichte in Kiel, Leipzig und Berlin. Hier bekommt er Anschluß an die naturalistische Literaturbewegung. Er veröffentlichte Gedichte und Essays in verschiedenen naturalistischen Zeitschriften und war Mitglied des literarischen Vereins »Durch« sowie (zeitweise) des künstlerischen Ausschusses der »Neuen Freien Volksbühne«. 1888 übersiedelte er nach Zürich; sein »soziales Gedicht« *Arma parata fero* (1886) war, ebenso wie seine Gedichtsammlung *Sturm* (1888) aufgrund des Sozialistengesetzes verboten worden. Seit 1892 lebte Mackay, mit Unterbrechungen, bis zu seinem Lebensende in Berlin. Mackay hat sich zwischen 1888 und 1890 unter dem Einfluß von Max Stirners Schriften zur Weltanschauung des Anarchismus bekannt, die er in seinen folgenden Schriften konsequent zugrundelegte und weiterentwickelte. Bekanntgeworden sind v. a. seine Romane *Die Anarchisten* (1891) und *Der Freiheitssucher* (1921).

Sturm. 5., durchges. und verm. Aufl. Definitive Ausg. Treptow: Zack, 1912. S. 11–17, 23–25, 29, 31 f., 49–52, 101–103.

MAURICE REINHOLD VON STERN

3. 4. 1860 Reval (Estland) – 28. 10. 1938 Ottensheim (Österreich)

Gymnasium in Dorpat; 1876–79 russischer Offiziersaspirant, dann Bahnbeamter und Journalist in Reval. 1881 nach Deutschland, 1882 Arbeiter in USA. 1885 Studium in Zürich, 1888–90 Schriftleiter des demokratischen *Zürcher Volksblattes*, 1892–98 Herausgeber von *Sterns Literarischem Bulletin der Schweiz*; ab 1903 in Oberösterreich ansässig. Auf der Grundlage der nordamerikanischen Erfahrungen entstehen die *Proletarierlieder* (1885; 2. Auflage u. d. T. *Stimmen im Sturm*, 1888). Stern hat sich, wie viele naturalistische Autoren, bald nach 1890 von sozialen Sujets und Intentionen abgewandt; er vertrat später Tendenzen der österreichischen Heimatkunst.

Stimmen im Sturm. Gesammelte Dichtungen dem arbeitenden Volke gewidmet. 2., verm. Aufl. Zürich: Verlags-Magazin, 1888. S. 1 f., 5 f., 13 f., 21, 27–29, 34 f., 43 f., 56 f., 100–102. (1–10)
Excelsior! Neue Lieder. Zürich: Verlags-Magazin, 1889. S. 30 f. (11)
Mattgold. Neue Dichtungen. Zürich: Verlag von Sterns litt. Bulletin, 1893. S. 47 f. (12)

BRUNO WILLE

6. 2. 1860 Magdeburg – 4. 9. 1928 Lindau-Aeschach

Sohn eines Beamten. Studium der Theologie, Philosophie, Mathematik und Naturwissenschaft in Berlin und Bonn 1881–84; Sprecher der freireligiösen Gemeinde in Berlin. 1890 wesentlich an der Gründung der »Freien Volksbühne« beteiligt, wurde er zu einem der Wortführer der sogenannten Literaten- und Studentenrevolte innerhalb der SPD, von der er, mit einer ganzen Reihe anderer, auf dem Erfurter Parteitag (1891) ausgeschlossen wurde. Wille hat außer seinen beiden in den Zusammenhang des Naturalismus gehörenden Lyrikbänden – *Einsiedler und Genosse*, 1891, und *Einsiedelkunst aus der Kiefernhaide*, 1897 – hauptsächlich Romane, Erzählungen und philosophisch-sozialpolitische Essays geschrieben.

Einsiedler und Genosse. Soziale Gedichte nebst einem Vorspiel. Vorw. von Julius Hart. Berlin: Freie Verlagsanstalt, (1891). S. 3, 21, 26 f., 43 f., 71–78, 85–87. (1–7)
Einsiedelkunst aus der Kiefernhaide. Berlin: Schuster & Loeffler, 1897. S. 148 f. (8)

Der Verlag Philipp Reclam jun. dankt für die Nachdruckgenehmigung den Rechteinhabern, die durch den Quellennachweis oder einen folgenden Copyrightvermerk bezeichnet sind. Für einige Autoren waren die Rechtsnachfolger nicht festzustellen. Hier ist der Verlag bereit, nach Anforderung rechtmäßige Ansprüche abzugelten.

Inhalt

Einakter des Naturalismus

Hrsg. von Wolfgang Rothe. Universal-Bibliothek Nr. 9468 [3]

Autoren: Paul Ernst, Otto Erich Hartleben, Georg Hirschfeld, Alexander L. Kielland, Rainer Maria Rilke, Arthur Schnitzler, Clara Viebig, Wilhelm Weigand

Prosa des Naturalismus

Hrsg. von Gerhard Schulz. Universal-Bibliothek Nr. 9471 [4]

Autoren: Hermann Bahr, Otto Julius Bierbaum, Hermann Conradi, Paul Ernst, Otto Erich Hartleben, Gerhart Hauptmann, Peter Hille, Arno Holz, Max Kretzer, Philipp Langmann, Detlev von Liliencron, John Henry Mackay, Oskar Panizza, Wilhelm von Polenz, Stanislaw Przybyszewski, Johannes Schlaf, Arthur Schnitzler, Frank Wedekind

Theorie des Naturalismus

Hrsg. von Theo Meyer. Universal-Bibliothek Nr. 9475 [4]

Autoren: Conrad Alberti, Hans von Basedow, Leo Berg, Karl Bleibtreu, Wilhelm Bölsche, Ernst Brausewetter, Michael Georg Conrad, Hermann Conradi, Erdmann Gottreich Christaller, Christian von Ehrenfels, Michael Flürscheim, Wilhelm Hermann Friedrichs, Rudolf Goette, Ernst Haeckel, Max Halbe, Heinrich Hart, Julius Hart, Gerhart Hauptmann, Karl Henckell, Julius Hillebrand, Arno Holz, Ludwig Jacobowski, Franziska von Kapff-Essenther, Wolfgang Kirchbach, Ernst Koppel, Hans Merian, Max Nordau, Emil Reich, Julius Röhr, Johannes Schlaf, Bertha von Suttner, Irma von Troll-Borostyáni, Oskar Welten, Eugen Wolff, Emile Zola

Philipp Reclam jun. Stuttgart

RECLAMS UNIVERSAL-BIBLIOTHEK

Arno Holz

Phantasus. Verkleinerter Faksimiledruck der Erstfassung. Herausgegeben von Gerhard Schulz. 8549 [2]

Sozialaristokraten. Komödie. Herausgegeben von Theo Meyer. 9982 [2]

Die Kunst. Ihr Wesen und ihre Gesetze. – Revolution der Lyrik. In: Theorie des Naturalismus. Herausgegeben von Theo Meyer. 9475 [4]

Arno Holz / Johannes Schlaf

Die Familie Selicke. Drama. Nachwort von Fritz Martini. 8987

Papa Hamlet. Ein Tod. Im Anhang: »Ein Dachstubenidyll« von Johannes Schlaf. Nachwort von Fritz Martini. 8853 [2]

Der erste Schultag. – Die papierne Passion. In: Prosa des Naturalismus. Herausgegeben von Gerhard Schulz. 9471 [4]

Krumme Windgasse 20. Studie aus dem Studentenleben. In: Die deutsche Literatur in Text und Darstellung. Band 12: Naturalismus. Herausgegeben von Walter Schmähling. 9645 [4]

Johannes Schlaf

Meister Oelze. Mit einem Nachwort von Gerhard Schulz. 8527

PHILIPP RECLAM JUN. STUTTGART